Maxi Schilonka

Alice = Alice

ALICE = ALICE

MAXI SCHILONKA

papierverzierer

1. Auflage, Papierverzierer Verlag, Essen
Herstellung, Satz: Papierverzierer Verlag
Lektorat: Stephanie Kempin
Cover: Legendary Fangirl Design // Tina Köpke

ALICE - ALICE ist auch als E-Book (ISBN 9783959623407) auf vielen Plattformen erhältlich.

ISBN 978-3-95962-339-1

www.papierverzierer.de

Bibliografische Information der Deutschen Nationalbibliothek
Die Deutsche Nationalbibliothek verzeichnet diese Publikation in der Deutschen Nationalbibliografie; detaillierte bibliografische Daten sind im Internet über http://dnb.dnb.de abrufbar.

Dieses Buch ist für all jene, die jeden Tag das Unmögliche schaffen, indem sie es für möglich halten.

Und für meine Eltern. Selbe Begründung.

PROLOG

Ich frage mich, wann das anfing? Egal, wie sehr ich mich auch anstrenge, ich kann mich beim besten Willen nicht erinnern. Eines Tages war die Wärme verschwunden und zurück blieb nichts als Kälte. Möglicherweise wurde ich so geboren, wer weiß das schon.

Eine Zeit lang dachte ich, das ginge vorbei. Irgendwann sähe alles anders aus und ich wäre wie andere Mädchen.

Wie sehr ich mich geirrt habe.

Vielleicht war das mein größter Fehler. Zu erwarten, dass die Welt sich zum Guten wendet. Das Leben muss doch einen Wert haben.

Für einen kurzen Augenblick konnte ich spüren, wie sich Glück anfühlt, wie Zufriedenheit schmeckt und Schönheit aussieht.

Es war eine Lüge.

Dabei hatte ich es *wirklich* versucht, doch am Ende laufen alle Gedanken in meinem Kopf nur auf ein Ziel hinaus. Sie zerlaufen und formen sich und zerrinnen erneut und es bleibt nichts zurück als Asche.

Jeder Mensch gibt nur eine Seite von sich preis. Vermutlich ist das besser. Immer man selbst zu sein, wird auf Dauer zur Qual. Und wozu auch? Man kann anderen Menschen so leicht etwas vormachen.

Manchmal frage ich mich, ob es ein Traum ist.

Wäre ich sonst seelenlos? Ich fühle mich nicht, als würde ich leben und wo ist da der Unterschied zwischen dem Tod als solchem und dem inneren Tod? Wo ist der Sinn im Leben, wenn jeder Tag wie der davor ist?

Ich bin des Lebens müde und ich sehe keinen Sinn, es zu leugnen. Sich selbst kann man nicht so leicht belügen.

Es gibt Leute, die sagen, dass die Zeit alle Wunden heilt und dass man nur an etwas Schönes denken muss. Aber was ist, wenn man nie etwas Schönes erlebt hat? Wie lange soll man darauf warten? Wenn einem alle Türen verschlossen bleiben, erscheint einem der Tod manchmal als einziger Ausweg. Und wieso nicht, jeder hat das Recht, über sein eigenes Ableben zu bestimmen.

Wo ich auch hinsehe, ist Dunkelheit. Sollte es Gott geben, hat er sein Licht nicht mir gesendet. Ich verlange weder Verständnis noch Gnade oder gar Vergebung. Er hat uns die Fähigkeiten gegeben, unser Leben zu beenden.

Ein beängstigender Gedanke. Was wäre, wenn man nicht die Möglichkeit hätte, sich umzubringen? Wenn man sein Leben bis zum bitteren Ende durchstehen müsste und vor Schmerzen und Qual verrückt würde? Ist es da nicht einfacher, alles zu beenden?

Jeden Tag werden einem Entscheidungen abgenommen, aber man kann den Moment seines Todes selbst bestimmen.

Ich habe den Fenstersturz für mich gewählt. Ist es eine gute Methode? Vermutlich nicht, aber es wird mir Ergebnisse bringen.

Meine Wahl ist getroffen.

Ich habe keine Angst.

Der Tod ist erst der Anfang.

DER STURZ INS VERGESSEN

Das Zerbrechen der Kaffeetasse riss Alice Liddell aus ihren Gedanken. Betreten betrachtete sie den dunklen Fleck, der sich auf dem Linoleum des Restaurants ausbreitete. Eine Kellnerin eilte herbei und klaubte die Scherben auf. Sie entschuldigte sich unterwürfig, obwohl Alice die Tasse zerbrochen hatte.

»Wo bist du bloß mit deinen Gedanken?«, fragte Alices Schulfreundin Lori. »Hast du überhaupt mitbekommen, dass du die Tasse immer weiter zum Rand geschoben hast?«

Alice schüttelte den Kopf und kniff die Augen zusammen. »Nein. Keine Ahnung. Ich bin einfach nur müde.«

Woran hatte sie gedacht? Kurzzeitig war sie sich weit weg vorgekommen und hatte die Sonne und Baumwipfel gesehen, als würde sie auf einer Wiese liegen.

Hatte sie geträumt?

Eigentlich hätte sie längst zu Hause sein müssen, aber Alice wollte ihrer Mutter nicht gegenübertreten. Seit der Scheidung vor einem Jahr war sie gereizt und fuhr bei der kleinsten Angelegenheit aus der Haut. Alice hatte erwartet, dass es sich irgendwann besserte, nur hatte sie damit völlig falsch gelegen. Ihre Mutter wurde von Tag zu Tag launischer.

Ihr Handy klingelte und das Wörtchen *Mom* blinkte auf der Anzeige.

»Wenn man vom Teufel spricht. Oder auch nur an ihn denkt«, murmelte Alice und drückte den Anruf weg.

Missmutig schob sie sich eine Pommes in den Mund, den Burger hatte sie bisher nicht angerührt. Normalerweise ging sie gern mit ihren Freundinnen nach der

Schule etwas essen oder ins Kino, heute machte es ihr jedoch keinen Spaß.

Irgendetwas stimmte nicht.

Am Restaurant lag es nicht, sie waren schon oft hier gewesen und Alice mochte das Diner, das im Stil einer klassischen Milchbar gehalten war. An den Wänden hingen Schwarz-Weiß-Bilder von Berühmtheiten und die Cheeseburger waren so groß und gleichzeitig billig, dass es für den ganzen Tag reichte.

Nervös rutschte sie auf ihrem Sitz hin und her. Sie konnte sich einfach nicht entspannen.

Ihr Handy klingelte erneut.

»Willst du da nicht rangehen?«, erkundigte sich Edith zwischen zwei Bissen von ihrem Burger.

Alice drückte erneut auf den kleinen roten Hörer. »Bloß nicht.«

»Was meinst du, was sie will?«

»Ich vermute, mein Vater hat ihr wieder ein Schimpfwort an den Kopf geworfen oder sie nicht mit Scarlett sprechen lassen oder … ach, was weiß denn ich.« Resigniert warf sie die Hände in die Luft.

Die Mädchen nickten verständnisvoll und Alice musste ein bitteres Schnauben unterdrücken. Was wussten die beiden schon? Ihre Eltern waren nicht geschieden und ihr Vater war nicht ans andere Ende der Stadt gezogen, um möglichst viel Raum zwischen sich und ihre Mutter zu bringen. Sie waren nicht von ihren Geschwistern getrennt.

»Scarlett ist deine Schwester, oder?«, fragte Lori.

»Zwillingsschwester«, berichtigte Alice und verspürte den üblichen Stich. »Sie ist zwölf Minuten älter als ich und lebt bei meinem Vater.«

»Eure Eltern haben euch getrennt?« Ihre Freundinnen schienen verblüfft und Alice verstand sie nur zu gut.

Es war der schlimmste Tag ihres Lebens gewesen. Scarlett und sie hatten geweint, gebettelt und geschrien, doch ihre Eltern waren hart geblieben. Als Alleinverdiener konnten sie sich nur kleine Wohnungen leisten und so war Alice zu Mom gekommen und Scarlett zu Dad.

»Wir telefonieren oder chatten jeden Abend miteinander. Sie scheint sich in ihrer neuen Schule wohlzufühlen.«

»Ihr seht euch doch bestimmt sehr oft.«

Alice schüttelte den Kopf. »Das letzte Mal ist schon ein paar Monate her. Es kommt ständig irgendwas dazwischen.«

Ihre beiden Freundinnen tauschten verlegene Blicke, sagten jedoch nichts. Das Thema war ihnen offensichtlich unangenehm, denn im folgenden Satz ging es bereits wieder um einen Test, den sie am nächsten Morgen schreiben sollten.

Zum dritten Mal klingelte Alices Handy. Ihre Mutter war wirklich hartnäckig, Dad musste einen echten Coup gelandet haben.

Alice schluckte schwer. Hoffentlich hatte er keine neue Freundin. Es würde Wochen und jede Menge Junkfood brauchen, um die Scherben wieder zusammenzusetzen, die einmal ihre Mutter gewesen waren.

Obwohl sie längst satt war, würgte Alice noch die letzten Bissen ihres Burgers hinunter. Schließlich musste sie ihn bezahlen.

Das Handy erwachte erneut zum Leben. Stumm betrachtete Alice die Ketchupflecken auf dem Teller und ließ das nagende schlechte Gewissen zu. Vielleicht sollte sie lieber schauen, was zu Hause passiert war.

Sie legte Geld auf den Tisch und verabschiedete sich von ihren Freundinnen, die zurückblieben, um weiterhin über Belanglosigkeiten zu tratschen.

Alice beneidete sie.

Langsam schlenderte sie durch die Einkaufsmeile. Sie würde schon noch früh genug zu Hause sein, um das Drama mitzuerleben.

An einer kleinen Boutique blieb sie stehen und besah sich die Auslage. Anscheinend war Türkis dieses Frühjahr schwer angesagt, denn das Schaufenster quoll nahezu über davon. Eine dralle Blondine sortierte Tücher und Schals auf einem Kleiderständer am Eingang und zwinkerte Alice dabei auffordernd zu. Höflich lächelnd nickte sie zurück und ging dann zügig weiter.

An der nächsten Ecke setzte sie sich auf eine Bank und hörte einem Straßenmusiker zu, der Melancholie in die Geschäfte und Gassen zauberte. Alice kannte das Lied nicht, aber sie fühlte sich sofort schwermütig und auch ein wenig schläfrig. Nach der Scheidung ihrer Eltern hatte Mom ständig solche Musik gehört, bis es Alice fast in den Wahnsinn trieb. Damals hatte sie angefangen, gegen ihre Mutter zu rebellieren.

Ein weiteres Handyklingeln brachte sie in die Wirklichkeit zurück.

»Jaja, ich komm ja schon«, brummte Alice, nahm den Anruf jedoch wieder nicht an, schließlich war sie in weniger als einer halben Stunde zu Hause, bis dahin würde Mom wohl warten können.

Seufzend stieß sie sich von der Bank ab und schlurfte weiter. Sollte sie sich für später ein paar Süßigkeiten kaufen? Oder ein Buch?

Wenn es Mom besonders schlecht ging, schloss Alice sich oft stundenlang in ihrem Zimmer ein. Sie hatte schon alles gelesen, was sie in ihren Regalen gefunden hatte, sogar noch einmal alle Karten und Briefe, die sie vor drei Monaten zu ihrem siebzehnten Geburtstag bekommen hatte. Sie fragte sich, ob dieselben Verwandten Scarlett die gleichen Grüße geschickt hatten.

Beklommen stieg Alice die Stufen zur U-Bahn hinab. Sie hasste es hier, weil sie immer das Gefühl hatte, lebendig begraben zu werden. Wenn sie den Himmel nicht sehen konnte, war sie nicht glücklich, doch leider war es zum Laufen zu weit.

Während sie in der U-Bahn saß, rief ihre Mutter noch zwei weitere Male an, ohne dass Alice antwortete.

Etwas Schlimmes musste passiert sein. Doch Alice wollte sich nicht am Telefon damit auseinandersetzen.

Bitte keine neue Freundin, bitte keine neue Freundin, betete sie vor sich hin. Das wäre der Super-GAU.

Als sie die Station verließ und Richtung Heimat lief, wurden ihre Beine mit jedem Schritt schwerer. Alice hatte nie verstanden, wie ihre Mutter sich dermaßen hatte gehen lassen können. Dad war zwar im Grunde ein guter Mann, aber im letzten Jahr hatten sich die beiden immer mehr gestritten. Es waren regelrecht die Fetzen geflogen. Alice fragte sich täglich, wann sie aufgehört hatten, sich zu lieben. Seit wann hassten sie sich dermaßen?

Und dennoch.

Als Dad die Scheidung verlangt hatte, war Mom aus allen Wolken gefallen und von da an ging es ihr mit jedem Tag schlechter. Sie verkümmerte zu einem kleinen Häufchen Elend, das an manchen Tagen kaum lebensfähig schien. Und sie ließ es an Alice aus.

»Ich bin da«, rief sie von der Diele aus. Im selben Moment hörte sie ein Scheppern im Wohnzimmer, gefolgt von lautem Schluchzen.

Oh nein.

»Mom?« Alice stellte schnell ihre Schuhe in die Ecke und warf alles von sich. Kaum hatte sie sich aufgerichtet, kam Mom ihr wie ein Wirbelwind entgegen und verpasste Alice die erste Ohrfeige ihres Lebens. Perplex starrten die beiden Frauen sich an.

»Gott sei Dank«, presste Mom hervor und fiel ihrer fassungslosen Tochter um den Hals.

»Was zum …«, setzte Alice an, aber ihre Mutter schnitt ihr das Wort ab.

»Ich dachte … wenn dir auch etwas passiert wäre … ihr habt früher schon immer alles gleich gemacht.«

»Wem ist was passiert?«, fragte Alice. Mom fasste sie an den Schultern und musterte sie aus tränenverquollenen Augen. Der nächste Wasserfall kündigte sich bereits an.

»Was ist hier los?«, rief Alice aufgebracht und befreite sich aus dem Klammergriff. Langsam machte sich Angst in ihr breit. Es konnte sich nicht nur um eine Eskapade ihres Vaters handeln.

»Wir sollten uns setzen«, erwiderte Mom, mit den Gedanken ganz woanders. Immer wieder strich sie sich eine imaginäre Haarsträhne aus dem Gesicht. Geistesabwesend packte sie Alices Handgelenk und zog sie weiter in die Wohnung.

»Nein! Ich will jetzt wissen, was los ist!«, verlangte Alice und riss sich los. Hatte sie irgendetwas getan? Mit ihren feuchten Augen erinnerte Mom stark an eine Kuh auf dem Weg zum Schlachter.

Ihre Mutter atmete tief durch und knetete ihre Hände vor der Brust, während sie nach Worten rang. Es war offensichtlich, dass sie ihrer Tochter etwas Furchtbares erzählen würde.

»Es geht um Scarlett.«

In diesem Augenblick fühlte Alice ihr Herz in den Magen sinken. Fürchterliche Übelkeit überkam sie. Auf einmal schien ihre Mutter schrecklich weit weg und wurde durch das Rauschen in ihren Ohren übertönt. Hilfesuchend stützte sie sich an der Wand ab.

»Entschuldige, was hast du gesagt?«, stammelte sie mit trockenem Mund. Was hatte sie über Scarlett gesagt?

»Dein Vater hat angerufen. Scarlett ist aus dem Fenster ihres Zimmers gestürzt.«

»Geht es ihr gut?«, hörte Alice sich fragen. Scarletts Zimmer lag im zweiten Stock, das konnte sie überleben. Außerdem war ihre Schwester immer die Starke gewesen.

Mom unterdrückte einen Aufschrei, indem sie ihre zitternde Hand auf den Mund drückte.

»Mom?«

»Sie ist im Krankenhaus. Dein Vater hat gesagt, sie operieren noch. Ich hab nur auf dich gewartet.«

Alice nickte benommen und ließ sich von ihrer Mutter eine Jacke überziehen. Langsam bewegte sie sich auf den Ausgang zu.

»Alice?«

Alice hob den Kopf und versuchte, sich auf ihre Mom zu konzentrieren.

»Schatz, deine Schuhe.«

Richtig. Schuhe.

Vorsichtig stieg sie in ihre Stiefel und nahm dann die Hand ihrer Mutter. Wie lange war es jetzt her, dass sie das zum letzten Mal getan hatte? Eine Ewigkeit.

»Schon gut, Schatz.«

Behutsam geleitete sie Alice zum Auto und schnallte sie auf dem Beifahrersitz an. Konnte sie überhaupt fahren? Sollten sie nicht lieber ein Taxi nehmen? Alice fühlte sich zu müde, um etwas einzuwenden, und so ließ sie es geschehen.

Was war passiert? War Scarlett beim Fensterputzen gefallen oder hatte sie nicht aufgepasst? Und wieso hatte Alice nichts gespürt? Sie hatte immer geglaubt, als Zwillinge verbinde sie eine mysteriöse Kraft, aber sie hatte sich geirrt.

»Charles!«, kreischte Mom und deutete anklagend auf Dad. Er saß im Warteraum, nach vorn gebeugt, die Ellbogen auf den Knien, den Kopf in den Händen vergraben. Als er Mom hörte, sprang er mit einem Satz auf und ging in Abwehrhaltung. Die anderen Besucher schreckten hoch und verfolgten gebannt das Geschehen. Dass es sich um ein Krankenhaus handelte und man sich ruhig verhalten sollte, kümmerte Alices Eltern wenig.

»Das ist alles deine Schuld!«, rief Mom. »Hoffentlich bist du glücklich!«

»Oh ja, Jane, sehr sogar, denn schließlich liegt unsere Tochter gerade auf einem OP-TISCH! Wie könnte ich da nicht glücklich sein?!«

»Wieso hast du nicht aufgepasst?!«

»Weil Scarlett kein kleines Kind mehr ist, verdammt! Sie braucht keine Aufsicht. Aber natürlich wäre das in deiner Obhut nicht passiert!«, brüllte Dad zurück und fasste sich an den Kopf, als wäre Mom verrückt.

Eine junge Schwester näherte sich, um die Eltern zur Vernunft zu bringen, traute sich jedoch nicht näher heran.

»Da kannst du Gift drauf nehmen! Wenn du sie bei mir gelassen hättest, dann wäre sie jetzt sicher zu Hause! Aber du musstest die Kinder ja trennen!« Mom war völlig hysterisch. Strähnen lösten sich aus ihrem Zopf und fielen ihr ins Gesicht.

»Komm mir jetzt nicht wieder damit, Jane! Die Scheidung ist ein Jahr her!«

»Was. Zur Hölle. Stimmt bloß nicht mit euch?!«, schrie Alice dazwischen. Schlagartig verstummten beide und sahen ihre Tochter an.

»Seid ihr denn wahnsinnig geworden?! Ist euch eigentlich klar, was hier los ist?! Scarlett ist AUS DEM FENSTER GESTÜRZT. Sie liegt im Krankenhaus und wer weiß, ob sie es schafft! Und ihr streitet euch?! Wollt ihr mich eigentlich verarschen?! Noch dazu ist das hier ein beschissenes Krankenhaus, also hinsetzen und KLAPPE HALTEN!« Wutentbrannt ließ Alice sich auf einen der kalten Plastikstühle fallen. Sie kochte innerlich. Das waren ihre Eltern und sie hatten nichts Besseres zu tun, als sich zu streiten, während ihre Tochter um ihr Leben kämpfte. Ob sie schon immer so waren? Wieso waren sie überhaupt zusammen gewesen, wenn sie sich nicht ausstehen konnten?

Peinlich berührt sanken ihre Eltern auf die Stühle neben Alice, die aus den Augenwinkeln sah, wie ihre Mutter sie beobachtete, als befürchtete sie, Alice könne jede Sekunde einen weiteren hysterischen Ausbruch haben. Dad nahm seine Ursprungshaltung wieder ein und vergrub sich in seinen Gedanken. Er hatte es abgetan, aber Alice wusste, dass er sich die Schuld gab.

Die Stunden vergingen und Familie Liddell gab sich der Warterei hin. Alice wollte weder lesen noch schlafen, es reichte ihr aus, die Türen anzustarren, auf denen groß *Nur für Personal* stand. Irgendwo dahinter war ihre Schwester.

Eine untersetzte Krankenschwester eilte mit Akten hin und her und jedes Mal, wenn sie vorbeikam, warf Mom ihr flehende Blicke zu.

»Wie hast du sie gefunden?«, fragte Alice ihren Vater, ohne aufzusehen.

»Hab den Schrei eines Fußgängers gehört«, erwiderte er knapp.

Alice runzelte die Stirn. Sie konnte sich nicht erklären, was passiert war und konnte nicht aufhören zu grübeln. Was hatte Scarlett gemacht, dass es mit einem Sturz endete? Man fiel doch nicht *einfach so*, oder? Hatte ihre Schwester am offenen Fenster gestanden und dann das Bewusstsein verloren? Aber dazu hätte sie auf einer Leiter stehen müssen, das Fenster begann erst auf Bauchhöhe. Und Dad hatte nicht Scarletts Schrei gehört, sondern den eines Passanten? Was wäre, wenn …

Die großen Türen schwangen auf und ein Arzt mittleren Alters betrat hinkend den Wartesaal. Alice hatte sich an diesem Abend bereits so an Enttäuschungen gewöhnt, dass sie zunächst nicht bemerkte, wie er auf sie zukam. Erst als seine grauen Hosenbeine in ihrem Blickfeld auftauchten, schaute sie auf.

»Mr. und Mrs. Liddell?«

Mom und Dad waren sofort auf den Beinen.

»Ihrer Tochter geht es so weit gut. Sie hat mehrere Frakturen erlitten, an den Beinen und im Beckenbereich, aber wir konnten sie richten. Mit ihrer Wirbelsäule und den Organen scheint alles in Ordnung zu sein. Wir werden jetzt warten, dass sie aufwacht und dann wird sie eine Weile zur Beobachtung hierbleiben müssen. Es sieht gut aus.«

Alice traute ihren Ohren nicht. Scarlett ging es gut und bis auf ein paar hässliche Narben würde sie wieder kerngesund werden. Sie fühlte sich, als wäre eine große Last von ihr abgefallen. Erleichtert beobachtete sie, wie ihre Mutter den Arzt umarmte, bevor ihr Vater ihm die Hand schüttelte.

»Wollen Sie zu ihr?«

Was für eine Frage! Sollte mal einer versuchen, sie davon abzubringen. Beschwingt folgten sie dem Arzt durch die sterile Krankenhausatmosphäre. Normalerweise wurde Alice von der Kombination aus Neonröhrenlicht und Desinfektionsmittel ganz schwindelig, aber heute bemerkte sie es kaum.

Scarlett lag allein in Zimmer eins-acht-fünf-zwei. Alice stockte. Sie hatte Scarlett zuletzt im Winter gesehen und nun würde ihre erste Begegnung seit Monaten zu einem Krankenbesuch. Mit gestrafften Schultern betrat Alice den kleinen Raum.

Zum ersten Mal sahen sich die Schwestern nicht mehr ähnlich, denn Scarlett wirkte viel kleiner und schmächtiger. Ihre Haut hatte eine ungesunde graue Farbe angenommen und dunkle Ringe umgaben ihre Augen. Zwei Schläuche von Infusionsbeuteln liefen unter die Bettdecke.

»Sie hat sich die Haare gefärbt«, stellte Alice leise fest. Statt der goldblonden Locken ihrer Schwester bedeckten braune Strähnen das Kissen.

»Ja, vor einigen Wochen schon. Sie trägt auch braune Kontaktlinsen. Ich dachte, das wäre jetzt so modern«, sagte Dad abwesend und trat ans Bett seiner Tochter.

Verwundert betrachtete Alice ihre Schwester. »Davon hat sie mir gar nichts erzählt.«

Sie hatte immer gedacht, dass Scarlett ihr alles erzählen würde und auch wenn eine neue Frisur kein weltbewegender Umsturz war, so wäre es dennoch erwähnenswert gewesen.

Im Zimmer standen zwei Holzstühle und ein kleines Tischchen unter einem Sicherheitsfenster. Alice bemerkte kurz die Gitter und setzte sich dann.

Sollte Scarlett längere Zeit im Krankenhaus bleiben, müsste Alice ihr ein paar Sachen von zu Hause holen. Hausschuhe, ein Kopfkissen und Badehandtücher. Das Zimmer sah aus wie ein Ausstellungsmodell – weiß, steril, leblos.

»Wie lange wird es dauern?«, fragte Mom und ließ sich auf den anderen Stuhl fallen.

»Zwei, vielleicht drei Stunden«, bekam sie als Antwort, »es ist wichtig, dass sie ein bekanntes Gesicht sieht, um sich zu orientieren. Deswegen sollte immer einer von Ihnen bei ihr bleiben. Bitte rufen Sie entweder mich oder eine Schwester, sobald Ihre Tochter aufwacht.« Alle nickten eifrig und bedankten sich noch einmal, als der Doktor zu seiner Arbeit zurückkehrte.

Kaum hatte sich die Anspannung aus ihrem Körper gelöst, fühlte Alice die Müdigkeit. Kein Wunder, es war mitten in der Nacht und Alice sollte längst im Bett sein, denn am nächsten Tag war Schule. Lange aufbleiben war nie ihre Stärke gewesen und Scarlett hatte sich oft genug deswegen über sie lustig gemacht.

Ein entferntes Donnern riss Alice aus ihren Gedanken.

»Anscheinend zieht ein Gewitter auf.«

»Ich glaube, das war dein Dad, Liebes«, kommentierte Mom trocken. »Lange nichts gegessen, was?«

»Es war ja wohl nicht an Essen zu denken«, sagte er verlegen und Alice sah, wie er unter seinem Hemd einen kläglichen Versuch unternahm, seinen Bauch anzuspannen.

»Ihr könnt ruhig gehen, ich bleibe hier«, bot Alice an und um ihre Worte zu unterstreichen, zog sie ihre Beine unter ihren Po und nickte ihren Eltern auffordernd zu.

»Was ist mit dir? Hast du keinen Hunger?«, fragte Mom. Sie mochte es nicht, wenn Alice nach der Schule auswärts aß und dann zu Hause das Selbstgekochte verschmähte.

»Oh Gott, nein«, entgegnete Alice, in Gedanken bei ihrem monströsen Cheeseburger. Ihre Mutter schnalzte mit der Zunge, blieb jedoch stumm. Es hatte bereits genug Streit gegeben.

Mit einer Mauer des Schweigens zwischen sich, marschierten ihre Eltern in Richtung Cafeteria und ließen Alice in der beklemmenden Krankenhausatmosphäre zurück. Einzig Scarletts sich bewegender Brustkorb hielt Alice davon ab, in Panik zu geraten.

»Wer hätte gedacht, dass du dermaßen gruselig sein kannst?«, sagte sie zu ihrer großen Schwester, die mehr tot als lebendig wirkte.

Scarlett war immer die Erwachsene gewesen. Sie hatte die zwölf Minuten Altersunterschied viel zu ernst genommen und war Alice oft auf die Nerven gefallen. Scarlett fluchte nie, sie war kultivierter und hatte schon mit elf angefangen, Klassiker der Weltliteratur zu lesen, während Alice vor dem Fernseher hing und Cartoons schaute. Obwohl beide Mädchen dieselben Anlagen hatten, hätten sie nicht verschiedener sein können. Nur beim Aussehen waren sie nicht zu unterscheiden.

Das heißt … bis vor ein paar Wochen war es so gewesen. Plötzlich wollte Scarlett nicht mehr blond und blauäugig sein, sondern brünett. Vielleicht dachte sie, man würde sie dann mit mehr Respekt behandeln, oder sie wollte sich von Alice abheben.

»Man kann nicht gerade sagen, dass es dir steht«, stichelte Alice und betrachtete das braune Haar ihrer Schwester, das traurig und kraftlos über die Bettkante hing.

Ihr Blick glitt an Scarletts Arm herab zu ihrer Hand, in deren Rücken eine Infusionsnadel steckte. Ihre Finger wirkten viel knochiger und auch der Knöchel am Handgelenk trat deutlich hervor. Mit gerunzelter Stirn stand Alice auf und lüftete vorsichtig Scarletts Bettdecke. Ihre Schlüsselbeine stachen scharf heraus. Um ihre Ahnung zu überprüfen, riskierte Alice einen

Blick unter das Krankenhemd und konnte Scarletts Rippen zählen. Was war nur mit Scarlett passiert? Die beiden waren schon immer schlank gewesen, aber nie dürr und nun hatte Scarlett eindeutig gefährliches Untergewicht.

War sie krank?

Grübelnd sank Alice auf ihren Stuhl zurück. Hatte ihre Schwester eventuell Kummer? Wenn sie miteinander telefonierten oder chatteten, wirkte Scarlett stets zufrieden. Warum würde sie sich so abmagern und ihr Äußeres verändern? Hatte es mit einem Jungen zu tun, von dem sie noch nichts erzählt hatte?

Über ihre Gedanken schlief Alice ein, die Arme auf dem Tisch verschränkt, den Kopf darauf gebettet.

Eine ins Schloss fallende Tür weckte sie. Mom und Dad waren zurück und hatten ihr eine Limo mitgebracht. Ächzend richtete Alice sich auf und ließ die Schultern ein paarmal nach hinten kreisen. Was hatte sie sich dabei gedacht, quer auf dem Tisch liegend einzuschlafen?

»Wie lange wart ihr weg?«

»Nicht ganz zwei Stunden. Deine Mutter konnte sich nicht entscheiden«, antwortete ihr Vater und stellte die eiskalte Dose vor ihr ab. Ein Tropfen Kondenswasser rann daran herab und bildete einen feuchten Ring auf dem Tisch.

Alices Blick huschte zu Scarlett. Alles war unverändert.

»Es kann nicht mehr lange dauern«, sagte Mom.

Wie sehr sie sich irren sollte.

Weitere drei Stunden später – es war totenstill draußen und Alice fragte sich, warum niemand sie hinauswarf – lag Scarlett immer noch in ihrem Bett und schlief. Ein anderer, jüngerer Arzt untersuchte sie, stellte jedoch nichts fest.

»Manchmal dauert es etwas länger«, versuchte er die Familie zu beruhigen, ohne Erfolg.

Als der Morgen graute und Scarlett sich nach wie vor nicht rührte, gab dies den Ärzten Grund zur Besorgnis. Der hinkende Doktor vom Vortag war zurück und brachte einen Mann im Anzug mit. Dieser stellte sich als Doktor Carroll vor – er war Psychiater.

»Ich verstehe nicht«, stammelte Alices Mutter, »wozu braucht Scarlett einen Psychiater, wenn sie doch schläft?«

Die beiden Ärzte tauschten einen vielsagenden Blick und Alice war kurz davor, ihnen an die Gurgel zu springen.

»Wir wissen nicht, warum Ihre Tochter nicht aufwacht, Ms. Liddell«, erklärte Doktor Carroll und blätterte in Scarletts Krankenblatt. »Bis auf ihre Knochenbrüche geht es ihr körperlich gut, ihr Gehirn wurde nicht angegriffen und die Operation verlief problemlos ohne Nachwirkungen.« Alice verkniff sich den Kommentar, dass ein Koma wohl als schwerwiegende Nachwirkung anzusehen war. Sie wollte nicht die Ärzte vor den Kopf stoßen, die für das Wohlergehen ihrer Schwester zuständig waren.

»Ja, und?«, rief Dad aufgebracht. »Was hat das mit Ihnen zu tun? Warum ein Psychiater?«

»Nachdem ich einen Blick auf Scarletts Zwillingsschwester geworfen habe, kann ich nicht umhin zu bemerken, wie ausgezehrt Scarlett ist. Sie wiegt viel zu wenig und anscheinend hat sie in letzter Zeit einige Veränderungen an sich vorgenommen.«

Ungläubig starrte Alice ihn an. Sie ahnte, worauf er hinauswollte und konnte es einfach nicht fassen. Ob man in Anbetracht der Situation Verständnis für sie hätte, wenn sie ihn auf die Nase boxte?

»Bitte, verstehen Sie, dass ich Sie nicht angreifen möchte, aber ich bin verpflichtet, diese Frage zu stellen. Glauben Sie, dass Scarletts Sturz aus dem zweiten Stock Ihres Hauses ein Unfall war?«

»Wie meinen Sie das?«, hauchte Mom und tastete Hilfe suchend durch die Luft. Alice betrachtete sie aus den Augenwinkeln und musste an sich halten. Wieso nur hatte sie sich nicht im Mindesten im Griff?

»Wir vermuten, dass es sich bei dem Sturz um einen Selbstmordversuch gehandelt haben könnte. Es hat ganz den Anschein, als würde Scarlett sich *entscheiden*, nicht aufzuwachen. So etwas beobachten wir oft nach Suizidversuchen mit Komafolge. Die äußeren Umstände würden passen.«

»Aber das ist … doch … lächerlich.« Alices Vater fixierte einen Punkt an der Wand, während die Rädchen hinter seiner Stirn ratterten. Sie sah ihm an, was in ihm vorging. Er überlegte, ob etwas an dem Gesagten stimmen könnte – ob es Anzeichen gegeben hatte.

Auch Alice durchforstete ihre Erinnerungen. Hatte Scarlett etwas gesagt? Hatte sie sich deswegen nicht mehr treffen wollen? Erst jetzt nahm Alice die Gitter vor dem Fenster vollständig wahr. Warum sollte man ein Krankenzimmer vergittern? Sie sah sich um. Es gab keine Haken an den Wänden, keine scharfen Kanten, selbst die Lampen waren einfache Teller.

Nein.

Nein, nein. Nur, weil der Psychiater das sagte, musste es nicht stimmen. Scarlett war ihre Schwester – ihre *Zwillings*schwester – Alice hätte etwas bemerkt. Ganz sicher.

Dieser Mann war Arzt, es war sein Job, solche Dinge in Betracht zu ziehen. Sicherlich war er auch sonst sehr gut in dem, was er tat. Aber diesmal irrte er sich.

Plötzlich fiel ihr etwas auf, das der Arzt gesagt hatte.

»Soll das heißen, meine Schwester liegt tatsächlich im Koma?«

Doktor Carroll nickte, woraufhin Mom einen Laut ausstieß, der nach einem getretenen Tier klang.

»Wie lange wird das dauern?«, hakte Dad nach.

Der Arzt seufzte. »Wir wissen es nicht. Für gewöhnlich höchstens ein paar Wochen, aber es gab auch schon Patienten, die Monate oder sogar Jahre lang im Koma lagen.«

»Jahre?!«

»Es hängt vom Patienten ab.«

»Was sollen wir denn tun?«, fragte Alice verzweifelt. Ihre Schwester konnte unmöglich Jahre lang im Koma liegen und vielleicht nie wieder aufwachen.

Doktor Carroll sah sie mitfühlend an. »Zunächst sollten Sie alle nach Hause gehen und sich ausruhen. Sie waren die ganze Nacht hier. Danach braucht Scarlett viel Zeit und Geduld. Sie sollten sie oft besuchen und mit ihr sprechen. Es ist gut möglich, dass sie aufwacht, wenn sie vertraute Stimmen hört. Sie können ihr auch Musik vorspielen oder vorlesen. Das Wichtigste ist, dass Sie Ihre Tochter nicht aufgeben, sondern ihr helfen.«

Einen halben Tag war dieses Gespräch nun her. Alice lag auf ihrem Bett und starrte die Decke an. Egal, wie sehr sie gefleht, verhandelt und diskutiert hatten, Doktor Carroll war hart geblieben. Sie sollten nach Hause gehen und schlafen, neue Kräfte mobilisieren, bevor sie wiederkamen. Ihre Eltern hatten Alice ins

Bett gesteckt, wo ihr vor Erschöpfung sofort die Augen zugefallen waren. Eine Weile hatte sie geschlafen, bis das Klicken der Haustür sie weckte. Mom und Dad waren ohne sie ins Krankenhaus gegangen. Vermutlich hatten sie kein Auge zugemacht.

Schlecht gelaunt stand Alice auf, ohne sich die Mühe zu machen, sich anzuziehen. Es war kurz vor sechs Uhr abends und sie würde ohnehin bald wieder ins Bett gehen.

Sie setzte sich an ihren Schreibtisch und verstellte den Bürostuhl etwas höher. Es war einfach unmöglich, sich zu entscheiden, in welcher Höhe man sitzen wollte. Achtlos schob sie die Hefte und Bücher zur Seite, die sich auf ihrem Schreibtisch stapelten, und schaffte sich so ein wenig Platz.

Sie schaltete den Computer ein. Möglicherweise gab es zig Hinweise auf Scarletts Gefühlswelt und Alice hatte sie einfach ignoriert.

Während der Rechner hochfuhr, schlurfte Alice in die Küche und holte sich ein Glas Wasser. Sie musste den Hahn lange aufdrehen, bevor es kalt hervorsprudelte. In ihrem Hinterkopf schien ein kleiner Mann zu sitzen, der mit einem Presslufthammer Teile der Schädeldecke abbrach. Sie nahm einen Schluck und das Wasser schien ihr direkt ins Gehirn zu fließen. Stöhnend legte sie die rechte Hand in den Nacken und drückte vorsichtig die schmerzenden Muskeln. Vermutlich würde sie sich für die nächsten Monate nicht mehr entspannen können.

Die Gedanken quälten sie.

Scarlett hatte versucht, sich umzubringen. *Ihre* Scarlett hatte das Fenster geöffnet und war gesprungen. Egal, wie oft sie die Worte innerlich wiederholte, sie ergaben keinen Sinn.

Alice kramte Aspirin aus dem Apothekerschränkchen und drückte eine Tablette aus der Packung. Sie schenkte sich ein zweites Glas Wasser ein und schluckte die Medizin.

Tick, tick, tick machte es in ihrem Kopf, als würde eine Eingebung versuchen, sich an die Oberfläche zu kämpfen. Alice ignorierte es; sie war gedanklich bereits ausgelastet.

Auf der anderen Seite war ein Sturz aus dem zweiten Stock nicht tödlich, besonders, wenn man mit den Beinen voran sprang. Hatte Scarlett nicht daran gedacht oder war es ihr völlig egal gewesen? Oder war es eben doch *kein* Selbstmordversuch gewesen?

Das vertraute *Ping* verriet ihr, dass der Computer nun für sie bereit war. Seufzend schlurfte sie zurück ins Zimmer und setzte sich vor den Rechner. Aus Gewohnheit überprüfte sie zunächst ihre E-Mails, YouTube und Facebook. Bei Letzterem leuchtete ihr über dem winzigen Sprechblasen-Symbol eine rote Eins entgegen. Sie hatte eine Nachricht.

Alice musste um Fassung ringen, denn die Mitteilung war von Scarlett. Es dauerte ein paar Minuten, ehe sie begriff, dass sie vom vorletzten Abend war. Die beiden Schwestern hatten wie so oft bis spät in die Nacht miteinander gechattet und wie üblich hatte Alice sich als Erste verabschiedet, weil sie ins Bett gehen wollte. Die letzte Nachricht von Scarlett hatte sie nicht mehr gesehen und deswegen war sie bis heute als neu gespeichert gewesen.

»Schlaf gut~~~«, hatte sie geschrieben und darunter stand: *Gesendet am Dienstag, um 23:45*

Alice unterdrückte ein Schluchzen. Am Dienstag um 23:45 war noch alles gut gewesen und am Mittwoch hatte Scarlett sich entschieden, ihrem Leben ein Ende zu setzen.

Oder?

Dieser Umbruch konnte doch nicht einfach von einem Tag auf den anderen passiert sein!

Alice scrollte mit der Maus die Nachrichten hoch, auf der Suche nach Anzeichen für den schwankenden Gemütszustand ihrer Schwester. Sie fand …

… absolut nichts.

Wieso war Alice nie aufgefallen, dass ihre Schwester immer guter Laune war? Dass sie sich nie wegen dummer Kleinigkeiten beschwerte? Es war direkt anormal. Nicht ein böses Wort, nicht mal zum Spaß. Kein Mensch war dermaßen ausgeglichen, besonders nicht gegenüber der eigenen Zwillingsschwester. Beinahe unheimlich.

Alice dagegen? Oh, sie war anders. Sie fand reihenweise Nachrichten, in denen sie sich über die Schule ausließ, über Mom oder über Freunde.

»Mathe war zum Kotzen! >___<«, lautete die letzte dieser Nachrichten, mit einem Emoticon, das ihren Unmut ausdrücken sollte. Scarlett hatte ihr zugehört und ihr Mut zugesprochen, sich jedoch nicht an der Mitleidsparty beteiligt.

Es war in der Tat merkwürdig. Alice las weitere ältere Mitteilungen, dann noch viel mehr davon und schließlich hatte sie über achttausend Nachrichten überflogen, die sie und ihre Schwester ausgetauscht hatten. Scarlett war geradezu unnatürlich zufrieden mit ihrem Leben gewesen.

In diesem Moment fiel bei Alice der Groschen.

Scarlett hatte *gelogen*.

Ihre Schwester hatte ihr etwas vorgespielt. Alice wusste nicht, wieso sie sich dessen so sicher war, aber sie war überzeugt, dass Scarlett ihr nicht die Wahrheit gesagt hatte. Scarlett hatte sich das letzte Jahr alle Mühe gegeben und Alice davon überzeugt, dass ihr Leben glücklich, zufrieden und sorgenfrei war. Und Alice hatte es ihr abgekauft, ohne ein einziges Mal zu hinterfragen.

Zornig sprang sie auf. Was für eine Idiotin sie war!

Ihre Schwester hatte ihr so vieles verschwiegen und sie, Alice, hatte nichts bemerkt! Nicht nur das … Scarlett war schließlich ihre *Zwillings*schwester, sie hätte irgendwas spüren müssen. Oder zumindest hätte sie ihren Verstand benutzen können, dann wäre ihr schon aufgefallen, dass niemand vierundzwanzig Stunden am Tag, sieben Tage die Woche dermaßen glücklich war, dass ihm die Sonne aus dem Hintern schien.

Alice war wütend. In allererster Linie auf sich selbst, aber auch auf Scarlett, ebenso auf die Ärzte, die nichts tun konnten, und wie immer mischte sich der schwelende Zorn gegen ihre Eltern mit ins Bild. Sie packte eine Schneekugel, die sie von ihrer Oma zu Weihnachten bekommen und noch nie gemocht hatte, und schleuderte sie quer durchs Zimmer. Klirrend zerschellte sie an der gegenüberliegenden Wand und hinterließ einen feuchten Fleck. Der Eisbär segelte samt Iglu und Kunstschnee zu Boden. Schicksalsergeben beobachtete sie die Misere.

Es half nichts.

Irgendetwas war mit Scarlett passiert – war in ihr vorgegangen und hatte sie um ihren Lebenswillen gebracht. Und Alice würde herausfinden, was es gewesen war, das ihre Schwester in den Tod getrieben hatte.

Die Zeit verging und Alice besuchte Scarlett jeden Tag, manchmal mit ihren Eltern, meistens jedoch allein.

Mom und Dad kamen getrennt und verbrachten einige Stunden an Scarletts Seite, bevor sie sich wieder der Aufgabe zuwandten, die Familie über Wasser zu halten. Alice war von der Schule befreit und obwohl man ihr gesagt hatte, sie müsse alles nachholen, verschwendete sie keinen Gedanken an Lernen und Aufgaben lösen.

Im Krankenhaus setzte sie sich an Scarletts Bett, hielt ihre Hand und erzählte von lustigen Fernsehsendungen, von Leuten, die sie auf der Straße gesehen hatte oder von der Schule. Sie hätte gern jemanden aus Scarletts Klasse eingeladen, ihre Schwester zu besuchen, aber Alice kannte keinen einzigen Namen. Scarlett hatte nie jemand bestimmten erwähnt, sondern immer nur gesagt »Eine Freundin von mir …«. Auch das war Alice erst innerhalb der letzten Tage aufgefallen. Sie hatte ihren Vater danach gefragt, der sie ratlos angesehen hatte, und Alice wollte ihn lieber nicht weiter mit Fragen bedrängen, er hatte es so schon schwer genug. Mom hatte zwar davon abgelassen, ihm die Schuld zu geben, nur fand er dadurch keinen Frieden. Einmal hatte sie ihn dabei ertappt, wie er in Scarletts Zimmer stand und nachdenklich mit der Hand den Fensterrahmen nachzeichnete. Alice konnte die vielen *wenn-dann* in seinem Gesicht ablesen.

Wenn ich früher nach ihr gesehen hätte, dann …

Wenn wir uns öfter unterhalten hätten, dann …

Wenn ich mir mehr Zeit genommen hätte, dann …

Dann was? Alice gab ihr Bestes, diese Fragen gar nicht erst zuzulassen, sie brachten ihr keine Antworten.

Gut zwei Wochen nach dem Unfall – wie es von allen in falscher Höflichkeit genannt wurde – schlugen die Ärzte vor, Scarletts Zimmer solle etwas wohnlicher gestaltet werden. Dinge von zu Hause würden sie an ihr Leben erinnern und vielleicht zurück in die Welt holen.

Kurz darauf stand Alice im Zimmer ihrer Schwester und entschied, was ins Krankenhaus mitkommen sollte. Selbst Scarletts Geschmack war ganz anders als ihrer. Das Zimmer war in einem zarten Rosa gehalten und sah aus, wie aus einer Illustrierten gefallen. Scarlett besaß einen weißen Schminktisch, eine hölzerne Kommode, die mit Herzemblemen verziert war, und sogar ein richtiges Himmelbett. Alice dagegen besaß nicht mal eine Schublade, die ausschließlich für Socken gedacht war. Scarlett war die Prinzessin der Familie.

Was sollte Alice mitnehmen? Vielleicht eine der Trophäen und Auszeichnungen, die Scarlett erhalten hatte? Die würden sich gut im Krankenzimmer machen und hätten nebenbei noch den Effekt, die Eltern der anderen Kinder vor den Kopf zu stoßen. Alice steckte die zweitgrößte ein, denn sie wollte es nicht übertreiben.

Sie suchte vergeblich nach Fotos ihrer Freunde, das einzige, was sie fand, war eine Aufnahme der beiden Schwestern, als sie beide zehn Jahre alt gewesen waren und sich zu Halloween als Hänsel und Gretel verkleidet hatten. In Ermangelung anderer Bilder steckte sie es ein.

Alice nestelte gerade an einer Schmuckschatulle herum, als das Telefon klingelte. Sie fuhr hoch und der Inhalt des Kästchens ergoss sich über den Teppichboden.

»Ach, Mist«, seufzte Alice und ging in die Hocke. Im Wohnzimmer hörte sie ihren Vater sprechen, aber sie verstand nicht, worum es ging.

»Warum hast du auch so viel von dem Krempel?«, murmelte sie und sammelte die zwei Dutzend Paar Ohrringe ein, die zusammen mit noch mehr Ringen und Ketten auf dem Boden gelandet waren. Ein besonders freches Schmuckstück war unter das Bett gerollt und funkelte sie auffordernd an. Stöhnend griff Alice danach und fluchte im nächsten Augenblick laut. Sie hatte sich gestoßen.

Verärgert griff sie noch einmal unters Bett und zog eine flache, schwarze Holzkiste hervor. Auf der Vorderseite prangten die Symbole der vier Spielkartenfarben als silberne Verzierungen: Pik, Herz, Kreuz und Karo.

Neugierig beäugte Alice ihr Fundstück. Diese Kiste hatte sie noch nie gesehen und sie konnte sich nicht erinnern, dass Scarlett sie in der alten Wohnung schon besessen hatte. Dennoch wirkte sie alt und beinah antik.

Alice erwartete einen Code, einen komplizierten Mechanismus oder Schwierigkeiten anderer Art und war überrascht, als sie die Kiste unverschlossen vorfand. Mit Schwung öffnete sie den Deckel. Sie hatte etwas Spektakuläres erwartet – vielleicht eine Rauchbombe oder eine weiße Taube oder zumindest einen Strauß blöder Plastikblumen – aber was wie ein Zauberkoffer daherkam, war nur eine Aufbewahrungsbox für Papier. Schmollend griff Alice nach dem ersten Blatt und stellte überrascht fest, dass es sich um eine Zeichnung handelte. Ebenso bei dem nächsten, übernächsten und allen anderen Blättern. Scarlett hatte sich als Künstlerin betätigt und ihr Hobby vor der Welt versteckt.

Dabei ist sie gut, dachte Alice verblüfft.

Sie hielt die Zeichnung eines Märchenwaldes in der Hand, durch den ein gelber Backsteinweg führte. Das nächste Bild zeigte ein Haus, das über und über mit Pelz bezogen war und zur Krönung außerdem zwei Hasenohren besaß. So ging es weiter – Gärten, Wälder, wundersame Orte und Tiere. Scarlett hatte eine blühende, wenn auch leicht verquere Fantasie.

»Gar nicht schlecht, Schwesterherz, gar nicht schlecht.«

Alice legte alles vorsichtig zurück in den Koffer und nahm ihn an sich. Bestimmt wäre Scarletts Kunst eine große Hilfe, selbst wenn sie sie weder sehen noch fühlen konnte. Die bloße Anwesenheit genügte.

Voller Optimismus und Tatendrang machte Alice sich auf ins Krankenhaus. Es galt, ihre Schwester aufzuwecken!

Jedenfalls war das der Plan gewesen und Alice fühlte sich betrogen und machtlos, als sie das Krankenzimmer erreichte und Scarlett nach wie vor einer Wachsfigur glich. Ihre Brust hob und senkte sich gleichmäßig, ihre Hände waren friedlich über der Decke gefaltet und ein Mona Lisa-Lächeln umspielte ihre Lippen.

»Langsam ist es genug, Scarlett«, versuchte Alice ihre Schwester zu konfrontieren. »Mom und Dad machen sich große Sorgen und auch ich kann nicht ewig die Schule schwänzen, um jeden Tag hier aufzukreuzen. Es ist Zeit, aufzuwachen, hörst du?«

Selbstverständlich tat sich nichts. Scarlett schlief wie die zwei Wochen zuvor.

»Beweg dich gefälligst, du faules Stück!«, schnauzte Alice sie an.

Eine Krankenschwester flatterte aufgeschreckt herein und bedachte Alice mit einem missbilligenden Blick, beließ es jedoch bei einem abfälligen Schnalzen. Vermutlich war es nicht das erste Mal, dass Angehörige die Fassung verloren. Alice entschuldigte sich kleinlaut und die Frau ließ sie allein.

»Siehst du, wozu du mich bringst?«, beschuldigte Alice ihre Schwester, die sich nicht wehren konnte, und zog sich einen Stuhl ans Krankenbett.

»Ich bin enttäuscht von dir«, ging die Predigt weiter. Alice war sich nicht bewusst, dass sie quasi mit sich selbst sprach, denn Scarlett konnte nicht antworten. Und auch wenn jemand sie darauf hingewiesen hätte, hätte Alice es wohl kaum unterlassen. Es gehörte einfach zu ihr wie die Kraftausdrücke oder die ungesunde Vorliebe für Süßigkeiten.

»Du hast mir nicht gesagt, dass du dir die Haare färben möchtest und auch nie einen Namen deiner Freunde genannt. Und jetzt erfahre ich per Zufall, dass du malen kannst? Das hätte ich nicht von dir gedacht. Wenn man so gut in etwas ist, sollte man es mit der Welt teilen.«

»Oder wenigstens mit der eigenen Schwester«, setzte Alice brummend hinzu. Sobald Scarlett aufwachte, würde sie die gesamte Standpauke wiederholen und sie noch ein wenig ausschmücken. Sie erlaubte dem bösartigen, kleinen Wörtchen *falls* nicht, sich ins Bild zu schieben.

»Schau dir das hier mal an«, rief sie aufgeregt und zog eine der Zeichnungen hervor, um sie Scarlett unter die bleiche Nase zu halten. Es handelte sich um die Bleistiftskizze eines Schachbretts, an dessen Rand die Figuren saßen und sich scheinbar unterhielten.

Missbilligend schüttelte Alice den Kopf. »Keine Reaktion, wie? Na ja, du kennst es ja auch schon. Was meinst du, worüber die reden? Das hässliche Würfelspiel von der anderen Straßenseite, oder so?«

Sie ergriff die Hand ihrer Schwester und drückte sie einmal fest. Alice hatte gelesen, dass Komapatienten alles mitbekamen und sie wollte sichergehen, dass Scarlett nicht nur hörte, sondern auch spürte, dass sie bei ihr war.

»Oder das hier.« Alice hielt Scarlett das Bild eines Rosenbusches hin. Die Blätter erstrahlten in einem satten Grün, aber bei den Blumen hatte Scarlett sich anscheinend nicht recht entscheiden können. Einige waren weiß, andere Rot und von einer tropfte die Farbe zu Boden.

»Sieht aus, als hätte jemand versucht, sie anzumalen«, kommentierte Alice das Werk ihrer Schwester, »Wahrscheinlich ist es ihm egal, dass die Rosen dann eingehen.«

Alice wühlte sich weiter durch den Wust von Gemälden und gab jedes Mal ihre, wie sie glaubte, höchst wertvolle Meinung dazu ab.

Bis sie ein leeres Blatt in den Händen hielt. Sie stutzte und besah es sich von allen Seiten. Es war schlicht und ergreifend weiß, nicht mal ein Künstlerkürzel gab es in einer der Ecke. Alice vermutete, dass ihre Schwester es aufbewahrte, falls die Inspiration sie überraschenderweise heimsuchte. Doch zurzeit brauchte sie es ja eigentlich nicht. Es gäbe später noch genug Gelegenheit, weißes Papier zu sammeln oder sich ein anderes exzentrisches Hobby zuzulegen. Alice für ihren Teil hatte sich fest vorgenommen, im hohen Alter Emus zu züchten.

Sie fasste das Blatt zwischen Daumen und Zeigefinger und war drauf und dran, es zusammenzuknüllen, als die Sonne sein Geheimnis verriet. Das durchs Fenster scheinende Licht ließ zarte Worte auf dem Blatt schimmern. Alice drückte Scarletts Hand noch ein wenig fester und wappnete sich für die geheime Botschaft ihrer Schwester, die sie gleich lesen würde.

Aber Pustekuchen! Scarlett hatte hunderte Male das Wort *Kaninchen* mit weißer Schrift auf das Papier geschrieben.

Alice stutzte. Sollte das ein Scherz sein? War möglicherweise irgendwo in dem Text eine wichtige Nachricht versteckt und Scarlett zählte darauf, dass niemand so weit kam?

»Wusste gar nicht, dass du so auf Kaninchen stehst …«

Alice hielt das Blatt ein wenig höher und begann zu lesen – laut, damit ihr auch klangliche Ungenauigkeiten auffielen.

»Kaninchen, Kaninchen, Kaninchen, Kaninchen, Kaninchen …«, et cetera. Alice hörte gar nicht mehr auf und selbst wenn sie gewollt hätte, es wäre zwecklos gewesen. Längst hatte sie ihr Hirn ausgeschaltet und wiederholte nur noch stoisch das Wort *Kaninchen*. Sie bemerkte nicht, dass ihre Zunge schwerer und ihr Verstand träger wurden; dass sie ihren Kopf auf den Beinen ihrer Schwester bettete und dabei weiterhin fest ihre Hand umklammerte.

Alice musste sich beruhigen. Wenn sie in Panik geriet, war alles vorbei, das hatte man ihr vor Jahren beigebracht. Ruhig bleiben. Situation erfassen. Ausweg finden.

Alice strengte sich an, einen Rhythmus für ihre Atemzüge zu finden.

Ein. Aus. Ein. Aus.

Na also, war doch gar nicht so schwer.

Nun die Situation erfassen. Sie hockte am Ende eines Lehmtunnels, dessen Decke sie erreichen konnte, wenn sie sich auf die Fußspitzen stellte und die Arme ausstreckte. Hinter ihr war nichts als eine kalte Wand, und der einzige Ausweg lag vorne.

Alice konnte sich beim besten Willen nicht erinnern, wie sie hergekommen war. Niemals hätte sie sich freiwillig in einen Tunnel begeben, bei dem sie nicht wusste, wo der Ausgang war und wie sie die Oberfläche erreichen konnte. Irgendwie musste sie aber dennoch hierhergelangt sein, sie hatte nur vergessen, wann und wie. So sehr sie sich auch anstrengte, es wollte ihr nicht mehr einfallen.

Es war zum Verrücktwerden!

Ein schwaches Licht beleuchtete die Wände, aber Alice konnte nicht sehen, woher es kam. Nur eins schien offensichtlich – der einzige Ausweg lag vor ihr. Klaffend und bedrohlich wie ein Schlund setzte der Tunnel seinen Weg ins Ungewisse fort.

Wimmernd beschwor Alice ihre zitternden Knie, aufzustehen und ihren Körper Richtung Ausgang zu tragen. Am Ende musste sie Antworten finden. Oder das Ende. Sicher sein konnte sie nicht.

Sich an der Wand abstützend, kam Alice auf die Beine. Ihr Körper schrie bei jedem Schritt auf, warnte sie davor, weiterzugehen, aber was sollte sie tun? Auf ewig in der Beklommenheit des Tunnels auszuharren, kam nicht infrage, und irgendwann musste er ja ein Ende haben!

Nachdem sie sich ausreichend selbst Mut zugesprochen hatte, machte Alice sich auf den Weg. Schon nach kurzer Zeit änderte sich die Umgebung. An den Wänden des Tunnels tauchten auf einmal Gemälde und andere Dekorationen auf – Alice stutzte, als sie an einem Wandteppich vorbeikam, auf dem ein Bilderrahmen eingestickt war, in dessen Mitte sich ein weiterer Wandteppich befand. Die einfachen Lampen wurden zu Kerzenhaltern und hier und da stand eine rostende Ritterrüstung.

»Es ist tatsächlich sehr merkwürdig«, sagte Alice zu sich selbst und ihre Stimme hallte, einem Echo gleich, von den Wänden wider. Der Tunnel schien außerdem kein Ende zu nehmen, egal, wie lange sie lief. Ein Blick über die Schulter bestätigte ihr, dass sie schon eine ganze Weile unterwegs sein musste. Alice ärgerte sich, dass sie nichts zu trinken und keinen Proviant dabeihatte. Wenn sie hier unten verhungerte, würde sie bestimmt niemand finden. Sie wusste ja selbst nicht, wo sie war!

Ein riesiges Deckenfresko zog Alices ganze Aufmerksamkeit auf sich. Sie legte den Kopf weit in den Nacken, um besser sehen zu können, es war jedoch viel zu groß, um es mit einem Blick zu erfassen. Wenn sie ein wenig mehr in die Mitte ginge, dann könnte sie es wahrscheinlich in seiner Ganzheit erkennen …

Die Augen stur nach oben gerichtet, lief Alice weiter. Das Fresko schien eine Landkarte darzustellen, auf der sie viele Wälder und einen großen See ausmachen konnte. Zumindest vermutete sie das.

Alice stieß einen spitzen Schrei aus.

Der letzte ihrer Schritte war ins Leere gegangen.

Wild mit den Armen fuchtelnd, kämpfte sie um ihr Gleichgewicht, musste jedoch einsehen, dass es sinnlos war. Ihre Augen weiteten sich und ihr Mund formte ein stummes *Oh*, als die Dunkelheit sich unter ihr auftat und sie mit sich in die Tiefe zog.

Alice fiel und fiel und …

»Verdammt!«, fluchte sie laut, als sie auf dem Boden aufschlug. In ihrem linken Ellbogen knirschte es gefährlich. Ein paar Meter über sich konnte Alice das Rechteck der Falltür sehen, durch die sie gestürzt war. Sie kämpfte sich auf die Beine und versuchte vergeblich, sich den Staub von den Kleidern zu klopfen.

Wo war sie gelandet?

Der neuentdeckte Raum war kreisrund, mit Schachbrettfließen ausgelegt und widmete sich einzig und allein dem Thema Uhren. Sie verteilten sich in allen Formen und Farben im ganzen Zimmer. Das gemeinsame Ticken erinnerte stark an einen rhythmischen Gleichschritt. Alice hoffte inständig, dass sie nicht mehr im Zimmer war, wenn es zur vollen Stunde schlug.

Verdattert ließ sie den Blick schweifen. Ein großer Kronleuchter spendete Licht und sogar an dessen Kerzenhaltern waren Armbanduhren befestigt. Mitten im Zimmer stand ein kleiner Glastisch, auf dem eine weitere Uhr thronte, die – ebenso wie der Tisch – komplett aus Glas war, so dass Alice die Rädchen und Muttern sehen konnte.

Besonders schön waren jedoch die großen Standuhren, von denen zwar keine die korrekte Zeit anzeigte, die aber so rhythmisch tickten, dass es Alice auf unerklärliche Weise besser ging. Laut einer Uhr war es *Mittagszeit* und eine andere verkündete ihr *Zeit ins Bett zu gehen*. Nur die wenigsten zeigten richtige Zahlen oder Ziffern, aber das störte Alice nicht. Sie hatte ein viel größeres Problem bemerkt: Es gab keinen Ausgang. Was fehlte, war eine Tür, und Alice wusste nicht, was zu tun war. Die Falltür war viel zu weit oben, um sie zu erreichen.

Alice schritt den Raum ab und betastete jede Standuhr. Vielleicht verbarg ja eine von ihnen einen Geheimgang, der sie nach draußen führte. Es konnte nur eine der größeren Uhren sein, denn nur durch sie würde ein Mensch passen. Und irgendwie mussten ja auch alle anderen Uhren hierhergebracht worden sein.

Nein. Ganz falsch.

Die Uhren verbargen rein gar nichts! Es war zum Verrücktwerden.

Alice seufzte schwer und stützte sich auf dem Tischchen ab. Sie zog mit dem Fingern vorsichtig die feinen Linien der Standuhr nach. Es nützte nichts, ohne System würde sie Stunden brauchen.

Was nun? Sie hatte die großen Uhren überprüft, wenn sie bei der unheimlichen Katzenuhr weitermachte und sich dann in konzentrischen Kreisen voran …

Moment.

Konnte es sein?

Neugierig schob Alice sich weiter an die Glasuhr heran.

Tatsächlich!

Sie tickte nicht.

Diese winzige Uhr vor ihr war die einzige im gesamten Raum, die stehen geblieben war.

Alice ging in die Hocke, um besser sehen zu können. Die Uhr hatte eine kleine Glastür, durch die Licht schien. Beinah glaubte Alice, eine grüne Wiese zu erkennen, nur war das beileibe unmöglich!

Vorsichtig öffnete sie das Türchen und eine feine Frühlingsbrise kam ihr entgegen.

»Was zum Teufel«, hauchte Alice. Wenn der Wind ihr nicht den Pony zerzaust hätte, sie hätte es nicht geglaubt. Der Ausgang aus ihrem Schlamassel lag auf der anderen Seite dieser Uhr, doch Alice konnte nicht annähernd genug Gewicht verlieren, um sich hindurch zu quetschen. Wenn sie sich arg verrenkte, konnte sie bis zur Schulter in die Uhr hineingreifen und mit den Fingerspitzen das weiche Gras berühren.

Nur das und nicht mehr.

Als Alice bewusst wurde, wie aussichtslos ihre Lage war, musste sie die Tränen zurückkämpfen. Der Ausgang war so nah und hätte doch nicht ferner sein können. Sie würde auf ewig im Uhrenzimmer versauern, bis sie entweder verdurstete oder an gebrochenem Herzen starb. Noch während sie überlegte, wem sie was vermachen würde, unterbrach ein zartes Klingen ihre Gedanken. Auf dem Glastischchen stand nun nicht mehr nur die Uhr, sondern auch ein feines Fläschchen, in dem eine klare Flüssigkeit schimmerte. Alice musste besonders achtgeben, es nicht zu zerbrechen, denn die

Flasche war kaum größer als einer ihrer Finger. Ein Etikett befahl ihr: »Trink mich!«

Alice blinzelte einmal, zweimal – nein, es war immer noch da und wollte getrunken werden. Schnell schaute sie sich um, ob nicht noch jemand im Raum war, aber sie war ganz allein.

»Lieber nicht. Wer weiß, was du bist. Es ist noch nie etwas Gutes dabei herausgekommen, alles zu trinken, was einen dazu auffordert, meinst du nicht?« Es störte sie nicht im Geringsten, dass niemand antwortete.

Leider wusste sie immer noch nicht, was sie hätte tun können. Wo das Fläschchen hergekommen war, gab es vielleicht noch mehr zu holen – einen Schlüssel etwa oder eine Leiter. Alice kniff die Augen zusammen und wünschte sich ganz fest, dass jemand ihr einen Ausweg weisen würde, bekam jedoch nichts als pochende Kopfschmerzen.

Es schien wirklich unausweichlich.

Zögerlich ergriff sie die kleine Flasche und entfernte den Glasstopfen, der nicht größer war als eine Murmel. Es roch nicht giftig. Andererseits gab es auch reihenweise Gifte, die man weder schmecken noch riechen konnte und das hier konnte sehr wohl eines davon sein.

»Ach, verflucht«, stieß Alice aus und bevor sie es sich anders überlegen konnte, setzte sie die Flasche an die Lippen und leerte sie in einem Zug.

Augenblicklich verspürte sie das absackende Gefühl in der Magengrube, das einen überkommt, wenn man im Vergnügungspark die Fallattraktionen fährt. Sie konnte sich noch zu gut daran erinnern, wie sie mit ihrer Familie in Disneyland den *Tower of Terror* besucht hatte. Es hatte ihr nicht sonderlich gefallen.

Immer weiter ging es bergab. Alice sah die Tischkante an sich vorbeisausen, die Wände wachsen und fragte sich bereits, ob sie vollends verschwinden würde, als das Schrumpfen abrupt aufhörte. Torkelnd versuchte sie, ihr Gleichgewicht wiederzufinden und die Übelkeit zurückzudrängen. Sie stolperte und fiel der Länge nach hin. Die Rillen der Bodenfliesen waren jetzt viel höher und schwieriger zu erklimmen. Frustriert ließ Alice sich genau zwischen eine weiße und eine schwarze Fließe fallen und schaute nach oben. Die Glasuhr war jetzt so weit weg, dass sie genauso gut in einer anderen Welt hätte stehen können; Alice war viel zu klein, um sie zu erreichen. Sie zog die Beine an sich und umschlang sie mit den Armen. Den Kopf auf den Knien gebettet, erlaubte sie sich einige Tränen. Was sollte sie nur tun? Klettern war aussichtslos!

Pling!, machte es neben ihr.

Zaghaft hob sie den Blick und entdeckte eine weitere Überraschung. Auf dem Boden vor ihr stand ein Kästchen, in dem einige Butterkekse lagen. Jeder einzelne war mit buntem Zuckerguss überzogen und lachte Alice entgegen. Sie griff nach einem blumenförmigen Keks mit pastellblauer Glasur, auf dem stand: »Iss mich.«

»Ach, komm schon«, stieß sie augenrollend aus, »ist ja wundervoll, dass ich hier mit Getränken und Snacks versorgt werde, aber eine Erklärung wäre mir lieber.«

Sie biss in den Keks und der Aufwärtsexpress setzte sich augenblicklich in Bewegung. Hoffentlich behielt sie keine Dehnungsstreifen von der Wachserei zurück. Und viel wichtiger! Hoffentlich wäre sie am Ende kein Riese!

Sie stoppte bei ungefähr einem Kopf größer als normal. Nun war es noch schwieriger, das kleine Fläschchen unbeschadet hochzuheben, aber Alice schaffte es schließlich. Auf wundersame Weise hatte es sich wieder bis oben hin gefüllt und rief noch immer dazu auf, dass man es trinken sollte. Alice stellte sich so dicht wie möglich an den Glastisch heran, um nicht wieder daran vorbei zu schrumpfen.

Das wäre doch gelacht!

Sie schluckte die klare Flüssigkeit und zog sich augenblicklich wieder zusammen. Als ihre Brust gerade noch auf Höhe des Tisches war, stemmte sie sich mit aller Kraft hoch und weil sie im Flug immer noch weiter schrumpfte, wurde sie nahezu in die Luft katapultiert. Keuchend landete sie auf dem Glastisch, wo sie in der Größe einer Puppe verblieb.

Hektisch sah Alice sich um und stieß dann ein Triumphgeschrei aus. Sie hatte es geschafft! Nur ein paar Schritte von ihr entfernt stand, mit geöffneter Tür, die Glasuhr und wartete darauf, dass Alice sie durchschritt.

Freudig rappelte Zwergen-Alice sich auf und rannte Richtung Freiheit.

DAS TAL DER TRÄNEN

Der erste Schritt in die neue Umgebung endete sogleich im ersten Sturz. Kaum hatte sie einen Fuß auf die Wiese gesetzt, war sie in eine Kuhle getreten und der Länge nach hingefallen.

»Das wird langsam zur Gewohnheit«, flüsterte sie verärgert und klopfte sich den Staub von der Hose. Hinter ihr stand die Glastür, aus der sie gekommen war, frei auf weiter Flur. Alice wunderte sich, warum man die Tür ausgerechnet *hier* hingebaut hatte, wo es weder Wände noch ein Dach gab, aber was hatte es für einen Zweck, darüber nachzudenken? Schließlich entbehrte ihr komplettes Abenteuer jeglicher Logik.

Langsam ließ Alice den Blick schweifen und blieb an einem Abgrund hängen. Die Wiese ging bereits nach wenigen Schritten in kargen Stein über und dieser ergoss sich kurz darauf in die Tiefe. Darüber sah sie den Himmel und die Sonne. Einzig ein entferntes Tosen verschaffte Alice eine ungefähre Ahnung über ihren Aufenthaltsort.

Vorsichtig ging Alice ein paar Schritte auf den Abgrund zu. Selbst wenn man im Traum immer kurz vor dem Aufprall aufwachte, wollte Alice nicht riskieren, zu fallen. Sie setzte einen Fuß auf den Stein und überprüfte seine Festigkeit. Schien stabil.

Alice schob die Nase über den Abgrund und spähte in die Tiefe. Weit unter ihr wuchs eine Art Beule aus dem Berg, rund und glatt als hätte der Wind sie abgeschliffen. Aus dieser Ausbuchtung ergossen sich gemächlich und sanft zwei Wasserfälle. Den dazugehörigen See konnte Alice nur erahnen, so weit war er entfernt. Es war eindeutig, dass sie in dieses Tal musste, aber wie sollte sie das bewerkstelligen? Schnell schaute sie sich um, entdeckte jedoch nichts außer Klippen, so weit das Auge reichte.

Springen stand außer Frage. Sie könnte zurückgehen, sich Kekse und Fläschchen holen und dann so viele Kekse essen, bis sie groß genug war, um den Abgrund nur noch als kleine Stufe zu nehmen. Allerdings würde sie dabei vermutlich das Fläschchen zerdrücken oder irgendwo an ihrem massigen Körper verlieren und wäre verdammt, für immer eine Riesin zu bleiben. Wenn sie es genau bedachte, war das also eine ausgesprochen dämliche Idee …

Alice überlegte hin und her, als sie aus den Augenwinkeln einen Goldschimmer auf sich zurauschen sah. Sie reckte ihren Kopf, um besser sehen zu können, und wäre um ein Haar vornüber über die Klippe gefallen. Ein Fisch von der Größe eines Ochsen arbeitete sich mit flinken Sprüngen den Wasserfall hoch. Hinter ihm kam der nächste und dann ein weiterer. Sobald sie die Spitze erreicht hatten, sprangen sie auf den zweiten Wasserfall über und ließen sich wieder nach unten treiben.

Alice hatte den Aufzug entdeckt! Natürlich müsste sie sich dennoch gut zehn Meter in die Tiefe fallen lassen, und das in der Hoffnung, auf einem Fisch zu landen.

»Na und!«, sagte sie zu sich selbst, »das hier ist *mein* Traum!« Sie war fest überzeugt, dass sie aufwachen würde, wenn sie vorbei sprang. Alice fasste Mut. Sie beobachtete eine Weile die Fische und versuchte, sich ihre Geschwindigkeit einzuprägen. Alle paar Minuten erreichte ein neuer den obersten Punkt.

Da! Ein besonders großer mit eisblauen Schuppen strebte dem Wendepunkt entgegen. Das war ihre Chance. Alice trat ein paar Schritte zurück.

»Keine Angst«, sprach sie sich selbst Mut zu.

Dann sprintete sie los.

Sie lief.

Der Abgrund kam näher.

Sie sprang.

Die Welt flog an ihr vorbei und sie sah den Himmel zwischen dem Schleier ihrer Haare hindurch. Sie musste kämpfen, um sich nach unten zu wenden. Die Fische kamen näher. Jetzt bloß keinen Fehler machen!

Sie erwischte den blauen Riesen mit den Armen. Ziellos grapschend versuchte sie Halt zu finden, aber sie hatte nicht damit gerechnet, wie glitschig die Schuppen sein würden. Als wäre er überrascht, sah der Fisch sie aus seinen großen Augen an, als sie an ihm vorbei fiel. Das harte Wasser drückte sie unnachgiebig nach unten und vernebelte ihre Sicht.

Alice hatte sich verrechnet.

So sehr sie auch versuchte, sich zu orientieren, im Wasser war sie verloren, musste bereits darum kämpfen zu atmen.

Bamm!

Ihr Fall wurde hart gebremst, so dass es ihr für eine Sekunde die Luft aus den Lungen presste. Prustend schoss ihr Kopf in die Höhe. Sie war zwischen der Flosse und dem schuppigen Körper eines Fisches eingeklemmt. Dieser schien seinen blinden Passagier nicht zu bemerken und setzte seinen Weg stoisch fort. Alice konnte ihr Glück kaum fassen! Nun würde sie doch noch das Tal sehen, bevor sie aufwachte.

Langsam aber stetig schob sie sich ihrem Ziel entgegen. Schon konnte sie den Grund des Sees erahnen, der unter dem klaren Wasser lag. In wenigen Minuten würde sie den Absprung wagen und hoffte, dass das Wasser tief genug war, um sie abzubremsen.

Der Sprung ins kühle Nass war zugleich der Sprung zurück in die Realität. Alice erwachte aus ihrer Trance wie ein Taucher, der nach Stunden die Oberfläche des Meeres wieder durchbricht. Sie schnappte gierig nach Luft und versuchte verzweifelt, sich zu orientieren. Der Traum war zerplatzt wie eine Seifenblase und sie war wieder im Krankenzimmer ihrer Schwester Scarlett. Sie hielt immer noch deren Hand und in der anderen das Blatt mit dem weißen Kaninchen.

Alice stieß einen schrillen Schrei aus und stieß beides von sich wie glühende Kohlen. Ihr Fuß verfing sich hinter einem Stuhlbein und sie landete laut krachend auf dem Fußboden. Dieselbe Krankenschwester flatterte herein wie ein aufgescheuchtes Huhn, die aufgefüllte Spritze zum Einsatz bereit. Fix erfasste sie die Situation – Alice auf dem Boden, pumpend wie ein Maikäfer; Scarlett im Bett, keine Veränderung. Die Schwester legte sich die große Hand auf ihren schweren Busen und atmete ein paarmal tief durch. Nachdem sie sich beruhigt hatte, setzte sie sofort eine ernste Miene auf.

»Was machst du hier bloß, Mädchen?«, tadelte sie.

Alice überlegte fieberhaft wegen einer Ausrede, aber ihr wollte selbst keine gute Erklärung einfallen. Sie hatte Scarletts Hand gehalten und war dabei … ja, was eigentlich? Eingeschlafen? Hatte das Bewusstsein verloren? Durch das Papier waren Halluzinogene in ihren Blutkreislauf geraten und sie war high gewesen?

Oder … sie war in einer von Scarletts Zeichnungen versunken. Konnte es sein?

Niemals.

Und doch hatte sie das Gefühl, damit den Nagel auf den Kopf getroffen zu haben. War es wirklich nur ein Traum gewesen oder hatten die beiden Schwestern doch eine besondere Zwillingsverbindung?

»Ich bin eingeschlafen«, entschuldigte sie sich lahm vor der Matrone, die die Krankenstation bewachte. Ärgerlich schaute diese sie an. Alice konnte sich vorstellen, was in ihr vorging – sollte sie mit eiserner Hand für Ordnung auf der Station sorgen oder Nachsicht zeigen mit dem Mädchen, dessen Schwester versucht hatte, sich umzubringen?

Sie entschied sich für Letzteres. »Dann bleib ab jetzt besser wach«, sagte sie und stapfte aus dem Zimmer.

Alice schluckte schwer und zog sich zurück auf ihren Platz. Es gab nur eine Möglichkeit, rauszufinden, was passiert war. Das Kaninchenblatt konnte sie nicht mehr verwenden, sie hatte es völlig zerfetzt. Alice öffnete die schwarze Kiste und begann zu wühlen. Irgendetwas anderes, was sie verwenden konnte, *musste* hier sein.

Da!

Das Bild zeigte ein grünes Tal, in dessen Mitte ein See von zwei Wasserfällen aufgewühlt wurde. Das obere Ende der Klippe sah man nicht. Alice wusste nicht genau, was sie zu tun hatte, deswegen hielt sie das Blatt vors Licht, um eventuell wieder Worte zu entdecken. Doch da war nichts.

»Was hast du bloß angestellt?«, fragte sie Scarlett und nahm fest ihre Hand.

»Also. Ähm. Na ja. Ich sehe hier … ein Tal? Und einen See«, stotterte sie, »außerdem zwei Wasserfälle, die in den See fließen und auf denen riesige Fische reiten. Wenn ich das so betrachte, sind das, glaube ich, Karpfen, oder? Also gigantische Karpfen, die in diesem

See hausen und die Wasserfälle als Straßen benutzen.«

Alice erzählte und erzählte, benannte jedes Detail auf dem Bild und wieder wurden ihr Zunge und Kopf immer schwerer.

Ihr Erwachen war unerwartet … unerwartet nass. Alice saß aufrecht mitten im Talsee und guckte dumm aus der Wäsche. Es war tatsächlich passiert. Sie hatte das von Scarlett gezeichnete Bild beschrieben, war daraufhin eingeschlafen und in ebenjenem Szenario wieder aufgewacht. Das hier war Scarletts Welt. Scarletts Unterbewusstsein.

Und Alice war mittendrin.

Fluchend wie ein Bierkutscher kam sie auf die Beine und watete aus dem See. Nachdem sie ihr Bestes versucht hatte, ihre Sachen auszuwringen, und kläglich gescheitert war, sah sie sich um. Was auf der Klippe noch wie eine Ausbuchtung im Berg gewirkt hatte, stellte sich von unten betrachtet als ein in den Stein gehauener Kopf heraus.

Scarletts Kopf, um genau zu sein.

Alice zog unbehaglich die Schultern hoch. Wer hätte gedacht, dass ihre Schwester selbstverliebt genug war, um in ihrem Unterbewusstsein eine Mount Rushmore-Variante ihrer selbst zu verbergen? Die Wasserfälle waren Tränenbäche, die aus den Augen der weinenden Scarlett flossen und so den See speisten.

»Reizend, ganz reizend«, kommentierte Alice und wandte sich ab. Das Tal der Tränen war ein bezaubernder Ort, an dem Alice zu gern Ferien gemacht hätte, wäre der riesige Kopf ihrer Schwester nicht gewesen. Ein kleiner, aber reinweißer Sandstrand umgab den See und ging dann schnell in das sanfte Grün einer Lichtung über, die von riesigen Farnen, Bäumen und allerlei Blumen gesäumt wurde. Nicht weit entfernt stand etwas, das wie eine überdimensionale Tulpe aussah, die doppelt so hoch war wie Alice.

Scarletts Innenleben war wirklich wunderschön.

Nein. Es war nicht ihr Innenleben – das musste vor Einsamkeit triefen – es waren ihre Fähigkeiten.

Nur was sollte jetzt geschehen? Von ihrer Schwester war weit und breit keine Spur und Alice wusste nicht, wo sie mit der Suche beginnen sollte. Sie konnte ja wohl schlecht blindlings in die Walachei marschieren und laut nach Scarlett rufen, schließlich war die überall um sie herum!

Während sie nachdachte, sprang eine kleine Haselmaus aus dem Dickicht der Bäume und hüpfte über die Lichtung zum See hinunter. Alice war sich nicht sicher, ob das die richtige Umgebung für Haselmäuse war, aber weil sie sich nicht blamieren wollte, sagte sie lieber nichts. Andererseits musste sie natürlich ihre Schwester finden und da bot es sich an, einen Einheimischen zu fragen. Auch wenn dieser eine Maus war.

Zögerlich trat sie an das Tier heran. »Hallo.«

Die Maus machte einen mörderischen Satz in die Luft und sah sie dann aus schreckgeweiteten Augen an. Ihr kleines Mäuseherz schlug zehnmal schneller.

»Na so was«, piepste sie aufgeregt, »du kannst mich doch nicht so erschrecken! Eine Unverschämtheit!«

Alice wusste gar nicht, wie ihr geschah – nicht nur, dass diese Haselmaus in einwandfreien Sätzen mit ihr sprach, sie war auch noch sehr schnell beleidigt.

»Das tut mir leid«, entschuldigte Alice sich hastig. »Ich dachte nur, du hättest mich hören müssen.«

»Wieso? Was meinst du damit? Willst du sagen, dass meine Ohren zu groß sind?«

Alices Augenbrauen schnellten unter ihren Pony. Bei dieser Maus musste sie ja höllisch aufpassen, was sie sagte.

»Nein, gar nicht«, versicherte sie, »ich finde, das sind sehr schöne Ohren.«

Die Maus beäugte sie skeptisch.

»Ach, ich weiß gar nicht, was ich sagen soll. Alles ist so merkwürdig!«, rief Alice und ließ sich in den Sand fallen.

»Wenn in deinen Augen alles merkwürdig ist, woher weißt du dann, dass nicht alles normal ist und du die Merkwürdige?«, gab die Maus zu bedenken.

»So hab ich das noch gar nicht gesehen«, sagte Alice. Die Haselmaus setzte einen altklugen Blick auf und ließ ihre Barthaare zittern.

Alice musste lachen. »Weißt du, wenn du so schaust«, sagte sie schmunzelnd, »erinnerst du mich glatt an eine Katze.«

»Ka-Ka-KATZE!« Die Haselmaus schüttelte sich von der Schwanzspitze bis zu ihren Ohren und riss die Augen auf.

»Wo? Wo? Wo ist die Katze?«, rief sie hysterisch und sprang geradezu im Dreieck. Alice fürchtete, das Mäuseherz würde jeden Moment aussetzen, wenn sie sich weiterhin so aufregte. Dass es selbst mit Haselmäusen derart durchgehen konnte, war nicht zu fassen!

»Schon gut«, flüsterte sie und hob beschwichtigend die Hände. »Hier ist nirgends eine Katze. Alles gut!«

Die Haselmaus hielt in der Bewegung inne und zog ein Gesicht, als hätte sie soeben das sauerste Drops der Welt gelutscht. Dann drehte sie sich unheimlich langsam zu Alice um.

»Keine Katze?«, wisperte sie.

»Keine Katze.«

»Was fällt dir ein?!«, fuhr die hochsensible Maus nun auf. »Wie kannst du es wagen, dieses Wort in meiner Gegenwart zu benutzen?!«

»Es … tut mir leid … ich wusste ja nicht …«, stammelte Alice um eine Entschuldigung bemüht.

»Es tut dir leid?!« Ungläubig schüttelte die Haselmaus den Kopf ob so viel Unverfrorenheit. Sie sammelte den Rest ihrer Würde und reckte die Nase so hoch, wie es nur ging. Zeternd und meckernd zog sie von dannen und ließ Alice in ihrer Ratlosigkeit zurück.

»Es tut ihr leid! Ist es denn die Möglichkeit …«, hörte Alice die Haselmaus noch ein Weilchen vor sich hin schimpfen, bevor sie im Dickicht des Tals verschwand.

»So was aber auch«, sagte Alice missmutig und kickte einen Stein in den See. »Führt sich auf wie ein Schreckgespenst nur wegen des *Wortes* Katze.«

»Du hast gerufen?«

Alice machte einen meterhohen Satz in die Luft und wirbelte herum. Vor ihr stand - in voller Größe und ausgereifter Eleganz - eine getigerte Katze, die in sich hinein grinste, als hätte sie ein köstliches Geheimnis. Vermutlich war dem auch so, schließlich verbarg jeder irgendetwas vor der Welt.

»Ich wusste nicht, dass Katzen grinsen können«, sagte Alice, denn sie glaubte nicht, dass langatmige Begrüßungen sie weiterbringen würden. Am Ende würde sie nur wieder aus Scarletts Bewusstsein katapultiert werden, ohne etwas erreicht zu haben.

»Etwas nicht zu tun oder nicht in der Lage dazu zu sein, sind zwei völlig verschiedene Dinge«, erwiderte die Katze schnurrend. Sie hatte eine ausgesprochen angenehme Stimme für eine Katze und Alice fühlte sich an die Zeit erinnert, als ihr Vater ihr noch jeden Abend etwas vorlas. Natürlich konnte sie die Vorstellung nicht lange aufrechterhalten, weil ihr Gegenüber eine Katze mit dunkelgrauem Fell und hellgrauen Streifen war. Dad hatte zwar ebenfalls graue Streifen, doch beschränkten sie sich auf sein Haupthaar.

»Da hast du wohl recht. Aber gerufen habe ich dich ganz sicher nicht.«

»Nein?«, fragte die Katze. »Dann entschuldige die Störung, ich hatte angenommen, aus dieser Richtung einen Schrei nach Hilfe vernommen zu haben.«

Alice war hin- und hergerissen. Zum einen brauchte sie dringend ein paar Antworten, zum anderen machte sie sich bereits Sorgen, weil sie mit Haselmäusen und Katzen sprach, als wäre es das Normalste auf der Welt. Ob sie verrückt wurde? Ging das so schnell? Nun ja, man konnte verrückt *nach* etwas sein oder eine Verrücktheit begehen, man konnte sogar für verrückt gehalten werden, weil man ein »anderes« Leben führte als die »Normalen«. Aber das bedeutete nicht automatisch, dass man tatsächlich den Verstand verloren hatte. Sie drehte und wendete den Gedanken, betrachtete ihn eingehend von allen Seiten und kam zu der Schlussfolgerung, dass sie selbst keine Antwort auf diese Frage finden konnte.

»Katze, werde ich verrückt?«

Die Katze schien amüsiert und ihr Grinsen wurde – wenn überhaupt möglich – noch breiter. »Verrückte denken nicht, dass sie verrückt werden, sondern glauben, sie sehen endlich klar.«

»Das ist wohl kaum eine Antwort.«

»Wohl kaum? Aber ein bisschen schon?«

»Nein! Eine Antwort wäre ja oder nein.«

»Das ist eine sehr schwierige Entscheidung, findest du nicht? Ob nun ja oder nein oder vielleicht ein wenig von beidem, wenn man sich entscheidet, dann ist es endgültig. Man kann schlecht ja sagen und nein meinen, ohne dabei seine Glaubwürdigkeit zu verlieren und wenn so viel auf dem Spiel steht, sollte man nicht leichtfertig urteilen, ob nun ja oder nein oder beides.«

Frustriert warf Alice die Hände in die Luft. Von diesem Gespräch würde sie nicht mehr mitnehmen als schlechte Laune. Aber was hatte sie auch erwartet von einem Gespräch mit einer getigerten Grinsekatze?

»Ich habe keine Zeit für diesen Unsinn«, sagte sie bestimmt und marschierte an der Katze vorbei. Wo sollte sie lang? Sich allein in das Dickicht zu schlagen schien ihr unklug, denn sie wusste nicht, wie sie Scarletts Unterbewusstsein wieder verlassen konnte und wollte nicht riskieren, sich zu verlaufen. Doch wenn sie auf der Stelle wartete, würde gar nichts geschehen, außer exzessiver Langeweile.

»Das ist der falsche Weg.«

Die Grinsekatze war wieder aufgetaucht und hockte auf einem abgesägten Baumstumpf. Alice keuchte erschrocken; wie war das möglich? Sie war definitiv vor der Grinsekatze losgelaufen und hatte sie hinter sich gelassen und doch saß diese nun hier vor ihr.

»Was hast du …? Wie konntest du …?«, stotterte Alice ungläubig.

»Meinst du nicht, es wäre ratsam, sich zunächst die Frage zu überlegen, bevor man den Mund aufmacht? Das ist unhöflich.«

»Meinst du nicht, dass es ebenso unhöflich ist, andere zu belästigen?«

Die Katze dachte lange über diese Frage nach, wobei ihr Schwanz durch die Luft fuhr wie eine Schlange.

»Nun gut, ich sehe ein, dass zu wissen, wo man hingeht, dem Sich-Verlaufen vorzuziehen ist. Ich weiß das ein oder andere, ob nützlich, mag ich nicht zu beurteilen.«

»Hast du schon mal ein Mädchen gesehen, das aussieht wie ich?«

Die Katze überlegte kurz. »Aber ja, natürlich. Vor wenigen Minuten am Ufer des Tränensees. Sie fragte mich verrückte Dinge über das Verrücktsein.«

Alice seufzte. Es war zwecklos, hier waren alle durchgeknallt! Die Haselmaus, die Katze und sie vermutlich auch, denn sonst wäre sie ja nicht hier.

»Katze, du verwirrst mich«, sagte sie kopfschüttelnd und drehte sich um.

»Das Wunderland zu durchreisen ist heutzutage nicht mehr so angenehm wie früher; man könnte auf den Tod treffen und der lässt nicht mit sich feilschen. Die Herzogin könnte dir mehr dazu sagen, du solltest sie besuchen.

Mädchen sind hier rar gesät, aber du bist nicht das erste, das einen Fuß in dieses Tal setzt. Blumen sprechen ihre eigene Sprache, sagt man, aber ich frage mich, wie viele von ihnen mehrere Stimmen beherbergen?«

Alice wirbelte herum. »Dan…« Doch die Grinsekatze war verschwunden und hatte nichts zurückgelassen als Ratlosigkeit. Verblüfft überblickte Alice die Umgebung, konnte das rätselhafte Tier jedoch nicht mehr entdecken. Die Katze war so schnell und leise gegangen, wie sie gekommen war.

»Blumen sprechen ihre eigene Sprache. Was soll denn das bedeuten?«

Langsam drehte sie sich um die eigene Achse. Blumen, Blumen, überall Blumen. In rot, gelb, blau, groß und klein. Wollte die Katze andeuten, dass sie sich miteinander unterhielten? Alice hoffte inständig, dass dem nicht so war, denn etwas Gruseligeres konnte sie sich kaum vorstellen. Obgleich im Wunderland – wie die Grinsekatze es genannt hatte – alles denkbar schien. Wenn die Pflanzen hier enorme Ausmaße erreichen konnten, dann sprachen sie womöglich auch miteinander.

Diese stängellose Tulpe da zum Beispiel hatte die Größe eines Lastwagens und leuchtete in einem Rot, das Alice noch nie bei einer Blume gesehen hatte. Ob sie zumindest wie eine Tulpe duftete? Zögernd näherte sich Alice auf ein paar Schritte. Wenn es sich nun um eine fleischfressende Pflanze handelte …

Die sprach.

Moment!

Alice konnte hinter den Blütenblättern eindeutig Stimmen ausmachen. Das hatte die Katze also gemeint, als sie sagte, dass Blumen sprechen würden, und manche in verschiedenen Stimmen. Die Tulpe war zwar enorm groß, aber war sie tatsächlich in der Lage, Menschen aufzunehmen? Mehrere noch dazu? Ein paar weitere Schritte und Alice konnte Worte ausmachen.

»… kannst nicht der Fischer sein, wenn …«

»… apropos, dazu kenne ich eine Geschichte, wollt …«

»Nein, keine Geschichte, lieber einen Witz. Also, passt auf, ein Walross und ein Zimmermann …«

Die dicken Blütenblätter dämpften das Gespräch und gönnten Alice nichts als lästige Satzfetzen. Aber es waren definitiv mehrere Personen. Nur Scarletts Stimme war nicht auszumachen – falls sie sich in der Blume aufhielt, beteiligte sie sich nicht an der Unterhaltung.

Es half nichts. An einer Blume zu klopfen hatte ohnehin wenig Sinn. Wenn Alice herausfinden wollte, was im Inneren vor sich ging, musste sie die ahnungslosen Leute überraschen.

Vorsichtig schob sie eines der Blütenblätter beiseite und warf einen ersten Blick ins Innere. Verdutzt hielt sie inne. Das waren gar keine Menschen, die sich unterhielten, sondern eine Versammlung von Tieren. Inmitten von verschiedenen Vögeln – da waren ein Papagei, ein Adler und zu Alices Unglauben sogar etwas, das stark einem Dodo ähnelte – und anderen Kleintieren saß ein Kapuzineräffchen und erzählte soeben eine Geschichte, die verdächtig nach Aschenputtel klang. Die Tiere hingen gebannt an seinen Lippen, lachten laut bei den lustigen Stellen und schüttelten sich vor Angst, wenn über die böse Stiefmutter gesprochen wurde. Als der Affe geendet hatte, applaudierten alle begeistert und sprangen auf, gratulierten dem Erzähler überschwänglich für seine fantastische Geschichte und berieten dann, was sie als Nächstes tun sollten. Alice hielt dies für den besten Moment, um auf sich aufmerksam zu machen, schließlich wollte sie niemanden mitten in der Geschichte unterbrechen.

Sie räusperte sich vernehmlich. »Ähm … hallo?«

Die Tiere erfroren in der Bewegung und sahen sie panisch an, einige der kleinen Herzen pumpten so schnell wie Presslufthämmer. Eine Sekunde später schrien alle hysterisch los und sprangen wild durcheinander, einige fielen sogar in Ohnmacht. Alice fühlte sich wie beim Konzert einer Boygroup.

»Ein Zweibeiner, ein Zweibeiner«, kreischte der Affe.

»Versteckt euch!«

»Lauft weg!«

»Sie blockiert den einzigen Ausgang!«

»Wir werden alle sterben!«

Was zum Geier ging hier vor sich? Alice hatte sich zwar seit einigen Tagen nicht mehr im Spiegel angeschaut, aber sie war sich sicher, dass ihr nicht mordlustig der Geifer tropfte. Dennoch erlitt diese bunte Gesellschaft schon bei ihrem Anblick einen Herzkoller und das nur, weil sie ein *Zweibeiner* war.

Sie steckte Daumen und Zeigefinger der rechten Hand zwischen die Lippen und stieß einen schrillen Pfiff aus. Das Tohuwabohu aus Federn und Fell erstarrte.

»Gut! Jetzt, wo ich eure Aufmerksamkeit habe …«, sagte Alice streng. »Ich hätte da ein paar Fragen.«

Misstrauisch beäugten sich die Tiere. Wie hatten sie Alice genannt? Einen Zweibeiner? Und dann waren sie davon ausgegangen, dass sie sterben würden.

Alice versuchte sich auszumalen, wie es höchstwahrscheinlich in den Tieren aussah. Wann immer sie einem Zweibeiner vertraut hatten, waren sie bitter enttäuscht worden. Diesen hier hatten sie zwar bisher noch nicht gesehen, doch sie wollten kein Risiko eingehen.

»Was für Fragen?«, knurrte der Affe, der anscheinend die offizielle Tiervertretung innerhalb der Blume war.

»Na ja, zuerst einmal, ich heiße Alice!«, sprach's und streckte energisch die Hand aus.

»Das ist keine Frage!«, kam sogleich die Antwort.

»Nein … ist es wohl nicht.« Nervös kaute Alice auf ihrer Unterlippe. »Ich suche meine Schwester, habt ihr sie vielleicht gesehen? Im Prinzip sieht sie aus wie ich, nur dass ihre Haare brau…«

»Nein! Nun geh!«

Alice unterdrückte ein Seufzen. Auf diese Weise kam sie offenbar nicht voran, die Tiere würden ihr niemals helfen, wenn sie Alice ansahen wie das Kalb den Schlachter. Eine andere Strategie musste her.

So unerfreulich es auch war.

»Nur noch eins. Kennt ihr vielleicht jemanden, der mit mir Plumpsack spielen würde? Nein? Das ist aber schade, ich hätte sogar Preise. Aber da kann man wohl nichts machen, man sieht sich«, plapperte Alice und schickte sich an, die Blume zu verlassen – natürlich möglichst langsam. Hinter sich hörte sie angeregtes Tuscheln.

»Warte«, rief das Äffchen da, »was für ein Spiel soll das sein?«

»Ohhh«, jauchzte Alice, als hätte sie keine Sekunde daran geglaubt, die Tiere mit dem Wörtchen Preise überzeugen zu können, »das ist einfach! Wir stellen uns im Kreis auf und einer ist der Plumpsack, das kann ja ich machen. Er hält ein Taschentuch in den Händen – so wie dieses hier zum Beispiel – und geht um den Kreis herum, wobei er das Plumpsacklied singt. Bei irgendjemandem muss er das Taschentuch fallen lassen. Wenn derjenige das bemerkt, muss er aufspringen, hinterherrennen und den Plumpsack fangen. Schafft er das, kann er zurück auf seine Stelle, ist der Plumpsack jedoch schneller, darf er sich auf den freien Platz setzen und der Neue ist der Plumpsack. Dann wiederholt es sich.«

Alice hatte dieses Spiel seit dem Kindergarten nicht mehr gespielt und sie hatte eigentlich auch keine sonderlich große Lust darauf, es noch einmal zu spielen, bevor sie eigene Kinder hatte, aber die Tiere waren Feuer und Flamme. Sie waren bereits dabei, sich im Kreis anzuordnen und konnten sich nicht entscheiden, ob sie sich der Größe, Farbe oder Artenzugehörigkeit nach setzen wollten.

»Ach ja, und es darf natürlich keiner schauen! Niemand darf sich umdrehen, während der Plumpsack läuft und wir erinnern uns daran, indem wir singen »Dreh dich nicht um, denn der Plumpsack geht um«. In Ordnung? Dann fang ich an.«

Sie spielten eine gefühlte Ewigkeit und Alice musste sich stark zusammenreißen, ihr Temperament im

Zaum zu halten. Schließlich hatte sie es eilig! Nach einer gewissen Zeit konnte sie jedoch einfach abschalten, weil die Tiere sie ohnehin nicht mehr mitspielen ließen – dank ihrer langen *zwei* Beine war sie viel schneller als alle anderen und niemand konnte sie fangen. Ihr konnte es nur recht sein, der Spaß hatte nach Runde dreiundzwanzig ohnehin aufgehört. Doch die Tierversammlung spielte, als gäbe es kein Morgen, und wollte trotz des simplen Konzepts des Spiels einfach nicht aufhören.

Alice döste ein wenig vor sich hin, wobei sie sich an den übergroßen Blütenstängel lehnte, als der Dodo beim Rennen über die eigenen Füße fiel und sich den Kopf stieß. Er wollte gar nicht mehr aufhören zu schreien, als ginge es ihm an den Kragen, also mussten sie das Spiel beenden und sich zurück in den Tierkreis begeben.

»Das war doch lustig, oder?«, fragte Alice in der Hoffnung, sich nun das Vertrauen der Tiere erspielt zu haben. In der Tat wirkten sie alle viel zu erschöpft, um sich noch Gedanken über den Zweibeiner zu machen, der die letzten Stunden in ihrer Mitte gesessen hatte.

Das Kapuzineräffchen sprang auf. »Wer hat gewonnen?«

»Wer hat … was bitte?« Alice war verdutzt; das Plumpsackspiel war nicht so konzipiert, dass am Ende jemand gewann. Wenn es vorbei war, war es vorbei.

»Gewonnen! Du hast gesagt, es gäbe Preise, aber nur der Gewinner kriegt einen Preis.«

Langsam dämmerte es Alice. »Jaaa, richtig. Ich hab was von Preisen gesagt. Was bin ich großzügig«, murmelte sie unbehaglich. Hastig wühlte sie in ihren Hosentaschen in der Hoffnung, es möge sich etwas Brauchbares finden. Nicht zu fassen, sie hatte tatsächlich eine ungeöffnete Stange Weingummis dabei!

Schnell überschlug sie die Rechnung – es müsste für alle reichen. Sie wollte lieber keinen einzelnen Gewinner aussuchen, denn am Ende brachte sie damit alle anderen gegen sich auf.

Feierlich schritt Alice die Runde ab und legte jedem ein Weingummi in die ausgestreckten Flügel oder Pfoten, als wär's ein Diamant. Für sie selbst blieb keines mehr übrig. Auch gut. Sie hatte sowieso keinen Appetit darauf …

»Jeder hat gewonnen«, verkündete sie hochtrabend und deutete einen kleinen Knicks vor der Gesellschaft an.

»Du hast keinen Preis.«

»Ja, außer mir. Ich hab verloren. Das Leben ist hart. Hauptsache ihr hattet Spaß.«

»Oh ja«, rief der Dodo, der sich mittlerweile wieder beruhigt hatte, mit Fistelstimme, »wir haben schon lange nicht mehr so viel gespielt.«

»Wieso nicht?«, fragte Alice verdutzt, »Ihr habt doch hier eine lustige Truppe zusammen.«

Die Tiere tauschten missmutige Blicke aus, dann sprach der Dodo weiter: »Im Wunderland sind Spiele verboten. Die Herzkönigin möchte nicht, dass wir uns amüsieren und dabei vergessen zu arbeiten.«

»Die Herzkönigin?!« Alice blieb die Spucke weg. Hatte Scarlett auch *Menschen* erfunden?

»Oh ja«, schaltete sich das Kapuzineräffchen ein, »sie ist fies und gemein und hat eine ganze Liste von Verboten. Spielen ist verboten, Geschichten sind verboten, Versammlungen sind verboten, Spaß ist stark eingeschränkt und Lachen nur am Sankt Nimmerleinstag erlaubt.«

»Nur an einem Tag?«

»Ja, wenn er denn mal wäre, aber leider kommt dieser Tag nie und nimmer.«

»Verstehe. Das klingt ja schrecklich, wer hat sie denn zur Königin gemacht?«

»Das wissen wir nicht, aber früher war es hier anders.«

»Was für eine Kuh!«, empörte sich Alice.

»Eine Kuh ist sie bestimmt nicht, die sind viel zu dämlich, um irgendwas auf die Beine zu stellen.«

»Ja, ich meinte nicht … na ja, ist ja auch egal.«

Das war merkwürdig – Scarletts Wunderland wurde von einer Herzkönigin regiert, die das kleine Paradies in einen Ort des Schreckens verwandelte. War es möglich, dass Scarlett jemanden erschaffen hatte, der sich ihrer Kontrolle entzog? Eine Figur, die sich selbstständig gemacht hatte und nun Scarletts Bewusstsein heimsuchte? Es war nicht völlig von der Hand zu weisen; wenn Scarlett in der Lage war, eine funktionierende Welt in sich selbst zu schaffen, mit Figuren, die dachten, sprachen und sich heimlich trafen, dann konnte sie auch durchaus eine künstliche Intelligenz erschaffen. Auch wenn es sich dabei um eine ziemlich gestörte Art der kreativen Betätigung handelte, Alice konnte nicht leugnen, dass sie beeindruckt und verschreckt zugleich war.

»Meint ihr, die Herzkönigin könnte jemanden einsperren? Nehmen wir an, jemand hat sich im Augenblick größter Verwirrung« – zum Beispiel ein Sturz aus dem zweiten Stock, der die Sinne mächtig durchschüttelt – »im Wunderland verirrt und wird von ihr geschnappt. Würde sie ihn gehen lassen?«

Das Äffchen überlegte eine Weile, bevor es antwortete. »Das kann ich nicht sagen. Seit sie an der Macht ist, sind viele Bewohner verschwunden und wir können uns nur noch heimlich treffen. Viele sind im Verlies gelandet, weil sie sich nicht an die Regeln gehalten haben.«

»Meine Schwester ist auch verschwunden – mehr oder weniger – wahrscheinlich ist sie auch im Verlies«, flüsterte Alice missmutig.

Die Tiere nickten einstimmig. Für Alice gab es demnach nur eine Entscheidung. »Gut, dann muss ich zur Herzkönigin!«

Die Tiere kreischten erschreckt auf, eine Taube griff sich gar an die Brust und fiel steif hintenüber, atmete jedoch weiter.

»Das ist eine dumme Idee!«, rief der Dodo aufgebracht.

»Ja? Wäre nicht das erste Mal«, kommentierte Alice trocken. Scarlett war im Wunderland, Scarlett konnte nicht zurück, Scarlett war vermutlich gefangen, deswegen musste sie, Alice, ihr helfen. Ganz einfach. Letztendlich war es doch ohnehin nur eine Illusion.

»Bitte, versucht nicht, es mir auszureden, ich werde es so oder so tun. Aber mit eurer Hilfe spare ich bestimmt eine Menge Zeit.« Sie setzte ihr gewinnendstes Lächeln auf und hoffte, dass es genügte.

Das Kapuzineräffchen seufzte theatralisch. »Also gut, es gibt ein paar Wege ins Schloss der Herzkönigin. Doch zunächst solltest du dich an die Herzogin wenden. Sie war früher eine Vertraute der Königin, aber seit geraumer Zeit entfernt sie sich von ihr. Sie kann dir bestimmt helfen. Such einfach nach dem Haus, das aussieht wie ein Kaninchen.«

»Du machst Witze, richtig?«

»Was meinst du?«, fragte das Äffchen verdutzt. Alice blinzelte ein paarmal, um das Gesagte zu verdauen.

»Nichts, schon gut«, wiegelte sie dann ab. Würde sie eben das Kaninchenhaus suchen, war doch gar kein Problem. Auch wenn das hier das Wunderland war, so konnte es auch an diesem Ort nicht unendlich viele Häuser in der Form eines Kaninchens geben.

»Vielen Dank, Freunde«, verabschiedete sie sich und trat dann aus der Blume zurück in das Tal der Tränen. Hinter sich hörte sie, wie die Tiere wieder anfingen, das Plumpsacklied zu singen. Alice schmunzelte und marschierte los Richtung Dschungel.

Wie groß war das Wunderland überhaupt?

In der nächsten Sekunde bebte alles um sie herum. Sie konnte sich nicht auf den Füßen halten und fiel der Länge nach zu Boden. Sofort wurde ihr schwindelig und kurz darauf fand sie sich in Scarletts Krankenzimmer wieder.

In der einen Hand hielt sie die Zeichnung des Tals der Tränen und mit der anderen drückte sie die Hand ihrer Schwester. Die Stationsschwester stand über sie gebeugt und musterte sie besorgt.

»Alles in Ordnung?«

Alice nickte träge und wischte sich mit dem Handrücken einen Speichelrest vom Mund. Wie lange hatte sie geschlafen? Draußen dämmerte es bereits.

»Du musst jetzt gehen«, sagte die Krankenschwester und begann, die Decke um Scarlett glatt zu streichen.

»Schon?«

»Ja, Liebes, die Besuchszeit ist längst vorbei. Du kannst morgen wiederkommen.«

Alice sammelte enttäuscht ihre Sachen zusammen und schob den Koffer mit den Zeichnungen unter Scarletts Bett. Sie hatte soeben den ersten wichtigen Hinweis erhalten und wollte nichts weiter, als wieder ins Wunderland zu reisen, um ihre Schwester zu suchen. Und jetzt musste sie nach Hause!

Als sie das Krankenhaus verließ und hinaus in den kühlen Abend trat, kam Alice ein anderer Gedanke. Die Sache mit der Herzkönigin erklärte immer noch nicht, wieso Scarlett sich aus dem Fenster gestürzt hatte. Die

Königin hatte Scarletts Schwäche in diesem Moment ausgenutzt, aber woher diese in allererster Linie gekommen war, das wusste Alice nicht. Irgendetwas in der realen Welt war der Grund dafür, dass Scarlett das Wunderland überhaupt erst erschaffen hatte, um sich hinein zu flüchten. Alice hatte kaum noch Kontakt zu ihrer Schwester gehabt und das, was sie wusste, war von Lügen zersetzt. Sie musste zunächst die kleine Wahrheit hinter Scarletts Leben ergründen, bevor sie die große Wahrheit hinter ihrem Selbstmordversuch herausfinden konnte. Doch dazu musste sie viel näher an das Geschehen heran. Es genügte nicht, wie Scarlett zu denken, sie musste Scarlett *sein*.

Eine SMS von ihrem Vater kündigte sich vibrierend an.

»Deine Mutter ist hier. Sie sagt, du sollst sie abholen, damit ihr zusammen nach Hause fahren könnt.«

Alice stöhnte innerlich auf. Belagerte ihre Mutter Dad jetzt schon zu Hause? Alice war der Meinung gewesen, dass die beiden ihre Differenzen vorübergehend auf ein erträgliches Maß reduziert hatten. Andererseits war es durchaus praktisch, dass sie die beiden auf einen Schlag erwischte und ihnen so gleichzeitig ihr Vorhaben erklären konnte. Alice machte auf dem Absatz kehrt. Das konnte lustig werden.

Alice fühlte sich unwohl, als sie die Haustür mit Scarletts Schlüssel öffnete. Warum hatte sie eigentlich keinen eigenen Hausschlüssel zu Dads Apartment? Müsste hier nicht so was wie ihr zweites Heim sein? Zufluchtsstätte und Rückzugsort? Er war doch auch *ihr* Vater.

Ihre Eltern saßen im Wohnzimmer, sie unterhielten sich leise und überraschend gesittet bei Tee und Keksen – ein Bild, das Alice lange nicht mehr gesehen hatte.

Mom sagte, sie würden gleich aufbrechen müssen und Alice nutzte die Zeit, um noch einmal in Scarletts Zimmer zu gehen.

Es wäre eine Umstellung, aber sie würde es schaffen. Und sie würde sich etwas wegen ihrer Haare einfallen lassen müssen; vermutlich eine Perücke, denn wenn sie färbte, würden die Ärzte und auch ihre Eltern einen Heidenaufriss machen. Des Weiteren würde sie fleißig sein und schnell den neuen Schulstoff nachlernen müssen. Scarlett sollte nicht nach Hause kommen und sich in jedem Fach mit einem Ausfall konfrontiert sehen.

Nein, einfach wäre es mit Sicherheit nicht.

»Schatz, wir können gehen«, rief ihre Mutter aus der Diele und Alice machte sich bereit. Es war so weit – sie würde ihren Eltern alles erklären und sich zur Not mit ihnen anlegen.

»Ja, gleich«, entgegnete sie und bat ihre Eltern ins Wohnzimmer, wo sie nebeneinander auf der Couch Platz nahmen und sie erwartungsvoll ansahen. Alice baute sich vor ihnen auf, atmete tief durch.

»Ich möchte Scarlett sein«, sagte sie fest.

Die Augenbrauen ihrer Eltern schossen beide in die Höhe.

Dad legte den Kopf schräg und machte ein Gesicht, als hätte er sich verhört. »Bitte was?«

Alice setzte sich steif auf den Sesselrand, die Hände im Schoß verknotet.

»Warum hat Scarlett versucht, sich umzubringen? Wir wissen es nicht! Aber wir müssen es rausfinden, oder?«

»Ja, sicher, nur was hat das mit dir zu tun? Du hast uns bereits gesagt, dass du nichts weißt«, entgegnete Mom nachdenklich. Das würde schwerer werden als erwartet.

»Richtig, aber ich *will* es wissen. Neben zu Hause war Scarlett nur noch in der Schule, richtig? Dann werden wir die Antwort dort finden.«

Dad nickte nachdenklich. »Wir könnten mit dem Direktor oder ihrem Klassenlehrer sprechen. Möglich, dass sie etwas bemerkt haben.« Mom stimmte sofort zu.

Nun war es an Alice, die Augenbraue hochzuziehen. »Das glaubst du doch nicht wirklich, oder? Nein, wir müssen das viel direkter angehen.«

Zunächst schienen ihre Eltern auch dies nicht zu verstehen. Sie sahen sich nur fragend im Raum um, als erwarteten sie die Antwort auf alle Fragen an den Wurzeln einer Zimmerpflanze. Doch dann ... Schnaubend vergrub Mom ihr Gesicht in den Händen, als sie verstand, worauf Alice hinauswollte.

»Ich werde Scarlett sein und ich werde zurück in diese Schule gehen und dann finde ich raus, was sie dazu gebracht hat, aus dem Fenster zu springen.«

»Du?«

»Ja.«

»Gehst auf die Schule deiner Schwester?«

»Genau.«

»Verkleidet als Scarlett?«

»So schaut's aus.«

»Das ist ein Witz, oder?«

Alice sah ihre Eltern eindringlich an. »Es ist unsere beste Möglichkeit!«

»Das sehe ich anders. Gehen wir davon aus, du hast recht und Scarlett hat sich wegen der Schule umbringen wollen, dann schicken wir dich bestimmt nicht in dieselbe Todesfalle.«

»Dad«, sagte Alice liebevoll, »ich bin nicht Scarlett und ich will leben. Du möchtest doch auch wissen, was passiert ist, oder?«

Alice sah ihm an, dass er zögerte, erkannte sein Wanken. Sie hatte ihn an der Angel.

»Wie lautet dein Plan?«, fragte er deprimiert.

In der Nacht fielen Alice immer mehr Lücken in ihrem Vorhaben auf. Sie hatte nur einen Tag, um wie Scarlett zu werden. Ihre Eltern würden zwar den Direktor einweihen, aber selbst das gesamte Personal musste ihr abkaufen, dass sie ihre Schwester war. Kein leichtes Unterfangen – die Perücke war das kleinste Problem. Scarlett hatte zwei Wochen in der Schule gefehlt und auch das musste sie irgendwie erklären. Es kam ihr entgegen, dass der Direktor auf Wunsch ihrer Eltern von Beginn an nur von einem Unfall gesprochen hatte, ohne den Selbstmordversuch zu erwähnen. Allerdings war Alice sich nicht sicher, was für ein Unfall es gewesen sein sollte, der sie zwei Wochen von der Schule fernhielt, ohne bleibende Spuren zu hinterlassen. Sie beschränkte sich auf die Idee eines Autounfalls und hoffte, dass niemand nach Details fragen würde.

Ihre eigene Schule hatte größere Schwierigkeiten gemacht. Nachdem auch Alice zwei Wochen durch Abwesenheit geglänzt hatte, wollte niemand einsehen, warum sie nun noch mehr fehlen wollte – wenn sie wieder zur Schule ging, dann konnte sie das doch auch in ihrer eigenen tun und sich auf ihre Prüfungen vorbereiten. Im Endeffekt gaben sie ihr nur zwei weitere Wochen, bevor sie wegen Fehlens von der Schule fliegen würde.

Von alldem hatte Alice bereits mächtige Kopfschmerzen und zu allem Überfluss war sie in Scarletts Zimmer gezogen, weil sie sonst jeden Morgen durch die ganze Stadt hätte fahren müssen. Leider konnte sie in diesem Prinzessinnen-Ambiente, nur zwei Fuß vom Schauplatz des versuchten Selbstmordes entfernt, nicht einschlafen. Immer wieder sah sie ihre Schwester vor sich, wie sie fiel.

Als sie am nächsten Morgen vor dem Spiegel stand, waren nur ihre Augenringe dunkler, als ihre neue Haarpracht. Auf die Kontaktlinsen hatte sie verzichtet, in der Hoffnung, dass niemand so genau hinschauen würde.

»Willst du das wirklich durchziehen?«, fragte Dad zum wohl hundertsten Mal.

»Wollen? Nein. Müssen? Durchaus.«

Ihr Vater war offensichtlich nicht überzeugt und schenkte sich zur Beruhigung die dritte Tasse Kaffee an diesem Morgen ein. Als Ergebnis bewegte er sich hektisch und der kleine Finger seiner rechten Hand zuckte unkontrolliert. Er sollte lieber bei seinen Chai-Tees bleiben.

»Hauptsache, du vergisst unseren Plan nicht. Sobald du etwas findest …«

»… kommst du auf direktem Weg nach Hause. Sprich nicht mit Fremden und geh erst über die Straße, wenn das grüne Männchen leuchtet«, imitierte Alice seine Haltung und Tonlage.

Schmollend verschränkte Dad die Arme vor der Brust, aber Alice beschwichtigte ihn mit einem Lächeln. »Ich bin kein kleines Kind mehr, ich kann auf mich aufpassen.«

»Vielleicht hab ich genau davor Angst«, gab er zu. Sie legte den Kopf schief und lächelte ihn mit so viel Zuneigung an, wie sie es sich seit der Scheidung nicht mehr erlaubt hatte. Auf einmal hatte sie das ungeheure Bedürfnis, sich ihm in die Arme zu werfen und sich von ihm über den Kopf streichen zu lassen, wie er es getan hatte, als die beiden Schwestern klein gewesen waren. Die Zeit verging viel zu schnell.

»Na dann«, rief sie betont fröhlich, »wir sehen uns heute Abend. Und ich hätte gern Papas weltberühmte Tiefkühlpizza zum Abendessen.« Damit entlockte sie ihm doch noch ein Lachen und verschwand durch die Tür in ihren ersten Schultag als Scarlett Liddell. Sie hoffte inständig, die Perücke würde im Laufe des Tages aufhören zu jucken.

Scarlett brauchte ganze fünfzehn Minuten zur Schule – tot*gelaufen* hatte sie sich also nicht. Alice war ein wenig neidisch, wenn sie bedachte, wann sie selbst aufstehen musste. Auch optisch machte diese Schule sehr viel mehr her als ihre eigene. Früher musste es sich um ein altes Stadtherrenhaus gehandelt haben mit drei Stockwerken und einem roten Schindeldach. Kein Graffiti verschandelte die weiß getünchten Wände und die schwarzen Tür- und Fensterrahmen wirkten teuer. In Alices Schule fand sich nicht mal genug Toilettenpapier.

Allerdings stellte sich die Frage, ob die noble Fassade auch die Schülerschaft widerspiegelte. Es stank geradezu nach Geld – Geld, das Scarlett nicht hatte. Waren die Schüler Snobs und ihre Schwester eine Außenseiterin, weil sie sich ihre Freunde nicht kaufen konnte?

Energisch schüttelte Alice die Gedanken fort. Es war albern, von einer schicken Fassade auf ein verkommenes Innenleben zu schließen. Scarlett wurde bestimmt gemobbt, nur die Gründe würde Alice erst noch herausfinden müssen.

Sie straffte die Schultern und richtete sich möglichst weit auf. »Bring it on«, sagte sie herausfordernd und betrat die Schule.

Es hatte soeben zur zweiten Stunde geklingelt und die Flure waren menschenleer. Alice hatte ausgemacht, direkt zum Direktor zu gehen, doch das war leichter gesagt als getan. Sie hatte keine Ahnung, wohin! Selbst wenn jemand da gewesen wäre, hätte sie ihn nicht ansprechen können, ohne zu riskieren, ihre Tarnung auffliegen zu lassen. Wenn sie sich nur ausmalte, vielleicht Scarletts beste Freundin zu erwischen und diese wie eine Fremde zu behandeln, wurde ihr ganz komisch.

»Miss Liddell«, hörte sie da ihren Namen. Der Sprecher war ein kleiner, untersetzter Mann mit glänzender Halbglatze und viel zu engem Anzug, der über seinen Bauch spannte.

»Direktor Lewis?«

»Ganz recht. Ich muss Ihnen sagen, Sie haben ausgezeichnetes Timing, Miss Liddell.«

Alice mochte es nicht, *Miss Liddell* genannt zu werden, das klang zu sehr nach ihrer Mutter. Nur konnte er sie wohl kaum *Alice* nennen. Sollte er sich einmal verplappern, wäre alles umsonst gewesen und sie selbst musste lernen, auf *Scarlett* zu reagieren.

»Ich muss gestehen, ich bin nach wie vor nicht vollständig von Ihrer kleinen Idee überzeugt.«

Alice belächelte den Seitenhieb. »Da sind Sie nicht der Einzige. Aber ich bin sicher, auch Sie möchten Bescheid wissen, wenn es an Ihrer Schule Mobbing gibt. Noch dazu, wenn es die Schüler in den Selbstmord treibt.«

»Nur den Versuch«, korrigierte er hastig, »es ist niemand gestorben«, Alice setzte in Gedanken ein *noch nicht* dazu, »und ich kann Ihnen nur erneut versichern, dass es hier kein Mobbing gibt. Wir würden es sofort beenden.«

Alice betrachtete ihn eindringlich und versuchte herauszufinden, ob er etwas verbarg.

»Natürlich«, entgegnete sie beflissen, »und doch bin ich hier. Täusche ich mich oder sind Sie sich Ihrer Sache nicht ganz so sicher?«

Der Hals des Direktors färbte sich dunkelrot und Schweiß brach auf seiner Stirn aus. »Sie sind hier, weil Ihre Schwester versucht hat, sich das Leben zu nehmen, und ich Ihnen helfen möchte.«

»Schon gut«, Alice hob beschwichtigend die Hände als Zeichen eines Friedensangebots. Der Direktor war ihr einziger Verbündeter an dieser Schule und auch wenn ihr das schwitzende Pummelchen unangenehm war, wollte sie es sich nicht mit ihm verscherzen.

In einer erstaunlichen Geschwindigkeit für einen Mann seiner Statur führte er sie durch die Schulflure, die ein ebenso perfektes Bild zeichneten wie die Außenansicht. Vielleicht *zu* perfekt.

»Ich muss sagen, Sie sehen Ihrer Schwester wirklich verblüffend ähnlich.«

»Das haben Zwillinge so an sich.«

»Richtig. Nur frage ich mich, wieso Sie keine Krücke oder Halskrause als dramatische Unterstützung mitgebracht haben. Ich dachte, Sie hatten einen *Unfall*.« Beim letzten Wort zeichnete er mit den Fingern imaginäre Anführungszeichen in die Luft.

Alice war wie vom Donner gerührt. Wieso nur hatte sie nicht daran gedacht? Das wäre viel glaubhafter gewesen! Zugeben wollte sie es indes nicht.

»Ich muss mich frei bewegen können. Das geht schlecht, wenn ich ständig darauf achten muss, zu humpeln.«

»Wie Sie meinen. Hier ist Ihr Klassenzimmer.«

Sie hatten im zweiten Stock vor einer Tür gehalten, hinter der Alice lautes Reden vernehmen konnte. Es klang, als würde jemand vorlesen und es kam ihr sogar bekannt vor.

»Macbeth«, flüsterte sie.

»Sehr gut, Miss Liddell. Scarletts Klassenlehrer – *Ihr* Klassenlehrer – heißt Mr. Ryan, er unterrichtet Englisch und hat eine Vorliebe für Shakespeare. Ihre Schwester war, *ist*, eine herausragende Schülerin. Ich hoffe, Sie ähneln ihr auch in dieser Hinsicht.«

Alice hielt es für das Beste, zu schweigen. Direktor Lewis klopfte ein paarmal energisch und riss die Tür auf, ohne auf das Herein zu warten.

Mr. Ryan war ein großgewachsener Mann Ende dreißig und attraktiv – für einen Lehrer. Verärgert über die Störung schaute er auf, verlor jedoch im nächsten Augenblick die Kontrolle über seine Gesichtszüge, als er sah, wer sein Klassenzimmer betrat. Hastig sprang er von seinem Pult auf, an dem er gesessen und zwei Schüler beim Vorlesen beobachtet hatte. Lächelnd kam er auf sie zu. Sein welliges braunes Haar reichte bis auf die Schultern und in seinen Augen lag der träumerische Ausdruck eines verletzlichen Welpen. Er trug die sympathische Lässigkeit eines Lehrers zur Schau, der noch nicht den Idealismus seines sonst desillusionierten Berufsstandes verloren hatte. Alice bemerkte, dass einige Mädchen in der Klasse nicht die Augen von ihm lassen konnten, auch wenn er ihr zu aalglatt war. Geschmäcker waren eben verschieden.

»Ich bringe Ihre abhandengekommene Schülerin zurück«, verkündete Direktor Lewis feierlich und Alice glaubte, selbst ein Tauber hätte das Zittern in seiner Stimme vernommen. Sie unterdrückte ein Augenrollen und lächelte stattdessen noch störrischer. Sollte sie überhaupt lächeln? War Scarlett womöglich zurückhaltend und schweigsam in ihrer Schule? Schnell wurde ihr Grinsen weniger breit.

»Scarlett«, rief Mr. Ryan und klang ehrlich erfreut, »wie geht es Ihnen? Ich habe gehört Sie … nun ja, die Rede war von einem Unfall.«

»Mhm«, bestätigte sie und ihre Stimme überschlug sich; sie räusperte sich, um es zu überspielen. »Ja, ein Autounfall, ich wurde angefahren.« Noch während sie sprach, wurde ihr klar, wie selten dämlich sie war.

»Wie furchtbar!«, rief ihr Lehrer aus. »Und Sie sind nicht verletzt?«

So viel zu ihrer Hoffnung, die Leute würden die Erklärung *Autounfall* einfach akzeptieren und sie danach in Ruhe lassen.

»Wir«, berichtigte sie schnell, »*wir* wurden angefahren. Meine Mu… Vater. Mein Vater und ich. Im Auto. Gerammt von der Seite. An einer Kreuzung. Schrecklich. Absolut schrecklich.« Oh mein *Gott*. Sie konnte einfach nicht aufhören zu reden! War sie eigentlich total bescheuert?! Jeder wusste doch, dass Lügner immer dann überführt wurden, wenn sie zu viele Details in ihre Geschichten einbauten und sich dann darin verstrickten. Sie hätte einfach das traumatisierte Opfer spielen sollen. Aus den Augenwinkeln beobachtete sie die Klasse, die sie freudig anlächelte. Wenn einer von ihnen eine Abneigung gegen Scarlett hegte, zeigte er es nicht offen. Obwohl es einen Jungen in der letzten Reihe gab, der sie weniger erleichtert als interessiert musterte. Doch vielleicht irrte sie sich, weil sie sich mit einem Ohr immer noch auf Mr. Ryan konzentrierte.

»Es klingt auch so«, sagte dieser, »ein Wunder, dass Sie nicht verletzt sind. Sie mussten sich die letzten zwei Wochen bestimmt von dem Schock erholen.«

»Ja«, rief sie schnell – möglicherweise zu schnell – dankbar für die Vorlage. »Schock und Schleudertrauma.

Das dauert seine Zeit. Man muss das beobachten und so …«

Hör doch einfach auf zu reden, flehte sie sich stumm an. Sie hätte sich vorher besser überlegen sollen, was sie sagen würde.

»Sie wollte unbedingt zurück zur Schule, um nicht zu viel zu verpassen. Wir sollten sie trotzdem noch ein wenig schonen«, schaltete sich der Direktor ein, wofür Alice dankbar war, »setzen Sie sich.«

Elanvoll drehte sie sich Richtung Klasse und erstarrte im selben Augenblick. Es gab gut ein Dutzend leerer Plätze – ob hier gerade eine Epidemie die halbe Schülerschaft dahingerafft hatte? Welcher Platz war Scarletts?

»Ach. Du. Scheiße«, formte sie stumm mit den Lippen. Welcher Platz war es? Auf keinen Fall hinten, ihre Schwester war eine Streberin und musste vorn sitzen, blieben noch zwei Plätze.

»Noch unentschieden, was?«, fragte der Direktor betont fröhlich und hustete verlegen. »Verständlich nach zwei Wochen unerwartet frei.«

Ein Platz am Fenster, einer an der Wand, beide in der ersten Reihe.

Fenster, Wand, Fenster, Wand.

Alice entschied sich für Fenster, da saß sie näher am Lehrer. Niemand sagte etwas, sie hatte die richtige Wahl getroffen. Puh, sie kannte ihre Schwester besser, als sie gedacht hatte.

»Gut, ich überlasse Sie dann wieder Ihrem Unterricht«, sagte Direktor Lewis und entschwand.

Alice holte die Sachen ihrer Schwester aus der Tasche. Der Englischhefter war knallpink und mit Stickern verziert, auf ihrem Federmäppchen und ihrem Wochenplaner prangte der My Melody-Hase. Scarlett war durch und durch eine kleine Prinzessin. Alice schlug eine neue Seite auf und schrieb groß Macbeth als Überschrift. Sie wollte nicht daran schuld sein, dass Scarlett schlechte Noten bekam.

Obwohl man sie auf Wunsch des Direktors geschont hatte, war Alice froh, als am Ende der Stunde die Glocke schrillte. Sie fühlte sich matt, mit rauchendem Kopf und pochenden Schmerzen hinter der Stirn. Nicht nur Scarlett, sondern auch sie selbst war die letzten Wochen nicht in der Schule gewesen. Darüber hinaus war dieser Unterricht ungefähr hundertmal so kompliziert, wie das, was sie sonst gewohnt war. Alice hatte noch nie innerhalb von neunzig Minuten so oft die Worte Interpretation, Intention und Interdiskurs gehört – nichts davon sonderlich *inte*ressant. Sie hoffte inständig, dass Mr. Ryan der einzige Lehrer an dieser Schule war, der dem Irrglauben unterworfen war, sich an einer Universität zu befinden.

Möglichst unauffällig holte sie Scarletts Stundenplan aus der Tasche – als Nächstes war Chemie an der Reihe. Ächzend ließ sie ihren Kopf auf das Pult fallen, wo er mit einem lauten *Patsch* liegen blieb.

»Das Leben ist echt kacke«, verriet sie der Tischplatte.

»Scarlett?«, fragte eine sanfte Mädchenstimme hinter ihr. Es dauerte ein paar Sekunden, bis Alice begriff, dass sie gemeint war, dann schnellte sie hoch. Vor ihr standen, mit unsicher vor dem Schoß gefalteten Händen, drei Mädchen aus ihrer Klasse und lächelten sie schüchtern an.

»Was gibt's?!«, fragte Alice barsch – viel zu barsch für ihre Schwester – und täuschte zur Ablenkung einen kleinen Hustenanfall vor.

»Was gibt es denn?«, säuselte sie diesmal, sich zu einem Lächeln zwingend. War dies der Moment, in dem sich die Mobber offenbarten? Gut, sie sahen mit ihren Ringelzöpfen und rosa Cardigans alles andere als gefährlich aus, doch Alice war auf der Hut. Sollten sie ruhig kommen.

»Wir haben dich schrecklich vermisst.«

»Und wie!«

»Es war absolut fürchterlich ohne dich!«

Das Quietschen und Kreischen wollte gar nicht mehr aufhören. Kaum war der erste Schritt getan, kamen immer mehr Klassenkameraden hinzu, um Alice zu sagen, wie sehr sie Scarlett vermisst hatten.

»Und dann war da …«

»Das hättest du sehen sollen!«

»Ich kann immer noch nicht glauben, dass …«

Alice konnte es auch nicht glauben. Sie öffnete den Mund, um etwas zu erwidern, schloss ihn dann jedoch wieder, weil jemand anders sie ansprach, und schaffte es erneut nicht, demjenigen zu antworten – wie ein Fisch auf dem Trockenen. Irgendwann stellte sie fest, dass es völlig egal war, ob sie etwas sagte, denn es hörte ohnehin niemand zu. Sie plapperten alle wild durcheinander und es genügte ihnen vollständig, wenn Alice von Zeit zu Zeit wohlwollend nickte oder ein überraschtes Gesicht machte.

Nur eine Person hielt sich im Hintergrund; Alice konnte immer wieder einen Blick auf ihn erhaschen, wenn die Masse sich bewegte. Der Junge saß im hinteren Teil des Klassenzimmers, das Kinn an die Faust gelehnt, und beobachtete das Geschehen mit hochgezogener Augenbraue. Er wirkte weder interessiert noch gelangweilt, eher belustigt auf eine sarkastische Art und Weise.

Das war er, der Anhaltspunkt, den Alice gebraucht hatte. Sie würde ihn so bald wie möglich aushorchen müssen.

Doch zunächst galt es, neunzig Minuten Chemieunterricht hinter sich zu bringen.

Alice verabscheute Chemie; sie hatte es bisher weder verstanden noch ein Interesse dafür entwickelt und auch der heutige Tag würde nichts daran ändern. Sollte eines Tages jemand auftauchen, der ihr erfolgreich erklären konnte, wie Oxidation funktionierte, würde sie ihn auf der Stelle abknutschen. Erschwerend kam hinzu, dass Scarlett anscheinend als naturwissenschaftliches Genie bekannt war und der Lehrer nichts von ihrer Schonfrist wusste. Im Minutentakt wurde Alice aufgerufen, um dann vor der ganzen Klasse ihre Dummheit zu enthüllen. Sie stellte überrascht fest, dass niemand sie belächelte. Im Gegenteil, sie schüttelten alle empört die Köpfe über den Lehrer, der das arme Mädchen, das vor kurzem einen Autounfall überlebt hatte, ständig an die Tafel holte.

Das Läuten kam einem Befreiungsschlag gleich. Alice war dermaßen erschöpft, dass sie kurzfristig ihren Plan vergaß. Erst, als der Junge sich erhob, fiel ihr wieder ein, dass sie vorhatte, mit ihm zu sprechen. Schnell sprang sie auf, um ihm zu folgen. Sie entschuldigte sich überschwänglich bei ihren Mitschülern, die sich schon wieder wie eine Traube um sie sammelten, und lief aus dem Klassenzimmer.

Einige Meter vor ihr ging der Junge gemächlich den Korridor entlang und bog um die Ecke. Alice musste sich beeilen, um ihn nicht aus den Augen zu verlieren, und kam sich vor wie ein mieser Stalker. So weit war es schon mit ihr gekommen.

Im nächsten Augenblick blieb sie wie angewurzelt stehen. Er war nicht mehr zu sehen. Wie konnte sie ihn verloren haben?! Hektisch überprüfte sie die Türen auf dem Flur und stoppte vor der Herrentoilette.

War ja klar.

Alice würde den Ruf ihrer Schwester als Musterschülerin zerstören und würde ihr dafür den einer Perversen einbringen, die vor dem Jungsklo lauerte.

Einfach wundervoll.

Die Tür wurde aufgestoßen und Alice machte einen Satz zurück. Ein rothaariger Junge aus den unteren Klassen kam ihr entgegen und schenkte ihr ein freches Grinsen.

»Hey, sag mal«, flötete Alice und trat dabei schüchtern von einem Bein auf das andere – hoffentlich wirkte sie niedlich und nicht blöde, »ich suche meinen Freund, kannst du mal schauen, ob er da drin ist? Groß, schwarze Haare, gut aussehend.«

Der Kleine zuckte mit den Schultern und streckte noch mal seinen Kopf durch die Tür. »Nein, da ist nur so ein blonder Typ drin.« Dann ließ er sie stehen, Alice jedoch witterte ihre Chance. Eilig überprüfte sie alle Seiten, es durfte sie niemand sehen. Als sie sich sicher war, öffnete sie die Tür einen Spalt und schlüpfte hinein. Von innen stellte sie sich breitbeinig vor die Tür, um sie zu blockieren. Der Junge aus Scarletts Klasse stand am Waschbecken und wusch sich die Hände.

Gott sei Dank ist er schon fertig mit pinkeln, schoss es Alice durch den Kopf.

Zunächst bemerkte er sie nicht, hob schließlich aber den Kopf und sein verwirrter Blick wechselte schnell zu Ärger.

»Das hier ist das *Jungen*klo, dessen bist du dir bewusst, oder?«, fragte er mit verschränkten Armen. Verblüfft bemerkte Alice seinen britischen Akzent, der perfekt zu seiner bereits viel zu erwachsenen Stimme passte.

»Du bist Engländer«, bemerkte sie dumm.

Er sah sie an, als hätte sie nicht mehr alle Zacken in der Krone und Alice verstand nur zu gut, warum.

»Ganz recht. Immer noch. Darf ich jetzt gehen oder hältst du mich als Geisel?«

»Zuerst will ich ein paar Antworten«, rief Alice aus und hoffte inständig, dass nicht in diesem Moment ein Auflauf von peinlich berührt tänzelnden Jungen vor der Tür stand.

»Es scheint dich nicht zu stören, dass Sca… *ich* einen Unfall hatte.«

Langsam sog er Luft ein und atmete sie wieder aus. Während er nachdachte, knetete er mit Daumen und Zeigefinger seiner rechten Hand seine Schläfe, als hätte er es mit einem besonders schwierigen Kind zu tun.

»Im Ernst jetzt?«, fragte er mit erzwungener Ruhe.

Alice überlegte fieberhaft. »Man könnte doch meinen, dass man sich für seine Mitschüler interessiert, oder? Wie soll denn das den Klassenzusammenhalt stärken?«

Fassungslos glotzte er sie an. Oh nein. Schlagartig wurde ihr bewusst, dass sie im Begriff war, dieses Gespräch ganz mächtig in den Sand zu setzen. Man fragt doch niemanden, wieso er sich nicht heftiger freut, einen zu sehen. Noch dazu auf der Herrentoilette.

Sie hatte Mist gebaut.

»Du warst nicht gerade lange weg und es scheint dir ja gut zu gehen«, antwortete er schließlich.

»Aha!«, rief Alice triumphierend und deutete mit dem Zeigefinger auf ihn. Gleich darauf zog sie ihn wieder zurück, als ihr auffiel, wie dämlich sie sich aufführte. Irgendwie musste sie das Ruder wieder herumreißen.

»Was willst du, Scarlett?«, fragte er und hob erschöpft die Hände.

»Warum kannst du mich eigentlich nicht ausstehen?«, stellte sie aus einer Eingebung die Gegenfrage. Es war so offensichtlich, es kroch aus jeder seiner Poren.

»Ist das dein Ernst?!«, wiederholte er abfällig.

»Absolut.«

Es dauerte lange, bis er antwortete. Alice nahm sich die Zeit, ihn genauer unter die Lupe zu nehmen. Sein dunkelblondes Haar war länger und fiel ihm in die Augen. Er war groß, ohne hünenhaft zu wirken, und schlank, ohne ein Sportler zu sein. Bestürzt stellte Alice fest, dass seine langen Finger ebenso wie seine Hände und Unterarme von Hunderten kleiner Narben übersät waren. Als er letztendlich den Blick hob, leuchteten hinter seiner rahmenlosen Brille – Alice schnappte laut nach Luft – hellgrüne Augen. Und sie *kannte* diese Augen aus dem Wunderland. Wie konnte das sein?

»Willst du mir ehrlich erzählen, du erinnerst dich an nichts mehr?« Die Kälte seiner Stimme erschreckte Alice.

»Ich glaube schon«, stotterte sie. Was war nur zwischen den beiden passiert, dass er so wütend war? Scarlett war ein Engel und alle mochten sie.

»In Ordnung«, sagte er aufgebracht, »zweiter November letztes Jahr. Ich war gerade an diese Schule gekommen – du erinnerst dich sicher, ich musste eine laaaaange Rede über meine Familie in England halten – und hatte keine Freunde. Nicht, dass sich das großartig geändert hätte.

Es war also besagter zweiter November und ich war gerade auf dem Weg nach Hause, als ich von einer Gruppe Vollidioten blöd angemacht wurde und das ohne Grund. Die wollten einfach nur Streit. Ich konnte reden, was ich wollte, sie waren zu dritt, ich war allein und im Endeffekt lag ich auf der nassen Straße und wurde mit Fahrradketten verprügelt.«

Alice schaute ihn mitleidig an. Der Hass stand in seinen Augen und dennoch wollte sie ihn am liebsten in die Arme nehmen, nur wozu? Er war an eine neue Schule gekommen und war sofort zum Opfer geworden.

»Das tut mir leid, aber …«, setzte sie an.

»Jetzt tu doch nicht so«, fuhr er dazwischen, »ich hab dich gesehen! Das hast du wohl nicht gedacht? Du warst in der Schule und hast alles mit angesehen, aber statt mir zu helfen, hast du dich hinter deinen Büchern vergraben und bist schnell weitergegangen.«

Alice blieb die Spucke weg. Scarlett sollte … Ihre Scarlett würde doch nie … Alice zögerte. Natürlich würde sie. Scarlett war nie sonderlich mutig gewesen und eine Prügelei käme für sie nicht infrage. Doch sie hätte ihn nie seinem Schicksal überlassen. Sie hätte sich nicht selbst in Gefahr gebracht, dafür aber schnurstracks Hilfe geholt.

Im nächsten Moment fiel es ihr wie Schuppen von den Augen: Hier war ihr Beweis. Ein Junge, der von seinen Mitschülern verprügelt wurde und ein Mädchen, das zu viel Angst hatte, etwas zu tun.

Mobbing.

Also doch.

Alice musste das Bild, das der Junge von Scarlett hatte, geraderücken. »Hör zu, ich weiß, das war megascheiße, nur was hätte ich denn tun können? Mich auch zusammenschlagen lassen? Ich bin losgerannt, um Hilfe zu holen, und ich verstehe, die ganze Situation ist beschissen, aber, deswegen müssen wir doch jetzt nicht …«

»Das war *was?*«, unterbrach er sie erneut. Für einen Engländer hatte er ausgesprochen schlechte Manieren.

Dann dämmerte es Alice. Sie hatte geflucht und ihre Schwester fluchte nie. Sie sagte Sachen wie *verflixt* oder *Scheibenkleister*.

»Was soll das alles? Wer bist du?«, fragte er plötzlich und seine Körperhaltung änderte sich. Abwehrmodus.

»Was redest du da?«, versuchte es Alice zu retten. »Wir kennen uns doch.«

»Ach ja?«, schnappte er. »Wie heiße ich?«

Alice fühlte, wie sich das Loch unter ihr auftat. Sie wusste es nicht. Woher auch? Verdammte Scarlett, wieso hatte sie nie etwas über ihre Klasse erzählt?! Er war Engländer, vielleicht hatte sie Glück.

»William?«, riet sie und legte ihr bezauberndstes Lächeln auf. Es täuschte ihn nicht.

»*Beeeep*«, machte er das Geräusch eines Game-Show-Buzzers nach, »die Antwort war leider falsch, aber als Trostpreis bekommen Sie die Waschmaschine und einen Jahresvorrat an Autowachs.«

Alice konnte sehen, dass er sich nicht länger zum Narren halten lassen würde – irgendwie würde er an ihr vorbeikommen und die ganze Schule alarmieren. Jetzt gab es nur noch eins zu tun.

Kapitulierend sank sie in die Knie und legte den Kopf in die Hände.

»Schon gut«, beschwichtigte sie ihn, »ich sag's dir ja.«

Vorsichtig lüftete sie ihre Perücke und ließ ein paar blonde Haare hervorblitzen. Der Junge musterte sie skeptisch, als würde er gerade abwägen, was er von der Situation halten sollte. Schließlich entspannte er sich, blieb aber weiterhin wachsam.

»Seid ihr Schwestern oder so was?«, fragte er misstrauisch.

»Zwillinge. Wie hast du es rausbekommen?«

»Na ja, erstens«, begann er und hielt einen Finger in die Höhe, »sind wir hier auf dem Jungenklo. Scarlett würde das nie tun. Zweitens hattest du keine Ahnung, was mir damals passiert war, deine Schwester aber schon. Und drittens benutzt sie keine Schimpfworte, du scheinst aber zu fluchen wie ein Wagenknecht.«

Alice ließ den Kopf hängen, anscheinend war sie die schlechteste Schauspielerin der Welt. Jetzt war alles verloren und sie würde nie rausbekommen, was mit Scarlett passiert war.

Er musterte sie eine Weile. »Komm mit, hier können wir nicht reden«, seufzte er schließlich. Da hatte er recht, schließlich belegten sie das Klo.

Geschlagen kam Alice auf die Beine. Der Junge riskierte einen vorsichtigen Blick in den Korridor, um sicher zu gehen, dass die Luft rein war. Dann hielt er Alice die Tür auf.

»Ich bin übrigens Carter«, stellte er sich vor.

»Alice.«

»Nur, damit ich das richtig verstehe: Deine Schwester hat versucht sich umzubringen und wacht nicht aus dem Koma auf und deswegen hast du dich entschieden, ihren Platz einzunehmen und hier zu ermitteln?« Carter stellte diese Frage nun schon zum dritten Mal und Alice bejahte erneut. Sie befanden sich in einem leeren Klassenzimmer, nur zwei Räume von ihrem eigenen entfernt. Er saß auf einem Stuhl, beide Daumen auf die Augenlider gedrückt, als hätte er Kopfschmerzen. Sie saß rittlings auf dem gegenüberliegenden Stuhl und wartete. Woher sie es wusste, vermochte Alice nicht zu sagen, aber tief in ihrem Inneren hatte sie das Gefühl, sich auf Carter verlassen zu können.

Wenn sie ehrlich war, hatte sie ihm von dem Moment an vertraut, in dem sie beschlossen hatte, ihre Perücke zu lüften und ihm ihr Geheimnis zu verraten.

Alice hatte ein paarmal angesetzt, ihm vom Wunderland zu erzählen, sich dann jedoch eines Besseren besonnen. Wie fragte man jemanden, ob er in einem Paralleluniversum eine sprechende Tigerkatze war? Und der Name: Carter – Kater; Alice wusste nicht, ob sie beeindruckt oder genervt sein sollte.

»Ich kann es immer noch nicht glauben«, sagte er schließlich.

»Glaub es ruhig. Wenn du magst, nehm ich dich nach der Schule mit zu Scarlett ins Krankenhaus.«

Zunächst sah er aus, als würde er das kategorisch ablehnen, dann fiel jedoch alle Anspannung ab. »Na schön.«

Alice sprang energiegeladen auf. Auf einmal erschien ihr die Vorstellung, einen Verbündeten im Feindesland zu haben, überaus reizvoll und sie freute sich fast auf die Zusammenarbeit. Carter war eindeutig sehr schlau und hatte sie bisher nicht verraten, mit ihm würden die Ermittlungen bestimmt doppelt so schnell vonstattengehen.

Gemeinsam liefen sie zurück zu ihrem Klassenzimmer, wo Alice als Nächstes in Erdkunde versagen würde. Zumindest war das der letzte Block und danach ginge es auf direktem Wege ins Krankenhaus, um Scarlett zu besuchen. Vielleicht – ja, nur vielleicht – wäre Carter genau das Krümelchen bekannter Umgebung, das Scarlett aus dem Schlaf kitzeln würde. Und dann hätte Scarlett eine Menge Fragen zu beantworten, angefangen beim Wunderland.

Kurz bevor sie das Klassenzimmer betraten, wandte Alice sich an ihren neuen Mitverschwörer: »Du, Carter?«

»Hm?«

»Magst du eigentlich Katzen?«

»Nicht besonders, wieso?«

»Ach, nur so.«

Scarlett hatte offenbar nicht viel mit Carter zu tun, denn die beiden Neuverschworenen ernteten reichlich Seitenblicke, als sie am Ende des Schultages zusammen das Klassenzimmer verließen. Wenn Scarlett so etwas wie die heimliche Prinzessin der Schule war, dann war Carter – ja, was eigentlich? Der Kammerdiener, den man nie sah und von dem man sich nicht mal sicher war, ob er existierte? Zweifelsohne waren sie ein unerwartetes Paar, das stand außer Frage. An Unterhaltung mangelte es ihnen nicht, denn während Alice alles über die Schule und die Namen der Mitschüler lernen musste, konnte Carter nicht genug erfahren von den beiden Zwillingen und ihrer Geschichte.

Als sie über den regennassen Schulhof gingen und in den Tag entschlüpften, merkten sie nicht, dass sie von einem Aussichtspunkt hoch oben beobachtet wurden. Ihr Zusammensein erregte nicht nur Verwirrung, sondern auch Missgunst und Zorn.

Carters Gesichtsausdruck, als er die schlafende Scarlett erblickte, die von ihrer Zwillingsschwester Alice auf die Stirn geküsst wurde, wäre ein Foto wert gewesen.

»Ihr *seid* Zwillinge«, stieß er aus. Grinsend nahm Alice die Perücke vom Kopf. Das Ding hatte den ganzen Tag schrecklich gejuckt und es wäre geradezu ein Dienst an der Menschheit gewesen, es zu verbrennen. Auf dass es niemals wieder jemanden in den Wahnsinn treiben konnte! Leider brauchte Alice die Perücke noch.

»Ganz entzückend«, stichelte Carter beim Anblick ihrer verschwitzten Haare.

»Trag du das mal den ganzen Tag, darunter ist es heiß!«, wetterte Alice und wedelte dabei unwirsch mit ihrer falschen Haarpracht.

»Passe. Aber danke, dass du mich mitgenommen hast«, sagte er lächelnd. Der letzte Rest Misstrauen war aus seinen Augen verschwunden. Auch Alice wollte ihm ihr Vertrauen beweisen und kramte Scarletts Bilder hervor. Möglicherweise wusste er etwas darüber.

»Hübsch«, kommentierte er irritiert, nachdem Alice ihm ein Bild nach dem anderen gezeigt hatte, doch mehr als flüchtiges Interesse brachte er nicht auf.

»Scarlett hat sie gemalt.«

»Sie hat Talent, wenn ich das beurteilen darf.«

Alice nickte. Als Nächstes hatte sie einen besonderen Coup geplant. Auf einem kleinen Blatt Papier befand sich eine Zeichnung der Grinsekatze. Alice hielt sie Carter direkt vor die Nase und wartete.

Er lächelte gezwungen und das war's. Nichts! Alice war enttäuscht, auch wenn sie nicht genau wusste, was sie eigentlich erwartet hatte. Zumindest ein bisschen *Kawusch* und *Badaboom* oder wenigstens ein Hauch Magie wären schön gewesen.

Aber nichts passierte.

»Ha!«, rief Carter plötzlich aus und warf den Kopf in den Nacken. Alice war schon halb im Sprung, um die Verwandlung aus nächster Nähe zu betrachten, als: »Hatschieeee!«

Fassungslos starrte sie ihn an. »Findest du nicht auch, dass du ein bisschen Ähnlichkeit mit dieser Katze hast?«

Sich die Nase kratzend, betrachtete er das Bild noch mal eingehender und verneinte dann.

»Das ist eine Katze, wie soll die mir ähnlichsehen?«

»Schon gut«, wiegelte Alice schmollend ab.

Schweigen erfüllte das kleine Zimmer. Alice hielt die Hand ihrer Schwester und Carter beobachtete sie still dabei.

»Wir sollten rausfinden, was sie dazu getrieben hat«, murmelte er plötzlich mit gerunzelter Stirn. Er sprach nicht direkt mit Alice, es war eher eine Aufforderung an die ganze Welt.

»Was meinst du mit ›Wir‹?«

Er sah auf und musterte sie mit diesen hellgrünen Augen, die Alice ein wenig schwindelig machten. »Irgendetwas stimmt in dieser Schule nicht. Ständig gibt es irgendwelche Unfälle oder Ausfälle und über allem liegt diese latente Aura der Gewalt. Irgendjemand hat eine perfekte Kulisse der Angst geschaffen und ich möchte wissen, wer das war.« Alices Augenbrauen hoben sich zu zwei verwunderten Bögen. Ihr war nichts dergleichen aufgefallen. Andererseits besuchte Carter die Schule schon länger als sie, er kannte sich mit Sicherheit besser aus.

»Wieso?«, fragte Alice zweifelnd. Würde er sich nicht selbst in Gefahr bringen, wenn er ihr half?

Carter zuckte zusammen, als hätte er soeben erst bemerkt, mit wem er sprach und wo er sich befand. Es geschah im Bruchteil einer Sekunde, aber Alice hatte es gesehen.

»Pure Neugier. Ich will wissen, was da vor sich geht«, schob er vor.

Sie glaubte ihm kein Wort.

Langsam erhob er sich. »Ich muss los, kommst du mit?«

»Nein, ich bleib noch ein bisschen«, antwortete Alice und drückte demonstrativ die Hand ihrer Schwester.

Carter verabschiedete sich mit einem schüchternen Winken und ließ sie dann mit Scarlett zurück.

Alice schaute ihm nach und betrachtete dann noch einmal eindringlich das Bild der grinsenden Katze. Sie war beinah empört. Diese Zeichnungen waren nahezu gespenstisch real, wie konnte Carter keine Ähnlichkeiten entdecken?

»Sieh dir das an«, beschwerte sie sich bei ihrer Schwester, »das Fell hat genau die Farbe seiner Haare und du hast sogar die Narben eingearbeitet, indem du ihr Streifen gegeben hast. Noch dazu die Augen! So hellgrün wie seine und er sieht es nicht!«

Alice schimpfte und schimpfte und bemerkte nicht, dass sie sich auf direktem Weg ins Wunderland befand; diesmal völlig unabsichtlich.

»Da hatte wohl jemand Sehnsucht«, schnurrte die getigerte Katze und leckte sich genüsslich die Pfoten. Alice hockte auf einem übergroßen Felsen am Rande des Tränentals. In der Ferne konnte sie die Wasserfälle erkennen, aber sie war zu weit weg, um das gewaltige Tosen zu hören.

Mühsam kraxelte sie von dem Stein und hoffte inständig, dass sie niemand dabei beobachtete.

»Hallo Carter … Kater … Katze!«, verhaspelte sie sich. »Ach, verdammt!«

Verblüfft hob die Katze die Augenbrauen und sprang mit einem eleganten Satz vor Alices Füße.

»Mir scheint, ich muss nun um dich buhlen, jetzt, wo mein menschliches Ebenbild aufgetaucht ist«, raunte die Tigerkatze und strich um Alices Beine. Ein unbehagliches Gefühl. Schließlich war sie sich nicht sicher, ob es Carter oder doch nur eine Katze war. Und selbst wenn es eine Katze war, hatte diese zu viel auf dem Kasten, um noch animalisch zu wirken.

Mit einem Laut des Ekels befreite Alice sich aus der tierischen Umarmung. »Nein, keine Sorge. Hier wird nicht gebuhlt«, sie stockte, »aber woher weißt *du* denn Bescheid?!«

»Der junge Carter ist nicht dumm – leider versäumte es deine Schwester, diesen Fehler bei mir zu korrigieren.«

Alice entschied sich, besser nicht darauf einzugehen.

»Dann kennst du Carter?«

»Kennen? Du meinst im Sinne von Gedanken teilen, Neuigkeiten austauschen, sich hin und wieder auf einen Plausch treffen? Werd bitte nicht albern. Ich gehe, wohin ich gehen will und dort sehe ich, nun ja, was ich sehen will. Leider ist Bildung hier Luxus und Interesse Mangelware.«

»Heißt das, nicht alle Wunderlandbewohner wissen, wer sie sind?«

»Wissen, Nichtwissen – wer soll da noch hinterherkommen?«

»Herr Gott, Katze, ja oder nein?«, blaffte Alice ihren Gesprächspartner an. Nur die Unterhaltung mit einem Glückskekspoeten konnte noch frustrierender sein.

Die Katze hielt inne und wandte ihr, scheinbar gekränkt, das Hinterteil zu. »Nein. Die wenigsten wissen es. Und die, die es wissen, behalten ihr Wissen für gewöhnlich für sich.«

»Aber du nicht …«

»Wie ich bereits sagte, ich kann gehen, wohin ich will«, antwortete die Katze und verschwand, nur, um im selben Augenblick hinter Alice wieder aufzutauchen. Laut fauchend machte die Katze einen Buckel und verpasste Alice somit einen ordentlichen Schreck. In der nächsten Sekunde zierte wieder das Sphinxlächeln das Katzengesicht.

»Das ist ein beeindruckender Trick«, gab Alice anerkennend zu.

»Für dein Urteil danke ich dir vielmals. Da du meinen Ratschlag unseres ersten Zusammentreffens vergessen zu haben scheinst, will ich so gütig sein, ihn zu wiederholen.«

»Welchen Ratschlag?«, fragte Alice lahm. Die Katze hatte damals dermaßen viel gesagt, dass man kaum erwarten konnte, dass Alice sich an alles erinnerte.

Die Augen der Katze verengten sich zu Schlitzen. »Deine Schwester rettet sich nicht von allein. Hör auf damit, dümmlich Löcher in die Luft zu gucken, und such die verfluchte Herzogin! Folge den gelben Pfaden!«, fauchte sie laut und verschwand mit einem *Plopp* im Nichts.

Perplex blinzelte Alice ein paarmal. Was war denn das? Die Grinsekatze schien es eiliger zu haben, als sie zugeben wollte. Und was genau hatte sie damit gemeint, sie solle die *verfluchte* Herzogin suchen?

Das war doch nur ein Schimpfwort, nicht wahr?

Die Herzogin war nicht ernsthaft verflucht.

Oder?

Im selben Augenblick wurde sie mit einem Ruck zurück in die Wirklichkeit gezogen. Doktor Carroll stand über ihr und betrachtete sie besorgt.

»Miss Liddell, alles in Ordnung?«, fragte er. Alice nickte. Wie lange war sie weg gewesen?

»Wie spät ist es?«

»Kurz vor zwanzig Uhr. Ich fürchte, Sie müssen jetzt gehen.«

Alice sammelte ihre Sachen zusammen, war jedoch nicht schnell genug, um die Perücke vor Doktor Carroll zu verbergen. Mit einer hochgezogenen Augenbraue quittierte er die Scarlett-Verkleidung. Als Psychiater hatte er bestimmt bereits Dutzende Theorien über Alice und wie lange es dauern würde, bis sie überschnappte. Den Gefallen würde sie ihm nicht tun. Er behandelte nur eine der Liddell-Schwestern und bald nicht mal mehr das. Mit gestrafften Schultern und vorgerecktem Kinn stolzierte sie an ihm vorbei.

DER DISSIDENTENMARATHON

Vollgestopft bis oben hin lag Alice im Bett ihrer Schwester und versuchte zu schlafen. Mom war bis vor einer Stunde da gewesen und hatte die Familie von vorne bis hinten bekocht. Alice beschloss, am nächsten Tag auf das Mittagessen zu verzichten, denn Mom hatte sich bereits wieder angekündigt und Alice konnte schlecht Verbrecher jagen, wenn sie so aussah wie der Marshmallow-Mann. Wenn Scarlett bei Mom gelebt hätte, wäre das mit dem Abmagern um einiges schwieriger gewesen.

Nein, Unsinn. Bestimmt hatte Dad darauf geachtet, dass sie regelmäßig aß – vielleicht nicht die ausgewogenste Kost, aber genug Kalorien, um sich nicht in eine übergroße Gottesanbeterin zu verwandeln.

Was hatte sie bloß getan? Sich erbrochen? Einfach so lange im Essen rumgestochert, bis es so wirkte, als hätte sie genug gegessen? Oder hatte sie es immer unter einem Vorwand mit in ihr Zimmer genommen und es später verschwinden lassen?

Alice drehte sich auf die Seite, mit dem Gesicht zur Wand. Sie fühlte die übermächtige Präsenz ihrer Schwester in diesem Zimmer und das machte ihr eine Gänsehaut.

Mit einem frustrierten Aufschrei stieg sie aus dem Bett und begann, im Zimmer auf und ab zu tigern. Morgen war Schule, sie sollte schlafen! Die Lehrer würden ihre Schonfrist nicht ewig verlängern und sie konnte sie wohl schlecht für immer hinhalten. Wäre sie bloß eine reizende Französin, dann würde eine wegwerfende Handbewegung und ein Schmollmund genügen, um immer das zu bekommen, was sie wollte. Apropos, morgen hatte sie in der ersten Stunde Französisch und Alice konnte kaum mehr sagen als »Wo ist der Nordbahnhof?«

Um sich abzulenken, setzte Alice sich an Scarletts Laptop. Natürlich ein rosarotes Exemplar mit einer Computermaus, die aussah wie der Kopf von Hello Kitty, die Tasten waren in der Schleife.

»Ist ja unheimlich«, sagte Alice leise. Wann hatte Scarlett sich in das Prinzesschen verwandelt, das sie augenscheinlich war? Alles innerhalb eines Jahres? Und Dad erfüllte ihr jeden ihrer Wünsche – das schlechte Gewissen eines geschiedenen Elternteils. Vielleicht hätte Alice ebenfalls ein wenig skrupelloser sein und auch ein paar Sachen aus ihrer Mutter erpressen sollen.

Alice öffnete den Browser und klickte in die Google-Suchleiste. Sie zögerte kurz, dann gab sie Suizid ein. Die Anzahl von möglichen Treffern erschlug sie geradezu. Neben Aufklärungsseiten und Selbsthilfeforen gab es auch zu viele Seiten, die Interessierten Tipps für den perfekten Abgang lieferten. Ungläubig klickte sie sich durch die Links. Das meiste davon hatte sie nicht gewusst oder sie hatte Vorurteile gehabt, wie ein Großteil der Menschheit.

Klick.

Mehr Mädchen als Jungs versuchen, sich umzubringen, aber Jungs sind erfolgreicher, weil sie härtere Methoden bevorzugen.

Klick.

Wenn jemand öffentlich ankündigt, dass er sich umbringen möchte, sollte man das nicht abtun unter dem Motto: »Leute, die es wirklich wollen, reden nicht darüber, sie tun es einfach.« Es könnte sich um einen

Hilfeschrei handeln, denn Ambivalenz ist ein häufiges Symptom.

Klick.

Jemand, der Selbstmordgedanken hegt, hat drei Möglichkeiten: Er überwindet diese Gedanken, er sucht sich Hilfe oder er stirbt.

Klick.

Klick.

Klick.

Alice kniff die Augen zusammen und versuchte, die Flut an Informationen zu verarbeiten. Es war zu viel, um es zu verstehen, aber eine Erkenntnis hatte sie dennoch: Selbstmord beginnt nicht, wenn man es beschließt, Selbstmord beginnt, wenn die Lust zu leben erlischt.

Sie versuchte zu schlucken, doch ein dicker Kloß hatte sich in ihrem Hals gebildet und sie spürte die Tränen aufsteigen.

Ein kleines Fenster in der unteren Ecke des Bildschirms poppte auf und riss Alice aus ihrer morbiden Recherche. Jemand hatte sie angeschrieben. Scarlett ließ sich anscheinend immer automatisch im Chat anmelden, wenn sie den PC hochfuhr.

Unruhig klickte Alice darauf und das Fenster vergrößerte sich.

23:12; Jack:
Ich hab dich heute vermisst.

Alice riss den Kopf zurück, als hätte der Computer ihr einen elektrischen Schlag verpasst. Ein männliches Wesen namens Jack schrieb ihrer Schwester und er *vermisste* sie.

Wer war das? Hatte Scarlett einen Freund?

Unsicher legte Alice die Finger auf die Tasten, aber sie konnte nicht tippen.

Wer bitte schön war das?! Scarlett hatte ihr wenig über ihr Leben erzählt, aber einen Freund hätte sie doch niemals verheimlicht, oder? Das war bestimmt nur ein Freund aus der Schule und die beiden standen sich nah.

23:16; Red Cap:
Sry. >_<

Alice rollte mit den Augen. Red Cap, Rotkäppchen, was für ein Chatname. Sie selbst nannte sich – ganz kreativ – Alice.

23:17; Jack:
Geht's dir gut?
23:19; Red Cap:
Klaro, alles bestens!
23:19; Jack:
Sicher? Du kommst mir anders vor.
23:20; Jack:
Und dann hast du dich ewig nicht mehr gemeldet. Ich fühl mich vernachlässigt.

Alice sog scharf Luft ein. Sie steuerte diese Unterhaltung mit Vollgas in einen Crash, noch bevor sie eigentlich begonnen hatte. Fieberhaft ging sie die letzten Zeilen noch einmal durch. Natürlich, ihre Schwester hätte vermutlich niemals eine Abkürzung wie »Sry« benutzt, sondern das Wort »Sorry« ausgeschrieben. Oder wahrscheinlich gleich »Das tut mir leid« verwendet. Smileys benutzte sie auch nie und schon gar nicht Worte wie »Klaro«. Alice schüttelte verärgert den

Kopf, sie war es völlig falsch angegangen. Nachdem Carter bereits ihre Scharade innerhalb eines Augenaufschlags durchschaut hatte, konnte ihr das nicht noch einmal passieren und schon gar nicht über einen Chat.

Ob Jack Scarletts Freund war? Er klang zumindest danach. Alice ließ den Blick wandern, doch nichts im Zimmer deutete darauf hin, dass ihre Schwester in einer Beziehung war. Andererseits hieß fehlender Liebeskitsch ja nichts. Alice würde es herausfinden müssen, aber diesmal richtig.

23:25; Jack:
Scarlett?

Ach herrje! Vor lauter Strategien schmieden, hatte sie ihre Unterhaltung glatt vergessen.

23:26; Red Cap:
Ja, ich bin da. Ich hatte mir nur kurz etwas Wasser geholt.

Zufrieden las Alice den Satz noch einmal. Ja, das klang schon viel besser.

23:27; Jack:
Also, wo warst du?
23:30; Red Cap:
Ich hatte einen Unfall und musste zwei Wochen zu Hause bleiben. Heute war ich zum ersten Mal wieder in der Schule.
23:32; Jack:
Schade, dass du nicht zu mir gekommen bist. Hab ich dir nicht gefehlt?
23:33; Red Cap:
Doch, natürlich!
23:36; Jack:

Gott sei Dank, ich dachte, du hättest mich vergessen. Aber ich kann es ja verstehen, du bist bestimmt noch ein bisschen durch den Wind. Morgen, ja?
23:37; Red Cap:
Ganz bestimmt.
23:39; Jack:
Gut, ich freue mich. Jetzt muss ich erst mal die restlichen Hausaufgaben machen. Mr. Ryan hat mich schon auf dem Kieker. Warum wohl?
23:40; Jack:
Bis morgen~

Sprach's und loggte sich aus. Alice starrte noch eine Weile auf den Bildschirm. Zumindest wusste sie nun, dass Jack auf dieselbe Schule ging, vermutlich sogar in denselben Jahrgang. In ihrer Klasse gab es keinen Jack, so viel hatte sie sich gemerkt.

Stöhnend lehnte sie sich zurück. Das bedeutete, sie müsste die anderen Klassen durchsuchen und wie sollte sie das schaffen, ohne übermäßig viel Aufmerksamkeit auf sich zu ziehen? Carter würde ihr bestimmt helfen, aber selbst zu zweit wäre das eine Menge Ermittlungsarbeit. Sie dachte noch nach, als der Bildschirm schon längst schwarz und der Rechner kalt war. Viel zu spät ging Alice ins Bett, ohne eine Lösung parat zu haben.

Alice war sicher, dass Scarlett niemals nur zwei Minuten vor dem Klingeln ins Klassenzimmer huschte, ausschließlich mit Mascara geschminkt. Sie gab es bestimmt auch nicht nach zehn Minuten auf, Mitschriften zu machen, und malte Strichmännchen, während der Lehrer den Gang nach Canossa erklärte. Und definitiv wäre Scarlett nicht noch im Klingeln aufgesprungen, hätte Carter bei der Hand gepackt und ihn in die Besenkammer gezogen.

»Du hast wirklich keine Ähnlichkeit mit deiner Schwester«, bemerkte er trocken, »was gut ist, nehme ich an.«

»Witzig«, brummte Alice als Antwort. Dicht gedrängt standen sie im Halbdunkeln, umgeben von Scheuermitteln und Putzlappen. Der strenge Geruch von Chlorreiniger stieg Alice in die Nase und brachte ihre Augen zum Tränen.

»Ich geh mal davon aus, du willst nicht wild rumknutschen. Also, was gibt's Neues?«

»Scarlett wurde gestern von einem ominösen Jack angechattet.« Ein Eimer drückte ihr unsanft in die Kniekehle und sie verlagerte ihr Gewicht auf das andere Bein. »Ich hab das Gefühl, er könnte der Freund meiner Schwester sein.«

Carter brummte zustimmend und überlegte. »Glaube nicht, dass ich sie schon mal zusammen mit einem Jungen gesehen habe, mit dem sie enger befreundet war. Einen Jack kenn ich auch nicht. Bist du sicher?«

»Er hat ein paarmal geschrieben, dass er sie vermisst und sie ihm fehlt.«

»Das klingt allerdings nach einem Freund. Oder jemandem mit intensiven Wahnvorstellungen. Hast du dir den Gesprächsverlauf von früher mal angesehen?«

Frustriert stöhnte Alice auf. »Natürlich nicht, auf die Idee bin ich gar nicht erst gekommen. Das mach ich heute sofort, wenn ich nach Hause komme.«

»Schreib mir dann gleich«, entgegnete er und kritzelte ihr seinen Chat-Namen auf ein Stück Papier. Alice hielt es schräg ins Licht und schmunzelte.

Er hatte sich Fat Cat genannt.

An diesem Tag hatten sie wieder Unterricht bei Mr. Ryan, ihrem Englischlehrer. Scarlett hatte sich ebenso wie Carter für den Intensivkurs entschieden und nun musste Alice sich durch achthundert Jahre Literatur kämpfen. Sie hatte sich von Carter einen ungefähren Verlauf des Halbjahres ausdrucken lassen. Mr. Ryan schien sich an keinen bestimmten Lehrplan zu halten und arbeitete einfach seine Lieblingswerke und -schriftsteller ab.

Noch hatte Alice Glück, denn Macbeth hatte sie bereits selbst in der Schule behandelt, doch schon morgen könnte sie denn *Herrn der Fliegen* oder *Der Fänger im Roggen* gelesen haben müssen.

Aber das war morgen. Heute würde Alice ihrer Schwester eine gute Note bescheren. Energisch reckte sie die Hand in die Höhe, als Mr. Ryan seine erste Frage stellte. Obwohl sein Blick über sie hinweg glitt, nahm er einen anderen Schüler dran. Ebenso bei der zweiten, dritten und zwanzigsten Frage. Alice meldete sich und wurde übergangen und spätestens nach der ersten dreiviertel Stunde konnte sie es nicht mehr als Zufall abtun. Mr. Ryan *wollte* ihre Antworten nicht hören. Womöglich hielt er sich immer noch an die Mahnung, sie zu schonen. Allerdings war das doch wirklich unnötig, wenn sie sich so stoisch meldete. Es fehlte nicht viel und sie hätte sogar geschnipst, konnte sich jedoch gerade noch beherrschen.

Am Ende der Stunde war sie ausgelaugt und frustriert. Schmollend stand sie auf und marschierte auf Mr. Ryan zu, der soeben seine Sachen zusammenpackte.

»Mr. Ryan, wieso …«, setzte sie an und wurde von ihm mit einer Handbewegung unterbrochen.

»Jetzt nicht, Miss Liddell«, sagte er mit einem breiten Lächeln und war zur Tür hinaus. Blinzelnd schaute sie ihm nach. Hatte er sie soeben abgewürgt? Sie würde es am nächsten Morgen noch einmal versuchen müssen. Seufzend ließ sie sich zurück auf ihren Platz sinken und stellte sich auf einen langen Tag ein.

»Gehst du heute wieder ins Krankenhaus?«, fragte Carter sie auf dem Weg in die Freiheit.

»Jeden Tag. Willst du mitkommen?«, erwiderte Alice. Eigentlich wollte sie gar nicht unbedingt, dass er sie begleitete, denn dann könnte sie sich nicht mit Scarletts Unterbewusstsein verlinken, aber sie musste noch mehr über ihn herausfinden.

»Kann leider nicht, ich habe eine Schicht im Café.«

»Macht's Spaß, da zu arbeiten?«

»Na ja, es ist gutes Geld.«

Sie nickte zustimmend. Wenn das vorbei wäre, würde sie sich auch einen Nebenjob suchen – vielleicht könnte sie sogar von zu Hause ausziehen.

»Scarlett!«, rief eine Mädchenstimme nach ihr. Es dauerte zwei Sekunden, bis Alice begriff, dass sie gemeint war, aber sie wurde langsam besser. Morgen würde sie sich sicherlich sofort umdrehen.

Vier Mädchen mit identischen Uniformen, identischer Statur und identisch verkniffenem Lächeln kamen auf sie zu. Wären ihre Gesichter und Typen nicht gänzlich unterschiedlich gewesen, Alice hätte sie für Klone gehalten. Aber sie waren blond, braun, rothaarig und eine war Asiatin.

»Oh, richtig, das hatte ich vergessen«, hüstelte Carter verlegen.

»Was?!«, zischte sie ihm zu. »Was hattest du vergessen?!«

»Ähm, das findest du schon raus. Du bist sportlich, oder? Du siehst jedenfalls sportlich aus«, verabschiedete er sich hektisch winkend. Sportlich?! Ganz akzeptabel, wenn's hoch kam!

»Scarlett«, flötete das blonde Mädchen, »wir haben von deinem Unfall gehört. Eine schreckliche Sache. Schrecklich, schrecklich, schrecklich.« Für einen Moment befürchtete Alice, ihr Server hätte sich aufgehängt.

»Und wir sind *so* froh, dass es dir besser geht«, übernahm die kleine Asiatin das Wort, während die Blondine immer noch darüber schwafelte, wie schrecklich alles war, »vor allem, dass es dir gut geht. Wir hängen ganz schön hinterher mit den Vorbereitungen.« Erwartungsfroh sah sie sie an. Alice merkte, wie ihr der Schweiß im Nacken ausbrach – dies war der Moment, wo sie eigentlich etwas sagen sollte. Sie mit Namen begrüßen oder bestätigen, wie fürchterlich es war, dass sie in Verzug waren oder, Herr Gott noch mal, wenigstens hallo!

»Hi«, platzte es aus ihr heraus und im selben Augenblick fiel ihr auf, wie saublöd das eigentlich war. Die vier Mädchen sahen sich unbehaglich an. Vermutlich versendeten sie gerade telepathische Telegramme darüber, dass Scarlett irre geworden war. Das gezwungene Lächeln war schnell wieder zurück.

»Gut schaust du aus. Wir sind froh, dass du wieder etwas zugenommen hast«, sagte die Asiatin.

»Zugenommen?!«, quiekte Alice und schaute panisch an sich herab. Sie hatte immer befürchtet, dass sie irgendwann die Donnerschenkel ihrer Mutter erben würde, aber nicht, dass es so schnell ging.

»Oh neinneinnein«, schaltete die Blondine sich ein. »Fit! Sie meint fit! Die letzten Wochen sahst du so … ausgezehrt aus.«

Beherrscht atmend kam Alice wieder zur Ruhe. Sie hatte erwartet, dass das passieren würde.

Kleidung, Haare, Sprechweise, das alles konnte sie übernehmen, aber sie konnte in der Kürze der Zeit nicht abmagern wie Scarlett – mal abgesehen davon, dass sie das auch gar nicht wollte. Bisher hatte sie gehofft, die Leute würden glauben, sie hätte die letzten Wochen nichts anderes getan, als aus Schock Süßigkeiten zu inhalieren.

»Ja … fit«, bestätigte sie zögernd, »ich hab viel besser gegessen. Obst, Gemüse, Proteine und das ganze Zeug. Zur Vorbereitung.« Das letzte Wort unterstrich sie mit einem verschwörerischen Grinsen. Hoffentlich sagten sie ihr gleich, worauf sie sich eigentlich vorbereiteten. Wenn sie sich die vier so ansah und den Stil ihrer Schwester richtig einschätzte, gehörte sie für die nächsten zwei Wochen zum Jahrbuchteam.

Nein, Moment. Carter hatte etwas von sportlich gesagt und die vier hatten sie fit genannt. Wohl doch eher Cheerleading. Oh Gott. Auf und ab zu springen und »Vorwärts, Team!« zu kreischen, war wirklich nicht Alices Vorstellung eines gelungenen Nachmittags.

»Ausgezeichnet!«, rief das dritte, rothaarige Mädchen fröhlich. »Dann komm, wir haben gerade das Netz gespannt!«

Alice starrte sie dümmlich an. »Das Netz?«

Meinte sie, falls man aus einer Hebefigur fiel?

Nein, meinte sie nicht. Alice stand in geliehenen Tennisschuhen und Jogginghose auf einem Tennisplatz, einen Schläger in der Hand, und wartete darauf, dass das rothaarige Mädchen – Julia – sie mit einem Ball attackierte. Scarlett spielte Tennis. Und natürlich war sie Kapitän der Mannschaft.

»Achtung!«, brüllte Julia ihr über den Platz zu und schlug den Tennisball mit einer Kraft, die der des Hulk nahe kam. Mit einem Hechtsprung brachte Alice sich in Sicherheit.

Am Spielfeldrand hörte sie die Asiatin Dorothea – ihre Eltern liebten den Zauberer von Oz – unterdrückt stöhnen. Das Spielfeld um Alice war bereits von zig Tennisbällen gesäumt und keinen einzigen hatte sie getroffen. Eins musste man ihr lassen, sie war wirklich gut darin auszuweichen. Vielleicht hätte sie eine Kampfsportart betreiben sollen. Oder Völkerball.

Selbstverständlich sollte sie den Ball treffen und zurückschlagen. Aber Alice hatte noch nie Tennis gespielt, wie zum Teufel stellten die sich das vor?!

»Scarlett, was ist denn los mit dir?«, fragte Daisy – das blonde Mädchen – freundlich. Die Brünette hieß Loreley und sie weigerte sich kategorisch, mit Alice zu sprechen. Sie nickte immer nur freundlich und kicherte zurückhaltend, wenn jemand etwas Lustiges sagte.

»Ich hatte einen Autounfall«, entschuldigte Alice sich lahm.

»Ja, wir dachten nur, es geht dir wieder gut«, jammerte Dorothea.

»Im Prinzip schon, aber für Leistungssport reicht es wohl noch nicht.«

Julia trabte heran, den Schläger noch in der Hand und klinkte sich in die Unterhaltung ein. »Das Turnier ist in drei Wochen. Wenn wir diesmal gewinnen wollen, müssen wir viel härter trainieren.«

»Scarlett ist nicht bereit für Leistungsport«, antwortete Daisy geflissentlich.

»Sie hatte einen Autounfall«, ergänzte Dorothea.

Stirnrunzelnd beobachtete Alice die Szene. Möglicherweise waren sie doch Roboter oder sie machten sich über sie lustig.

Dorothea lächelte freundlich, doch Alice spürte die Reserviertheit dahinter. Jetzt würde sie ihrer Schwester nicht nur die Noten, sondern auch die Sportlerkarriere versauen. Prima. Es wurde von Minute zu Minute besser.

»Vielleicht solltest du dann lieber nach Hause gehen und dich ausruhen«, schlug Julia vor.

»Ja«, stimmte Dorothea zu, »damit du wieder fit wirst. Was meinst du, wie lange du brauchst?«

Alice überlegte fieberhaft, wie sie eine Auszeit von zwei Wochen rausschlagen konnte, obwohl das nächste Turnier bereits in greifbarer Nähe war. Sie konnte unmöglich antreten. Selbst wenn Scarlett wieder aufwachte, würde sie so bald kein Tennis spielen. Und Alice konnte zwar in den nächsten Tagen auf Schlaf verzichten, um sich im Internet über Tennis zu informieren, das machte sie jedoch nicht zu einer talentierten Sportskanone, sondern nur zu einem übermüdeten Zombie. Sie würde ihnen versprechen, in zwei Wochen wieder fit zu sein und wenn es drauf ankam, wäre sie längst über alle Berge. Trotzig ignorierte sie die leise, nagende Stimme in ihrem Hinterkopf, die ihr vorwarf, ein fürchterlicher Mensch zu sein.

»Zwei Wochen?«, schlug sie den Mädchen vor und erntete bitteres Schweigen. Es war klar, dass dies keine Option war.

»Wir wär's mit Montag?«, rief Dorothea fröhlich.

»Montag? Du meinst *kommenden* Montag?!«

»Damit hast du Freitag und das ganze Wochenende, um dich mental vorzubereiten«, erklärte Daisy mit einem Kichern und vermochte dabei nicht, Dorotheas gemurmeltes »Und zu lernen, einen Ball zu treffen« zu übertönen. Alice tat, als hätte sie es nicht gehört.

»Also Montag«, bestätigte sie unbehaglich.

Jap.

Das würde sie niemals schaffen.

»Dann bis Montag«, verabschiedeten sie sich und winkten ihr perfekt synchronisiert zu. Alice nickte jeder Einzelnen zu und machte sich davon. Wenn sie sich beeilte, konnte sie es noch ins Krankenhaus schaffen und eine Stunde bei Scarlett sein. Wenn sie sich oft genug mit ihrer Schwester verband, lernte sie vielleicht auch auf magische Weise, wie man Tennis spielte.

Hastig eilte sie über den Schulhof und zog dabei ihr Handy aus der Tasche. Mom und Dad hatten beide schon ein paarmal angerufen, aber Alice war noch nicht dazu gekommen, sie zurückzurufen. Schnell warf sie sich die Tasche über die Schulter und begann zu tippen.

»Hey Scarlett, alles in Ordnung? Gibt's was zu tun?«

Aufgeschreckt wie ein Huhn riss Alice den Kopf herum, um zu sehen, wer sie angesprochen hatte. Sie drehte sich einmal um die eigene Achse und blieb dabei mit ihrem Absatz zwischen den Pflastersteinen hängen. Mit den Armen in der Luft rudernd, verharrte sie für eine Sekunde in ihrer grotesken Position. Dann siegte die Schwerkraft und Alice landete der Länge nach im Dreck. Geistesgegenwärtig riss sie die Hand mit dem Handy in die Höhe und konnte den Schaden somit auf sich selbst beschränken.

Vor ihr stand ein Junge mit der Statur eines Ringers. Er hatte kurze, blonde Haarstoppeln, durch die er sich soeben strich, während er sie milde interessiert musterte. War das Scarletts Freund? Sie hatte ihn sich anders vorgestellt, aber wo die Liebe eben hinfiel.

»Jack …«, nuschelte sie verwirrt.

Er runzelte die Stirn. »Ich bin John.«

Alice musste es sich verkneifen, laut zu fluchen, dass sie ständig einen dämlichen Fehler nach dem anderen machte. Nicht jeder Junge auf dem Schulhof war automatisch Scarletts Freund oder auch Nichtfreund. Sie musste wirklich lernen, vorsichtiger zu sein.

»Hab ich doch gesagt«, antwortete sie und versuchte ihr Glück in der Flucht nach vorn.

»Du hast ›Jack‹ gesagt.«

»Oh. Tut mir leid.« Mit einem charmanten Lächeln streckte sie ihm die Hand entgegen. Er griff danach, aber als er sie auf die Beine ziehen wollte, durchfuhr sie ein stechender Schmerz im Knöchel. Stöhnend ließ sie sich zurücksinken. Er musste verstaucht oder möglicherweise sogar gebrochen sein. Kurz erfasste sie ein Glücksgefühl, denn welche bessere Entschuldigung gab es, um nicht Tennis spielen zu müssen, dann ging ihr auf, dass ihr Knöchel eventuell *gebrochen* war.

»Alles in Ordnung?«, fragte John.

»Nein«, knurrte sie und unterdrückte das »du Idiot«, »ich glaube, mein Knöchel ist verstaucht.«

»Oh«, bemerkte er dümmlich.

»Ja … oh …« Noch ein Wort von ihm und sie würde entweder heulen oder schreien. Möglicherweise auch beides.

»Soll ich dich zur Krankenschwester bringen?«

»Bitte.«

Mit einem Ruck hatte er sie hochgehoben und sich über die Schulter geworfen, wie ein Jäger einen geschossenen Hirsch. Alice keuchte auf und konnte nur noch versuchen, ihren Rock nach unten zu ziehen, um nicht der halben Schülerschaft ihre Unterwäsche zu zeigen. Eins musste man John lassen, er war verflucht stark! Alice hatte sich schon immer gewünscht, mal von einem Jungen auf Händen getragen zu werden, allerdings hatte sie sich etwas anderes, weniger Demütigendes vorgestellt.

Kaum hatten sie das Schulgebäude betreten, war sie auch schon Blickfang. Peinlich berührt vergrub sie ihr Gesicht an Johns Rücken und hoffte, sie würde niemandem in die Augen sehen müssen. Wie überaus peinlich.

Die Schulkrankenschwester war eine kleine, weiche Frau mit karamellbraunem Bobschnitt und einer großen, runden Brille. Sie trug zwar einen Arztkittel, es ragte jedoch ein Rätselheft aus einer der übergroßen Taschen und störte das Gesamtbild.

»Hey, Miss Admiral«, begrüßte John sie freundlich.

»Hey, John. Scarlett«, erwiderte sie, »wieder mal den eigenen Schläger an den Kopf gekriegt?«

»Bin umgeknickt.«

»Oh, mal was Neues!«, rief Miss Admiral ein wenig zu enthusiastisch für Alices Geschmack. Sie schlug sachte auf das einzige Krankenbett der Station und zog sich dann einen kleinen Rollhocker heran. Im Hintergrund sah Alice Verbände, Pflaster, Halsspatel und ein ungewöhnlich großes Thermometer, aber nichts, was auf Medikamente hindeutete. Verdammt, sie hätte eine Aspirin gebrauchen können.

»Danke, John, du kannst sie in meine fähigen Hände übergeben«, forderte sie den Jungen auf und knackte zur Betonung mit den Fingerknöcheln. Wie einen Sack Kartoffeln ließ er Alice aufs Bett fallen und verabschiedete sich dann.

»Der Junge hat Kraft, was?«, sagte Miss Admiral lächelnd. Alice nickte unbestimmt und streckte ihr den Fuß entgegen. Langsam zog die Krankenschwester ihren Schuh und die Socke aus. Vorsichtig drehte sie den Fuß ein wenig mit den Händen.

»Na, huch«, stieß sie verblüfft aus.

»Was ist?!«, fragte Alice panisch und versuchte, etwas zu sehen. Sie hatte es gewusst! Der Fuß war gebrochen!

»Nichts. Es ist rot, das ist gut.«

»Gut?! Wie kann rot gut sein?!«

»Blau bedeutet gebrochen oder gerissen, rot bedeutet verstaucht. Das tut noch ein paar Tage weh, aber es ist nichts weiter. Du solltest es heute Abend ein wenig kühlen und morgen sieht es dann schon wieder besser aus.« Sie stand auf und trat an ihren kleinen Schreibtisch, um sich die Hände zu waschen und zu desinfizieren. Erleichtert zog Alice Socke und Schuh wieder an. Da hatte sie ja noch mal Glück gehabt! Es wäre schwer gewesen, in der Schule Nachforschungen anzustellen, wenn ein klumpiger Gipsfuß sie schon von weitem jedem Bösewicht angekündigt hätte.

»Eines musst du mir jedoch verraten«, sagte Miss Admiral, ohne sie anzusehen, während sie sich die Hände abtrocknete. »Wie lässt man eine Narbe verschwinden, die man sich zugezogen hat, weil man vor ein paar Monaten in eine Glasscherbe getreten ist?«

Alice erstarrte in der Bewegung. Hinter ihrem Pony hervor beobachtete sie Miss Admiral, die sich immer noch die Hände trocknete und keinerlei Emotionen zeigte. Was sollte sie tun? Lügen? Welche Geschichte konnte sie dieser offenbar sehr gescheiten Frau auftischen, um sich aus dem Problem herauszureden? Gab es etwas?

Sie entschied sich dagegen. »Indem man nicht Scarlett ist«, antwortete sie leise. Die Krankenschwester nickte bestätigend.

»Du bist die Schwester, hm?«, fragte sie beiläufig und als sie Alices überraschtes Gesicht sah, fügte sie lächelnd hinzu: »Ja, ich weiß von dir.«

»Ich muss gestehen, das hab ich nicht erwartet«, gab Alice zu, »die Lehrer scheinen keine Ahnung zu haben.«

»Ich bin kein Lehrer.«

»Nein …«

Alice war sich nicht sicher, was sie davon halten sollte. Wie viel wusste diese Frau? Wenn Alice für sie kein Geheimnis war, dann wusste sie eventuell noch mehr.

»Meine Schwester ist noch im Krankenhaus.«

»Dann erübrigt sich wohl die Frage, ob es ihr gut geht. Bleibt noch die, warum du hier bist.«

Alice überlegte eine Weile, wie sie es am besten formulieren sollte. »Es besteht die Vermutung, dass Scarlett versucht hat, sich umzubringen. Ich will wissen, wieso.«

»Wieso die Vermutung besteht?«

»Nein, ich meine, wieso …«

»Ich weiß, was du meinst.« Miss Admiral schenkte Alice ihr bestes Sphinxlächeln.

»Na, wie auch immer. Können Sie mir nicht weiterhelfen?«

»Oh, ich bin Krankenschwester, dazu bin ich da. Hab ich dir nicht gerade erst geholfen?«

»Ich meine, wegen Scarlett.«

Die kleine Frau zog eine Augenbraue nach oben: »Ich fürchte, ich kann sie kaum wachküssen.«

Alice atmete tief durch und nahm sich einen Moment Zeit, indem sie innerlich bis zehn zählte. Hatte Miss Admiral es sich zum Ziel gesetzt, sie zur Weißglut zu treiben? Wenn ja, war sie auf dem besten Weg ihr Ziel zu erreichen.

»Sie haben doch bestimmt einen guten Draht zu den Schülern«, sagte sie betont freundlich. »Sie wissen doch sicherlich, was hier an der Schule vor sich geht?«

»Oh ja, in ein paar Monaten sind Prüfungen«, bestätigte Miss Admiral heftig nickend.

»ICH MEINE …«, fuhr Alice auf.

»Ich weiß«, unterbrach Miss Admiral sie breit grinsend, »was du meinst.«

»Hören Sie, ich mag es nicht besonders, wenn man versucht, mich auf den Arm zu nehmen.«

»Ach Kind, das war auch nicht meine Absicht«, entgegnete sie und setzte sich Alice gegenüber auf den kleinen Hocker.

»Ich kann dir keine Antworten geben, wenn du die falschen Fragen stellst.«

»Was sind denn die richtigen Fragen?«

»Das musst du schon selbst rausfinden.«

Alice gab auf. Miss Admiral wusste etwas, aber es war offensichtlich, dass sie ihr nichts verraten würde. Oder doch, aber nur dann, wenn sie die richtigen Fragen stellte, und wusste der Geier, welche das waren.

»Wie auch immer, besten Dank«, sagte Alice matt und schwang ihre Beine von der Matratze. Mit schmerzverzerrtem Gesicht belastete sie ihren Fuß und nach ein paar Sekunden war sie sich sicher, sie würde den Heimweg überleben, obwohl es höllisch wehtat.

»Es tut mir leid, falls ich dich enttäuscht haben sollte, Mädchen.« Die kleine Frau betrachtete sie stirnrunzelnd und es schien, als wäre sie mit ihrem Verhalten selbst nicht sonderlich zufrieden.

»Na klar …«

Alice schnappte sich ihre Sachen, humpelte aus der Krankenstation und machte sich auf den Heimweg. Was für ein Tag! Sie hatte sich vor ihrem Klassenlehrer, dem Tennisteam und der Krankenschwester zum Idioten gemacht und es half kein bisschen, dass sie sich nicht den eigenen Ruf, sondern den ihrer Schwester ruinierte. Was war nur in Miss Admiral gefahren? Wie konnte man so dreist Hilfe verweigern? Sie hatte vielleicht keinen Eid geschworen, aber jeder Lehrbeauftragte sollte seinen Schutzbefohlenen gegenüber die Verpflichtung verspüren, sie zu beschützen. Erst recht, wenn man die Schulkrankenschwester war!

Alice blieb wie angewurzelt stehen und riss die Augen auf.

Es sei denn, es ging ihnen um den eigenen Schutz. Miss Admiral hatte Informationen und sie wollte sie nicht rausrücken, was nur bedeuten konnte, dass es sich nicht um Mobbing oder schlechte Noten handeln konnte. Carter hatte etwas Ähnliches angedeutet. Auch hatten sich sowohl der Direktor als auch Mr. Ryan überaus merkwürdig verhalten. Und allein die Tatsache, dass ihre Schwester in der Lage war, aus purer Willenskraft eine Welt zu erschaffen, in die sie sich flüchten konnte und eine unkontrollierbare Figur noch dazu, sprach Bände. Irgendetwas ging an dieser Schule vor. Etwas Großes, das das Personal dazu brachte, sich in Schweigen zu hüllen.

Langsam ging Alice weiter und schritt hinaus in den späten Nachmittag. Vielleicht war dieses Etwas zu groß für sie. Sie war bereit gewesen, es mit einer Gruppe widerlicher, kleinkrimineller Schüler aufzunehmen, aber mit der ganzen Schule und allem, was dahinterstand? Herrgott, sie konnte kaum Ordnung in ihr eigenes Chaos bringen.

»Hey Scarlett, was gibt's?«

Wieder schreckte sie hoch, doch diesmal war sie besser vorbereitet und vermied den Sturz auf das Pflaster. John wartete am Tor auf sie und starrte ihr entgegen. Kein Lächeln, keine lässige Haltung, nur stupides Starren. Wenn es sein Wunsch war, dass sie sich unbehaglich fühlte, so hatte er das erreicht.

»Alles bestens, nur verstaucht«, erwiderte sie und hinkte mit so viel Würde, wie es in dieser Situation möglich war, an ihm vorbei. Er verstand den Wink nicht. Sobald sie auf seiner Höhe angelangt war, setzte er sich in Bewegung und begab sich an ihre Seite.

»Wo gehst du hin?«, fragte er.

»Nach Hause.«

»Ah, cool«, nickte er zustimmend, machte jedoch keinerlei Anstalten, sich von ihr zu verabschieden. »Bist du da sicher?«

Sie verzog das Gesicht, als würde sie nachdenken. »Klar. Was sonst?«

»Keine Ahnung. Dachte nur, du willst noch woanders hin.«

Alice stockte. Worauf spielte er an? Das Krankenhaus? Wusste er, dass sie nicht Scarlett war und ihre Schwester jeden Tag besuchte? Nur, woher?! Zugegeben, sie hatte sich Carter gegenüber dämlich verhalten und Miss Admiral hatte sie anhand einer fehlenden Narbe identifizieren können, aber sie waren die Ausnahmen! Jeder andere kaufte Alice die Rolle der Scarlett ab und John wirkte weder verschlagen noch intelligent genug, um sie nach zwei Sätzen zu durchschauen. Sie wollte ihn zwar nicht verurteilen, doch es fiel ihr schwer, darüber hinwegzusehen, dass er es einfach akzeptiert hatte, als sie ihn mit einem anderen Namen ansprach. Oder war es nur eine Maske und er spielte ihr etwas vor? Möglicherweise war John doch sehr viel intelligenter, als sie annahm.

»Nein, ich geh nach Hause«, bestätigte sie nachdrücklich.

Er steckte die Hände in die Hosentaschen und zog die Schultern hoch. Es war offensichtlich, dass er nicht zufrieden war. Was würde als Nächstes passieren?

»Okay, na dann.« Er nickte ihr kurz zum Abschied zu, dann machte er auf dem Absatz kehrt und joggte in die andere Richtung davon. Verwirrt blickte Alice ihm nach. Diese Leute wurden von Minute zu Minute wunderlicher. Kopfschüttelnd wandte sie den Blick ab und humpelte heim.

21:21; Fat Cat:
Alice?
21:23; Red Cap:
Wer sonst? ô_o
21:25; Fat Cat:
Für einen Moment hat mein Herz ausgesetzt. Wieso schreibst du mich mit dem Account deiner Schwester an?

Alice saß vollgefuttert vor Scarletts Laptop und schmunzelte über Carter. Mom war wieder da gewesen, um sie zu bekochen, und sie ließ sich wirklich nicht lumpen. Nur weil sie vorgeschoben hatte, sich dringend die Haare waschen zu müssen, hatte sie aufstehen dürfen. Dabei war Haarewaschen in etwa so sinnvoll, wie einen Brunnen mit einem Sieb auszulöffeln. Die Perücke klebte ihr so fest am Kopf, dass sie bereits nach fünf Minuten aussah, als hätte sie einen Tag in der Sauna verbracht. Dennoch saß sie nun hier, in einen flauschigen, rosa Bademantel ihrer Schwester eingewickelt, und wärmte sich die Hände an einer Tasse Tee. Mom und Dad waren nicht begeistert gewesen, dass Alice sich am Fuß verletzt hatte, selbst wenn es nur gestaucht war. Nur mit Mühe und Not hatte sie die beiden wieder beruhigen können.

21:26; Red Cap:
Ich will nicht verpassen, falls mich Jack oder jemand anderes noch mal anschreibt.
21:27; Fat Cat:

Wird sie nicht sauer, wenn sie das rauskriegt?
21:27; Red Cap:
Kann ich mir nicht vorstellen. .__.
21:28; Fat Cat:
Wie war Tennis? ;)
21:29; Red Cap:
Ernüchternd … -_-
21:31; Red Cap:
Was danach kam, war viel interessanter. John hat mich abgefangen.
21:32; Fat Cat:
Großer Kerl? Blonder Bürstenhaarschnitt? Schreit geradezu nach Militär?
21:33; Red Cap:
Du kennst ihn?
21:34; Fat Cat:
Den kennt doch jeder. Er gehört zur Teegesellschaft.

Alice zog die Augenbrauen hoch. Teegesellschaft? War das irgendein merkwürdiger Club, den die Schule beherbergte? John war zwar nach außen nicht der Typ für Tee, aber eventuell brauchte er ihn zur Beruhigung.

21;38; Red Cap:
Hä?
21:41; Fat Cat:
Ich weiß nicht, wie die anderen heißen, aber er und seine zwei Freunde treffen sich jeden Tag in den Pausen auf dem Dach, trinken Tee etc. …
21:42; Red Cap:
Ja und?
21:44; Fat Cat:
Irgendwas stimmt nicht mit denen. Die machen immer die merkwürdigsten Scherze und dann lachen sie alle völlig

bekloppt.
21:46; Fat Cat:
Kennst du die drei Hyänen aus Der König der Löwen*? Shenzi, Banzai und Ed? Genau so sind sie.*

Eine Weile erzählte er ihr von den vermeintlichen Verrücktheiten, die über die Teegesellschaft gemunkelt wurden, und Alice hatte seit langem wieder ein bisschen Spaß. Es dauerte nur ein paar Minuten, bis sie sich schäbig fühlte. Ihre Schwester lag im Koma und sie war bereits ein paar Tage an ihrer Schule, hatte bisher jedoch nichts rausgefunden. Statt einem Egel gleich an den Leuten zu kleben, ließ sie sich viel zu schnell abschütteln. Das beste Beispiel war Miss Admiral. Und nun unterhielt sie sich mit Carter, und zwar nicht über Scarlett, sondern über die Dummköpfe, die es in der Schule gab.

Carter war soeben dabei, sich in einer Anekdote über den Pädagogischen Koordinator auszulassen, als Alice entschied, dass es an der Zeit war, sich auf das Wesentliche zu konzentrieren.

22:02; Red Cap:
Sry, dass ich dich unterbreche, aber könnten wir wieder zum eigentlichen Thema zurückkommen?
22:03; Fat Cat:
Klar, was hast du denn bisher so unternommen?
22:06; Red Cap:
Na ja, dass mit dem Platz einnehmen weißt du ja. Ich glaube auch, die Krankenschwester weiß was, aber ich hatte keine Ahnung, wie ich es am besten hätte angehen sollen. Außerdem bin ich fast jeden Tag im Krankenhaus …
22:07; Fat Cat:
Okay, guter Anfang. Was noch?

Moment. Anfang? Alice war bereits am Ende ihrer Weisheit angelangt.

22:08; Fat Cat:
Was ist denn mit dem Zimmer deiner Schwester, war da nichts?

Alice zögerte. Sollte sie ihm von den Zeichnungen erzählen? Diese Frage hatte sie sich schon einmal gestellt und war zu dem Schluss gekommen, dass es das Beste war, wenn Carter sie nicht für wahnsinnig oder drogensüchtig oder beides hielt. Sie verneinte erneut.

22:12; Fat Cat:
Der Computer? Nichts? Sie wird irgendwo eine Spur hinterlassen haben. Am wahrscheinlichsten ist, dass sie sich mit jemandem ausgetauscht hat und den Verlauf nicht gelöscht hat. Nichts für ungut, aber wie ein Hacker-Genie kommt sie mir nicht vor.
22:14; Red Cap:
Werd ich sofort überprüfen.
22:16; Fat Cat:
Okay, erzähl mir morgen, was du gefunden hast. Ich muss noch 'n bisschen was machen …

Damit loggte er sich aus und Alice sah sich mit dem Computer ihrer Schwester konfrontiert. Carter hatte recht, Scarlett war kein Hacker-Genie. Sie selbst jedoch auch nicht.

Nachdem sie sich einige Zeit durch die verschiedenen Laufwerke geklickt hatte, stand Alice kurz vor der Verzweiflung. Ihre Schwester war entweder der unschuldigste Mensch der Welt oder brillant in

Vertuschung. Das Anrüchigste, das sie fand, war ein Kalender mit halbnackten Männern, die nichts trugen, außer ihrer Jeans und merkwürdigerweise fast alle im Regen standen.

Es war zum Auswachsen – jeder Teenager hatte doch wohl ein paar Verrücktheiten auf dem PC. Sie selbst hatte einen Ordner mit Bildern über seltene Kreaturen wie den Yeti oder Nessie und engagierte sich leidenschaftlich in ebenso einem Forum. Mom fand das lächerlich, aber Alice glaubte fest daran.

Soeben scrollte sie durch die Ordnerliste des von Scarlett betitelten *Daten*laufwerks auf der Festplatte, als ihr einer mit dem Standardtitel *Neuer Ordner* auffiel. Alle hatten spezifische Namen, nur dieser hier nicht. Neugierig versuchte sie, ihn zu öffnen, scheiterte jedoch an einer Passwortabfrage.

Alice stutzte. Was sollte denn das? Wieso sollte ihre Schwester einen Ordner auf ihrem eigenen Computer mit einem Passwort schützen?

Ohne nachzudenken, tippte sie wild drauf los. Sie versuchte Scarlett, Red Cap, Alice, ihr Geburtsdatum, Zwillinge, Wunderland, die Namen der Eltern, doch nichts funktionierte. Mit jeder Ablehnung war sie überzeugter, das Geheimnis ihrer Schwester gefunden zu haben, und wurde entschlossener, diesen Ordner zu öffnen.

Alice steigerte sich geradezu hinein und übersah beinah, das kleine leuchtende Icon, das ihr eine neue Nachricht verkündete. In der Erwartung, dass es sich um Carter handelte, öffnete sie das Fenster.

23:03; Jack:
Wo warst du?

Alice musste gegen den Impuls ankämpfen, ihren Kopf

auf die Tischplatte zu schlagen. Wieso hatte sie nicht zuerst nachgesehen, wer es war? Dann hätte sie einfach die Nachricht ignorieren und am Ende behaupten können, dass sie sie nie bekommen hatte. Nun stand groß und fett da, dass sie sie gelesen hatte.

Sie wusste immer noch nicht, wer Jack war und auch Carter war ratlos gewesen. Alles wie immer also.

Sie seufzte schwer und ermahnte sich, Scarletts kultivierte Ausdrucksweise zu nutzen.

23:06; Red Cap:
Wie meinst du das?
23:07; Jack:
Wir wollten uns doch treffen. Ich hab gewartet, du warst nicht da.
23:10; Red Cap:
Entschuldigung, aber heute war es furchtbar stressig.
23:10; Jack:
War es das wirklich?
23:11; Red Cap:
Aber ja. Ich hatte Tennis.
23:12; Jack:
Liegt es nicht vielleicht daran, dass du einen neuen Liebling hast?
23:15; Jack:
Diesen großen Jungen mit der Brille?

Carter.

Alice hatte die letzten Tage viel Zeit mit ihm verbracht und offenbar war es nicht unbemerkt geblieben.

Plötzlich fiel der Groschen. Jack beobachtete sie. Er hatte sie mit Carter zusammen gesehen, augenscheinlich des Öfteren, und statt direkt auf sie zuzugehen, hatte er abgewartet.

Unheimlich war als Ausdruck viel zu schwach für das, was Alice empfand. In ihrem Inneren brodelte leise Wut auf. Dieser Typ klang wie ein Stalker und wenn das stimmte, dann konnte sie sich nur zu gut vorstellen, wie das ihre Schwester beeinflusst hatte. Alice entschied sich, zum Angriff überzugehen.

23:20; Red Cap:
Er ist nur ein Freund. Du hättest ja einfach dazukommen können, statt dich zu verstecken. Findest du das in Ordnung?

Schweigen vom anderen Ende.

23:24; Red Cap:
Dann antworte ich für dich: Nein, das ist es nicht. So was gehört sich nicht. Soll ich mal dir hinterherspionieren, damit du siehst, wie das so ist?
23:26; Jack:
So war das nicht gemeint …
23:27; Red Cap:
Wie war es denn dann gemeint?!
23:28; Jack:
Ich hab dich einfach nur vermisst.
23:30; Red Cap:
Dann wirst du mich noch ein bisschen mehr vermissen müssen, denn momentan hab ich gar keine Lust mehr, dich zu treffen. Gute Nacht!

Alice schloss das Fenster und fuhr den PC herunter. Gleichzeitig hätte sie sich schlagen können, weil sie so unbesonnen war. Von einem schweigenden Jack würde sie nichts erfahren. Sie musste sich wirklich zusammenreißen. Sobald er sie das nächste Mal anschrieb, würde sie sich mit ihm verabreden. Aber zunächst musste sie herausfinden, wie der gute Jack aussah und in welche Klasse er ging.

»Und?«, fragte sie Carter am nächsten Morgen. Kopfschüttelnd kam er aus dem Klassenzimmer der B-Klasse. Schon den ganzen Tag hatten sie die höheren Klassen abgeklappert und abwechselnd gefragt, ob sie Jack sprechen könnten – bislang ohne Erfolg. Entweder gab es ihn nicht oder die Schüler wollten ihn nicht ausliefern. Meistens überließ Alice Carter die Fragerei, denn sie wollte nicht riskieren, an Jack zu geraten und ihn dann nicht zu erkennen. Langsam gingen ihnen jedoch die Klassen aus …

»Möglicherweise geht er gar nicht auf diese Schule. Und selbst wenn, die Wahrscheinlichkeit, dass Jack nicht sein richtiger Name ist, ist enorm. Schließlich ist Scarlett auch nicht Rotkäppchen und ich keine fette Katze. Und er steht vielleicht einfach nur auf *Fluch der Karibik*. Was weiß ich«, gab Carter zu Bedenken.

Alice hatte auch schon daran gedacht, aber an irgendeinem Punkt mussten sie ansetzen und sei er noch so wackelig. Woher wusste Jack dann, mit wem sie sich traf? Ein Nichtschüler, der auf dem Gelände herumlungerte, wäre sicher aufgefallen. Außerdem hatte er in ihrer ersten Unterhaltung Mr. Ryan erwähnt und dass er Unterricht bei ihm hatte. Natürlich, es könnte sich um eine clevere Täuschung handeln, aber Alice glaubte nicht daran.

»Nein«, sie schüttelte den Kopf, »er ist hier irgendwo.«

»Die Schülerliste wäre wirklich hilfreich, dann könnten wir es schnell abhaken«, sagte Carter.

Alices Gesicht verdüsterte sich. Die Schülerliste! Carter hatte den Vorschlag gemacht, noch bevor sie angefangen hatten, die Klassen abzuklappern. Allerdings beinhaltete dieser Plan, dass sie ins Sekretariat einbrachen und die Liste stahlen. Alice hatte deutlich gemacht, was sie von dieser Idee hielt, doch je mehr Misserfolge sie einsteckten, desto unausweichlicher schien es.

Kapitulierend warf sie die Hände in die Luft. Verschlagen grinste er sie an und obwohl sie gequält aufstöhnte, packte er sie am Arm und zerrte sie Richtung Sekretariat.

Alles, was sie gebraucht hätten, war ein wenig Glück. Wäre der Direktor da gewesen, sie hätten ihn nur nett fragen müssen, um so die ganze Sache schleunigst hinter sich zu bringen und Alice aus der Schule zu haben. Aber nein, es war die Sekretärin und sie war einem Habicht gar nicht unähnlich. Darüber hinaus kannte Alice sich hier nicht aus und würde bestimmt Stunden suchen müssen und letztendlich wegen Aktendiebstahl im Gefängnis landen – oder was auch immer das schulische Gegenstück war.

»Du schaust in die Liste, ich stehe Wache«, schlug Carter ihr vor.

»Gegenvorschlag: Wir lassen den Blödsinn und bringen uns nicht in Schwierigkeiten.«

»Sei doch nicht so ein Feigling!«, spottete er.

»Oh ja, du hast leicht reden, du trägst ja auch nur Verantwortung für dich selbst.«

»Komm schon, Alice. Erinnere dich, worum es uns geht. Ehrlichkeit, Gerechtigkeit, Aufrichtigkeit und der ganze Mist.«

Mit hochgezogener Augenbraue sah sie ihn an.

»Ja, ist ja gut, jetzt tu es einfach«, zischte Carter und schubste sie ins Sekretariat.

Sofort schoss der Kopf der Sekretärin in die Höhe.

Sie lächelte, doch Alice sah ihr an, dass sie keine Lust darauf hatte, sich mit einer Schülerin zu beschäftigen.

»Ja?«, fragte sie freundlich. Alices Verstand ratterte. Was konnte sie fragen, um die Frau aus dem Raum zu kriegen? Telefon und Computer hatte die Frau am Platz, auch Schreibmaterial, Stempel und alles, was man so brauchte, um eine Schule zu führen.

»Miss Admiral schickt mich«, sagte Alice plötzlich im Anfall eines Geistesblitzes. Die Krankenschwester würde bestimmt mitspielen.

»Und?«, hakte die Frau nach.

»Sie braucht den Schulstempel auf einem Dokument.«

Die Sekretärin legte die Stirn in Falten. »Warum nimmt sie nicht ihren eigenen?«

»Der stempelt nicht mehr richtig und sie braucht es sofort.«

Mit der Zunge schnalzend erhob sich die Frau und schnappte sich einen Stempel. Alice schaute möglichst unschuldig drein und begab sich langsam in Richtung Tür, um keinen Verdacht zu erregen. Die Sekretärin rauschte an ihr vorbei und Alice hörte, wie sie leise vor sich hin schimpfte. Kaum hatte sie ihr den Rücken zugekehrt, machte Alice auf dem Absatz kehrt und schloss die Tür hinter sich. Sie konnte nur hoffen, dass Carter sich an seinen Teil der Abmachung hielt.

Der Computer war noch hochgefahren, aber es dauerte viel zu lange, bis Alice die Liste mit Schülern fand. Sie rechnete jede Sekunde damit, dass Carter in den Raum stürmte, ohne dass sie etwas erreicht hatte.

Hektisch überflog sie die Namen. »Komm schon, wo bist du?«, murmelte sie. Es waren circa tausend Namen, niemals könnte sie alle durchgehen. Alice wollte schon aufgeben und zur Befragungsstrategie zurückkehren, als ihr die Suchfunktion ins Auge fiel. Na also! Schnell tippte sie den Namen Jack ein und wurde sofort mit vier Suchergebnissen belohnt.

Vier! Absolut machbar.

Sie konnte ihr Glück kaum fassen, als drei davon sich als der Nachname Jackson herausstellten und nur ein Junge übrig blieb, der den Vornamen Jack trug. Sie notierte sich den vollständigen Namen und die Klasse und schlüpfte aus der Tür. Und keine Sekunde zu früh, denn Carter stand auf der anderen Seite und wollte sie gerade warnen, dass die Sekretärin zurückkam.

Hinter der nächsten Ecke setzte sie ihn ins Bild.

»Einer aus der Neunten?«, fragte er skeptisch. »Steht deine Schwester auf jüngere Männer?«

»Quatsch«, wiegelte Alice ab, war sich allerdings nicht so sicher. Vielleicht war er ja sehr reif für sein Alter …

Wie konnte man sich so irren. Vor ihnen stand ein nervöser Fünfzehnjähriger mit Igelschnitt und Zahnspange, der offensichtlich glaubte, man würde ihn gleich verprügeln.

»Hey, Jack«, begrüßte Alice ihn betont freundlich, erntete jedoch nur ein ängstliches Nicken. Sie musterte ihn von oben bis unten. Sollte dies wirklich der Junge sein, der online so frech war und sie immer dazu drängte, sich mit ihm zu treffen? Dieser hier konnte ihr kaum in die Augen sehen. Viele wurden von der Anonymität des Internets zu einer zweiten Persönlichkeit verführt, aber das hier war lächerlich.

»Vergiss es, das ist er nicht«, sagte sie zu Carter und stapfte frustriert davon. Wieder eine Sackgasse. Hinter sich hörte sie, wie Carter sich bei dem vermutlich sehr verwirrten Jungen entschuldigte.

Innerlich brodelnd marschierte sie ins Klassenzimmer und ließ sich auf ihren Platz fallen. Wie sollte sie sich mit Jack treffen, wenn sie ihn gar nicht erkennen würde?

»Wie geht's weiter?«, fragte Carter und lehnte sich betont lässig an ihren Tisch.

»Weiß nicht. Ich werde mich auf gut Glück mit ihm verabreden. Wenn ich wenigstens diesen Ordner knacken könnte, dann hätte ich schon mal *etwas*.«

»Soll ich es versuchen?«, bot Carter an, in dem Moment, als der Französischlehrer den Raum betrat.

Alice nickte. »Ich geh heute erst mal ins Krankenhaus«, wisperte sie, »hol mich ab, dann kannst du mit zu mir kommen.«

Französisch! Die Sprache der Liebe, des fettigen Essens und neuerdings auch die Sprache von Alices Minderwertigkeitskomplexen. Alles klang viel erhabener und zugleich arroganter, solange es nur auf Französisch war. Alice fühlte sich weichgekocht und todmüde. Nicht, dass sie die Chance auf ein Nickerchen oder zumindest einen kolossalen Kaffee gehabt hätte. Nachdem sie den Donnerstag mit halb ausgegorener Recherche und Enttäuschung verplempert hatte, musste sie heute besonders viel im Krankenhaus erreichen.

Scarlett lag genauso da, wie Alice sie am Mittwoch zurückgelassen hatte. Wie auch sonst? Alice gewöhnte sich langsam an den Anblick der Leichenblässe, nicht jedoch an die Starre. In den nächsten Tagen musste sie darauf bestehen, dass man Scarlett drehte, damit sie sich nicht wund lag.

Seufzend sank sie auf den Stuhl an der Seite des Krankenbetts. »Siehst nach wie vor furchteinflößend aus.«

Natürlich keine Reaktion.

Alice schnaubte abfällig ob des Desinteresses. »Weißt du, wenn du nur ein wenig mitteilungsfreudiger wärst, dann hätten wir das ganze Problem gar nicht. Du hättest von Anfang an deine Sorgen mit mir geteilt, mir gesagt, wer Jack ist, und ich müsste jetzt nicht die Neuntklässler in Furcht und Schrecken versetzen.« Traurig strich sie Scarlett über den Kopf. Wenn sie mit ihr schimpfte, fühlte sie sich für dreißig Sekunden ein bisschen besser. Aber niemals gut genug, um auch nur einen Moment zu vergessen, wie wenig Teil sie von Scarlett Leben gewesen war.

»Gib mir noch ein paar Tage«, flüsterte sie, »ich werde ab jetzt drastische Maßnahmen ergreifen.« Alice atmete tief durch. Zeit, ihren Worten Taten folgen zu lassen.

»Na gut!«, rief sie gerade leise genug, um die Krankenschwester nicht wieder auf den Plan zu rufen. »Die Carter-Katze hat gesagt, wir sollen der gelben Straße folgen und die Herzogin suchen. Ob er wohl die hier gemeint hat?« Sie hielt ihrer Schwester die Buntstiftzeichnung einer gelb gepflasterten Straße unter die komatöse Nase.

Und wie zuvor ergriff Alice die kalte Hand und begann zu beschreiben, was sie sah. Bereits nach wenigen Minuten lag sie quer über ihrer Schwester und atmete den beißenden Geruch von Desinfektionsmitteln.

»Das kann doch nicht dein Ernst sein, oder?!«, brüllte Alice dem Himmel entgegen. Das Tal der Tränen hatte Wasserfälle gehabt, es hatte Fische, Blumen, Tiere und vor allem eine Menge Flair gehabt.

Das hier war eine schmutzige Pflasterstraße inmitten des schwarz-grünen Waldes von Nichtsundwiedernichts. Baumstämme, dunkelgrünes Blattwerk, dazwischen endlose Schwärze, so dass Alice nichts hinter der ersten Baumreihe ausmachen konnte. Oder eventuell sehen, ob sie selbst beobachtet wurde.

Zunächst konnte Alice nicht genau sagen, warum sie eine Gänsehaut bekam – Angst vor der Dunkelheit hatte sie schon lange nicht mehr – doch dann bemerkte sie, dass es in diesem Wald nicht nur an ausreichender Licht, sondern auch an Geräuschen mangelte. Keine Vögel, kein Wind, kein Knacken von Ästen. Einzig Alices Schuhe erzeugten einen Widerhall und selbst dieser wurde schnell von der Finsternis verschluckt. In jedem Horrorfilm war die Atmosphäre heimeliger.

Ächzend kam sie auf die Füße und klopfte sich den Hosenboden ab. Unsicher sah sie sich um. Links oder rechts? In beide Richtungen erstreckte sich das unendliche Nichts und sie würde den Teufel tun und sich in den Wald schlagen.

»Folge der gelben Straße, hat die Katze gesagt. Dann findest du die Herzogin, hat die Katze gesagt. Ich hätte einfach auf meinen Bauch hören sollen.«

Hoffentlich würde Scarlett ihre nächste Fantasie ein wenig klarer gestalten – weniger Geheimniskrämerei, mehr Wegweiser.

Verärgert machte Alice sich auf den Weg. Vermutlich war es sowieso egal, in welche Richtung sie ging, weil alles im Kreis angeordnet war und wenn nicht, könnte sie jederzeit zurückkehren und es noch mal probieren. Sie fühlte sich wie die Heldin im Scarlett-Abenteuerspiel und wenn sie Game-Over ging, musste sie bloß neu starten. Fehlte nur noch ein übergewichtiger Affe, der sie mit Fässern bewarf.

Alice lief und lief und machte es sich zur privaten Herausforderung, nicht auf die Linien der Backsteine zu treten. Über ihr blinzelten die Sterne zwischen den Baumwipfeln hervor und unter ihr erzeugte jeder

Schritt den dumpfen Klang einer Trommel. Gott sei Dank war es nicht echt, denn sonst hätte sie sich vor Angst in die Hose gemacht. Nachts im Wald – das war nur als Teil einer Mutprobe eine lustige Erfahrung, mit vielen kreischenden Mädchen an der Seite.

Sie war gefühlt eine Stunde gelaufen, als der Weg sich vor ihr verbreiterte. Die Bäume wichen zur Seite und machten Platz für eine saftig grüne Lichtung, die vom Mondschein in die Kulisse eines Märchenfilms verwandelt wurde. Zur Mitte hin erhob sich sanft ein Hügel, der von einem Brunnen gekrönt wurde. Verblüfft drehte Alice sich auf der Stelle. Die gelbe Straße endete hier. Wo war die Herzogin? Stöhnend legte sie die Hände in den Nacken und schloss die Augen. War das Ganze wieder nur eine mysteriöse Anspielung gewesen und irgendwo auf dieser Lichtung befand sich das Grab der Herzogin? Oder, noch schlimmer, war Alice in die falsche Richtung gelaufen?

Was auch immer die Antwort war, zunächst musste sie sich ausruhen und zu Kräften kommen. Dafür, dass sie nur eine Spielfigur war, war das Ganze auf realistische Weise auslaugend.

Mit knackenden Knochen streckte sie sich am Fuße des Brunnes aus, den Rücken an den kalten Stein gelehnt. Endlich eine kleine Erleichterung, denn auch Wind gab es in diesem Wald nicht. Anscheinend hatte Scarlett vergessen, ihn einzufügen.

Was nun? Alice hatte keinen Plan, sie hatte nicht damit gerechnet, dass die gelbe Straße ein Reinfall sein würde. Verdammte Katze! Alice hätte es besser wissen müssen, als den Rat eines Haustiers anzunehmen. Die dachten einfach nicht logisch genug! Sollte sie diese Reise abbrechen und es noch mal versuchen, vielleicht mit einer anderen Zeichnung?

Erschöpft zog sie die Beine an den Körper und legte die Stirn auf ihre Knie. Wieder umsonst. Sie war wirklich der schlechteste Detektiv, der jemals auf Erden gewandelt war.

Der Wind säuselte leise in ihren Ohren und schickte sie weit fort in …

Moment.

Der Wind?!

Alices Kopf ruckte nach oben und sofort spitzte sie die Ohren. Ja, eindeutig. Ganz in der Nähe sprach jemand. Sie rappelte sich hoch und jetzt konnte sie es sogar noch besser hören – eine Unterhaltung aus der Tiefe. Skeptisch beugte sie sich ein wenig über den Brunnen.

Konnte das sein?

Weit unten aus dem Brunnenschacht trug das Echo Wortfetzen zu ihr an die Oberfläche. Doch bevor sie etwas Dummes tat, musste sie sich vergewissern.

»Hallo?«, rief sie nach unten. Augenblicklich verstummten die Stimmen. Aha! Es war eindeutig jemand da unten und dieser Jemand wollte lieber nicht entdeckt werden.

Tja, zu spät. Alice würde den direkten Weg nehmen. Eifrig sprang sie an die Kurbel für den Eimer und drückte kräftig dagegen. Endlich waren Cartoons mal für was gut – sie würde den Eimer als spartanischen Aufzug benutzen und nach unten sausen.

Ein markerschütterndes Knirschen durchschnitt die Stille. Alice sprang zurück und erwartete beinah, dass der Brunnen in sich zusammenfiel, doch das Gegenteil war der Fall. Langsam hoben sich die Steine und schoben sich auseinander, drehten sich wie ein Getriebe und rasteten schließlich ein. Unter ihnen gaben sie eine Treppe frei, die gewunden in die Dunkelheit führte.

»Oh nein«, keuchte Alice fassungslos und wich einen Schritt zurück. Es war eine Sache im Expressaufzug nach unten zu brausen, da hatte man gar keine Zeit, sich wegen der Höhlenartigkeit zu fürchten, weil man viel zu sehr damit beschäftigt war, sich die Seele aus dem Leib zu schreien. Aber schnurstracks unter Tage zu marschieren, und dabei außer Acht zu lassen, dass der Himmel verschwand, das war etwas ganz anderes.

»Du weißt, wie sehr ich es hasse, unter die Erde zu müssen, und dann kreierst du so etwas? Findest du das lustig?!«, meckerte Alice laut in der Hoffnung, ihre Schwester würde es trotz ihres Zustandes hören.

Zögernd näherte sie sich dem Treppenabsatz und spähte hinab. Nach wenigen Stufen übermannte sie die Dunkelheit. Ein beständiges Plätschern machte die Vorstellung einer Tropfsteinhöhle perfekt.

»Jap«, stellte Alice trocken fest, »ich werde hier draufgehen.« Sie musste die U-Bahn um Vergebung bitten, denn das hier war viel schlimmer.

»Schwesterherz, ich hoffe, du bist mir dankbar«, sagte sie und machte den ersten Schritt nach unten. Dann noch einen und noch einen. Mit jeder Stufe dachte sie fester an ihre Schwester, an ihr Lachen, ihr Talent und den ganzen Unsinn, den sie zusammen gemacht hatten. Tiefer und tiefer ging es hinab und Alices einziger Halt war die feuchte Steinwand.

Und dann war es vorbei.

Ganz plötzlich stand Alice am Fuß der Steintreppe, vor ihr ein kurzer Gang, an dessen Ende ihr freundliches Licht entgegenflackerte. Sie brauchte keine zwei Schritte und stand am Rand eines Sees, der von einem unterirdischen Fluss gespeist wurde. Inmitten des Sees befand sich eine Insel, auf der ein hölzerner Schreibtisch stand, und überall waren hohe Kerzenständer verteilt, die die Szenerie erhellten. Um den Schreibtisch herum hatten sich die Tiere des Geheimclubs versammelt und betrachteten sie mit großen Augen. Als sie sahen, wer dort die Treppe hinunter kam, ging ein kollektiver Seufzer durch die Truppe.

»Alice«, begrüßte sie das Kapuzineräffchen, das als Leiter der Truppe den Platz am Schreibtisch innehatte, »was für eine freudige Überraschung.«

Alice zwang sich zu einem Lächeln, denn obwohl sie die Tiere gut leiden konnte, hatte sie sich etwas Anderes erhofft. Sie hatte herzlich wenig Lust auf eine weitere Runde Plumpsack und Preise hatte sie auch keine mehr.

Nach allen Seiten freundlich nickend betrat sie die Insel über eine kleine Holzbrücke, die sich über den See spannte und bei jedem Schritt gefährlich knarzte.

»Hey Leute, ein neues Versteck?«, fragte sie munter und reckte beide Daumen in die Höhe.

Die Tiere begannen, durcheinander zu brabbeln. Alice verstand kein Wort, aber bekam so viel mit, dass niemand mit dem Brunnen glücklich war. Da hatten sie etwas gemeinsam.

Gebieterisch hob das Äffchen die Arme und ermahnte zur Ruhe. Die Tiere verstummten und beschränkten sich auf finstere Blicke.

»Wir können nicht ins Tal zurück. Die Verstecke dort sind nicht mehr sicher. Die Herzkönigin lässt ihre Wachen patrouillieren und sie kennen kein Mitleid.«

Bei der Erwähnung der Königin schüttelten sich die Tiere und der Dodo brach in Wehklagen aus.

»Im Ernst?« Alice war perplex. »Und woher weiß sie davon?«

Das Äffchen hob unbeholfen die Hände und Alice musste sich das Lachen verkneifen. Es sah so süß aus!

»Das wissen wir nicht«, gab es bedauernd zu.

Alice nickte verständnisvoll. Jeder konnte der Schuldige sein. Die Tiere könnten einen Judas unter sich haben, die Grinsekatze schien verschlagen genug, um sie zu verraten, oder möglicherweise hatte einfach ein Soldat aus dem Palast sie beobachtet. Alice wusste nur sicher, dass *sie* niemanden verpetzt hatte.

»Wie sieht es bei dir aus?«, fragte der Dodo. »Hast du deine Schwester gefunden?«

Alice verneinte. »Ich hab noch nicht mal die Herzogin gefunden«, murrte sie.

Ein Seufzer des Bedauerns ging durch die wunderliche Gruppe. Köpfe wurden geschüttelt, Tränchen zerdrückt.

»Die Herzogin …«, schluchzte ein Lori herzzerreißend auf.

Alice verzog das Gesicht. »Was ist denn mit ihr?«

»Das ist eine Geschichte voller Enttäuschungen und schmerzhafter Erinnerungen«, setzte das Kapuzineräffchen dramatisch ein. Wichtigtuerisch kletterte es auf den Schreibtisch und breitete die Arme aus wie der Prediger auf der Kanzel.

»Ist es eine *kurze* Geschichte?«, hakte Alice scharf nach.

»Alles begann vor sieben Jahren …«

»Natürlich hat es das.« Frustriert sank Alice auf die Knie und setzte sich in den Schneidersitz.

Das Äffchen ließ sich davon nicht beirren, denn sein großer Moment war gekommen. Die Tiere waren näher heran gerutscht und lauschten gebannt mit weit offen stehenden Mündern und Schnäbeln. Man hätte fast annehmen können, es sei nicht ihre eigene, sondern eine völlig neue Geschichte, die sie hörten.

»Alles begann vor sieben Jahren. Das Wunderland

war ein großes, glückliches Königreich voller zufriedener Tiere und Menschen. Wir spielten, sangen und tanzten den ganzen Tag.«

»Hier muss wohl niemand arbeiten«, murmelte Alice dem Lori zu, der jedoch gar nicht darüber lachen konnte.

»Nun trug es sich zu, dass vor sieben Jahren die Herzkönigin zusammen mit ihrer Garde aus Karten und ihrem Hofstaat die Herrschaft antrat. Oh, sie war eine gütige Königin. Immer zu Scherzen aufgelegt und jeden Sonntag wurde ein Fest veranstaltet. Man sagt, sie soll ein wahrer Sonnenschein gewesen sein und der Legende nach war ihre Schönheit ohnegleichen und …«

Alices Hand schoss in die Höhe, wo sie mit bemerkenswerter Penetranz die Aufmerksamkeit auf sich zog.

Das Äffchen verhaspelte sich in seiner Rede und runzelte ärgerlich die Stirn. »Ja, Alice?«

»Was genau soll das bedeuten ›Der Legende nach‹?«

»Niemand hat sie je zu Gesicht bekommen.«

»Niemand?!«

»Sie war eine ausgesprochen fortschrittliche Frau und sie wollte nicht, dass ihr Aussehen von ihren Taten ablenkte.«

»Ah ja, ergibt total Sinn … Weiter im Text.« Wenn jemand den Sarkasmus bemerkte, zeigte er es nicht.

»Die Herzogin war die beste Freundin der Königin und sie waren unzertrennlich. Jeden Tag flanierten sie zusammen in den Rosengärten und die Königin ließ sogar eine Allee weißer Rosenbüsche pflanzen, zur Erinnerung an die Freundschaft. Doch dann kam er …«

Die Tiere schüttelten sich kollektiv und auch Alice konnte sich der Atmosphäre nicht länger verwehren. Das war wirklich spannend!

»Wer?«, hauchte sie aufgeregt.

»Der Herzbube. Bis zu dieser Zeit war er nur ein kleines unbedeutendes Bild inmitten des ganzen Blattes gewesen, die meisten wussten nicht mal, dass es ihn gab. Die Königin hingegen hatte ein Auge auf ihn geworfen und hob ihn in den Stand ihres persönlichen Ritters. Von da an veränderte sie sich. Die Herzogin wurde vom Hof und in ein altes Landgut ganz in der Nähe verbannt und die Königin war nicht mehr dieselbe. Vorbei war es mit singen und tanzen, mit öffentlichen Feiern bei Hofe und mit Spiel und Spaß. Sie wurde paranoid und vermutete hinter jedem Geflüster ein Komplott. Viele unserer Freunde wurden gefangen oder hingerichtet. Der Herzbube schreitet durch die Reihen wie der Schnitter in der Schlacht und er empfindet keinerlei Reue.«

»Gibt es denn niemanden, der etwas dagegen tun kann?«

»Es gab den Widerstand, der von der Herzogin angeführt wurde. Aber das ist lange her. Es ist ruhig um sie geworden und sie soll seit Monaten ihr Haus nicht verlassen haben. Nur ihre Köchin und ihr Kind leben bei ihr und auch sie sind eingesperrt. Niemand ist der Königin gewachsen, denn alle fürchten sich davor, als Nächstes auf dem Schafott zu landen.«

Alice rappelte sich unelegant hoch und klopfte sich den Dreck von den Sachen. Sie schmunzelte in sich hinein und freute sich auf die Gesichter der Tiere, wenn sie ihnen eröffnete, dass sie ihre lang ersehnte Rettung war.

»Ich kann nicht sterben«, verkündete sie stolz und erntete nach einer kurzen Pause schallendes Gelächter.

»Die Jugend«, gluckste der Dodo, »denkt immer, sie sei unsterblich.«

»Ich meine es ernst! Mir kann hier nichts passieren. Und wenn doch, dann verschwinde ich kurz und komme dann wieder.«

Ungläubig kichernd schüttelten sie den Kopf. Alice konnte es ihnen nicht verübeln, sie hätte wohl ähnlich geschaut, wenn ihr jemand die eigene Unsterblichkeit verkündet hätte.

Plötzlich war ihr schlecht. Die Welt drehte sich um sie und sie spürte ein Ziehen in der Magengegend. Jemand versuchte, sie aufzuwecken.

»Okay, ich melde mich freiwillig zur Herzogin-Rettungsmission«, rief sie laut, um sich Gehör zu verschaffen.

»Ach, Kind.« Das Äffchen musterte sie mitleidig.

»Ich meine es ernst! Von euch traut sich keiner und ich melde mich freiwillig!« Sie sprach rasend schnell. Jeden Moment konnte sie wieder im Krankenhaus sein und hätte nichts erfahren.

»Wie du meinst, Alice. Dann musst du nur eins tun, nämlich durch den …«

ALICE REIST DURCH DEN SCHORNSTEIN

Wie ein Ertrinkender, der an die Oberfläche kam, fuhr Alice auf. Carter stand über ihr und betrachtete sie besorgt.

»Du hast einen ganz schön festen Schlaf«, bemerkte er mit dem Anflug eines erleichterten Lächelns. Alice schenkte ihm ihr breitestes Grinsen und sprang auf. Hastig sammelte sie all ihre Sachen zusammen, packte ihre Schwester fest in die Decke ein und gab ihr einen Abschiedskuss auf die Stirn. *Nicht mehr lange, Scarlett,* versprach sie ihr. Denn bereits am nächsten Morgen würde sie die Herzogin retten. Obgleich es ein wenig genuschelt war, hatte Alice deutlich das Wort Schornstein verstanden.

Reise durch den Schornstein, Alice.

Zugegeben, das klang schlichtweg durchgeknallt, aber davon ließ sie sich nicht aufhalten. Das gesamte Wunderland war völlig irre und wenn man nicht dagegen ankam, dann musste man eben mitmachen!

Außerdem hatte sie einen Entschluss gefasst, sie musste Carter einweihen. Wie sollte sie sonst weiterkommen? Alice war offensichtlich zu untalentiert als Ermittler, um das Geheimnis der Schule zu lüften.

Als sie zu Hause ankamen, saßen Mom und Dad auf der Couch und schauten sich die Wiederholung einer Krimiserie an. Alice erkannte nicht, welche – die waren doch alle gleich. Sie beschwor Carter, um Gottes willen leise zu sein. Das Letzte, was sie gebrauchen konnte, war ein Verhör von Dad, warum sie einen Jungen mit nach Hause brachte.

»Alice?!«, ertönte es aus dem Wohnzimmer. Alice legte die Stirn an die Zimmertür. So nah dran! Sie hatte sogar schon die Hand auf der Klinke.

Ihr Vater kam aus dem Wohnzimmer und sein freundliches Gesicht verwandelte sich im Sekundenbruchteil zu Misstrauen und Schrecken zugleich. Ein ziemlich merkwürdiger Ausdruck und Alice hätte gelacht, wäre ihr nicht dermaßen zum Heulen zumute gewesen.

»Mhm?«, summte sie zuckersüß. Carter schien die Spannung der Situation zu spüren, seine Selbstsicherheit fiel von ihm ab und er begann, nervös an seiner Jacke rumzufummeln.

»Aliiii…lett. *Scar*lett! Wen bringst du denn da mit? Scarlett.«

»Gib dir keine Mühe«, entgegnete Alice erschöpft, »er weiß Bescheid.« Und um ihren Worten Nachdruck zu verleihen, zog sie die Perücke vom Kopf, bereute es jedoch augenblicklich. Auf der einen Seite waren ihre Haare angeklatscht, auf der anderen Seite standen sie ab wie eine Klobürste. Unbeholfen versuchte Alice, sie zu richten.

Dad lief puterrot an. »Alice! Ist das deine Art, deiner Schwester zu helfen. Unseren gesamten Plan über den Haufen zu werfen, um dir einen Freund zu suchen?!«

»Dad!«, rief Alice empört. »Er ist nicht *mein* Freund, er ist *ein* Freund und er hat versprochen, zu helfen. Und was heißt hier *unser* Plan?!«

»Ja, ja«, knurrte ihr Vater und trat einen Schritt auf Carter zu, »du weißt doch, was ich von männlichen Freunden halte. Denen ist nicht zu trauen.«

Warum tat sich eigentlich nie ein Wunderland auf und verschluckte einen, wenn man es am dringendsten brauchte? Alice und Scarlett hatten immer vermieden, einen Jungen mit nach Hause zu bringen, weil Dad seit ihrer frühsten Kindheit gedroht hatte, der Tag, an dem sie einen Freund mit nach Hause brächten, wäre der Tag, an dem er die Flinte aus dem Keller holte.

»Charles!«, ging Mom dazwischen. Sie stand in der Wohnzimmertür und betrachtete die Szene peinlich berührt.

»Lass die Kinder doch«, sagte sie lächelnd, »ich bin sicher, dass sie nicht übereinander herfallen, sobald die Tür sich hinter ihnen geschlossen hat.« Und um ihre Mitgliedschaft im Bund der Verschworenen zu unterstreichen, zwinkerte sie Alice auffällig zu.

»Oh mein Gott«, jammerte Alice gequält und auch Carter sah aus, als würde er am liebsten mit der Wand verschmelzen.

»Na schön«, knurrte Dad und wandte sich zum Gehen. Natürlich nicht, ohne vorher mit seinem Zeige- und Mittelfinger ein V zu formen und damit erst auf seine Augen und dann auf Carter zu zeigen.

»O-ber-peinlich«, knirschte Alice und zog Carter dann in Scarletts Zimmer.

Frustriert warf sie die Perücke aufs Bett und die Schultasche in die Ecke. Sie stöhnte innerlich beim Gedanken an die Hausaufgaben, die sie noch erledigen musste.

»Nett, deine Eltern.«

»Ha ha, zu komisch.«

»Nein, im Ernst. Dein Vater und du, ihr seid euch ähnlich.«

»Uff, jetzt wirst du gemein …« Alice verzog gequält das Gesicht und streckte die Zunge raus. Ähnlich? Sie und Dad? Wo denn? Das grenzte ja fast schon an Beleidigung.

Langsam, mit hochgezogenen Augenbrauen, wanderte Carter im Zimmer auf und ab, während

Alice den Laptop hochfuhr. Vermutlich hatte auch Carter Scarlett nie für eine so große Rosaliebhaberin gehalten.

Haare bürstend setzte Alice sich aufs Bett und bedeutete Carter, auf dem Bürostuhl Platz zu nehmen. Sie sollten auf keinen Fall zu nah nebeneinandersitzen, denn es war durchaus möglich, dass Dad plötzlich die Tür aufriss und dabei laut »AHA!« rief.

»Carter, ich muss dir ein Geheimnis erzählen«, begann sie vorsichtig.

»Wenn du mir erzählen willst, dass du eigentlich nicht brünett bist, das hab ich schon rausgefunden«, erwiderte er grinsend.

Sie lachte. »Nein. Es ist wichtig. Ich ... Scarlett ... also wir ... ach, Herr Gott noch mal!«, rief sie mürrisch und pfefferte die Bürste in die andere Ecke des Zimmers. Er würde ihr niemals glauben. Wenn er sie mit der ganzen Geschichte sitzen ließ, sie wüsste nicht, was sie tun sollte.

»*Bitte,* sei kein Mann«, rief Carter und rollte mit gespielter Verzweiflung die Augen. Alice blinzelte ein paarmal sprachlos und prustete dann los.

»In Ordnung, dann erzähl ich dir *das* eben später«, kicherte sie. »Nein, ich glaube einfach, dass du mich für völlig verrückt halten wirst und danach nicht mehr leiden kannst.«

»Als du mich im Jungenklo überfallen hast, um mir zu erzählen, du wärst der Zwilling der Vorzeigeschülerin, hab ich dich da für verrückt gehalten? Und als ich dich kaum kannte und du trotzdem wolltest, dass ich mit dir mitgehe, hab ich da abgelehnt?«

Hilflos zuckte sie mit den Schultern. Was er sagte, ergab zwar Sinn, sie fühlte sich dennoch nicht besser. Das hier war schließlich etwas völlig anderes.

»Okay, Vorschlag zur Güte. Ich erzähle dir zuerst ein Geheimnis und dann erzählst du mir dein Geheimnis. Geht das in Ordnung?«

Sie bejahte.

»Also schön. Du hast doch sicherlich schon meine vielen Narben bemerkt, oder?«, fragte er und schlug die Ärmel seines Hemds zurück. »Ich war dreizehn und fürchterlich verliebt in ein Mädchen namens Annabelle«, er hielt inne, um sich zu vergewissern, dass Alice ihm zuhörte, »Annabelle war zwei Klassen über mir, wunderhübsch, aber schrecklich hohl und oberflächlich. Ich hatte damals zwei beste Freunde und während der eine mich bestärkte, ihr meine Liebe zu gestehen, versuchte der andere, mich davon abzuhalten.

Hätte ich mal auf ihn gehört.

Es kam, was kommen musste. Ich gestand ihr meine enorme, niemals endende Liebe und blitzte ab mit der Begründung, ich sei zu jung, zu hässlich und vor allem zu ekelhaft. Du kannst dir vielleicht vorstellen, dass ich am Boden zerstört war, und ich lief zu meinen Freunden. Ich zog fürchterlich über Annabelle her, sagte schlimme Dinge und alles in allem bin ich nicht stolz darauf, aber ich war noch ein Kind.

Einer meiner Freunde – mein bester Freund, der mich beschworen hatte, ihr meine Liebe zu gestehen – versprach mir, dafür zu sorgen, dass sie nie wieder jemanden aufgrund seines Aussehens beurteilen würde. Ich wusste nicht, was er damit meinte, aber ich war dafür und habe ihn sogar angefeuert.

Wie gesagt, ich war jung und dämlich.

Ewig passierte nichts und ich war schon längst über Annabelle hinweg, als wir uns eines Tages wieder im Schulflur gegenüberstanden. Ich hab mich geschämt und mich so nah wie möglich mit dem Gesicht ans Fenster gestellt. Letztendlich war das meine wohl beste Entscheidung, denn nur so sah ich, dass mein Freund auf dem Dach des gegenüberliegenden Schulgebäudes stand. Er hatte einen Baseball und einen Schläger und ich wusste, was er vorhatte. In dem Moment, als Annabelle am nächsten an den Fenstern stand, schlug er den Ball in ihre Richtung. Ich sprang vor sie und schützte mich selbst mit meinen Armen. Wir beiden haben von dem zersplitternden Glas Dutzende von Narben zurückbehalten, aber später hieß es, dass es Annabelle ohne meinen Schutz viel schlimmer hätte erwischen können und sie entweder entstellt gewesen wäre oder sogar blind.«

Während Carter sprach, mied er Alices Blick. Er fuhr sich mit beiden Händen durch seine strubbeligen Haare und verharrte dann in der Position, die Augen stur auf den Boden gerichtet.

»Kannst du dir vorstellen, dass die mich als Held gefeiert haben?«, fuhr er bitter fort. »Weil ich sie beschützt habe, weil ich sie *gerettet* habe. Niemand hat sich dafür interessiert, dass ich schuld war. Kurz darauf hab ich die Schule gewechselt und hatte für ein paar Jahre meine Ruhe. Und dann kam ich hierher.«

Alice hatte mit angehaltenem Atem gelauscht und sog nun schmerzhaft Luft ein. »Was ist aus deinem Freund geworden?«

Carter zuckte mit den Schultern. »Das Letzte, was ich gehört habe, war, dass er jetzt in einer Jugendvollzugsanstalt steckt.«

Alice war nun auch bereit, ihr Geheimnis zu teilen. Am besten brachte sie es ganz schnell hinter sich, wie beim Abziehen eines Pflasters.

»Ich reise in das Unterbewusstsein meiner Schwester.«

Schweigend schaute er sie an und kaute nervös auf seiner Unterlippe. Dann verfinsterte sich sein Blick.

»Hör mal, ich habe dir etwas sehr Wichtiges und sehr Persönliches erzählt. Ich hätte nicht gedacht, dass du dich über mich lustig machst«, sagte er gefährlich leise.

Verzweifelt warf Alice die Hände in die Luft und ließ sie sofort wieder sinken. »Ich will mich nicht lustig machen. Du musst mir glauben, wenn ich sage, dass ich ehrlich zu dir bin. Ich hab doch gesagt, dass es verrückt klingt.«

Er blieb die Antwort schuldig.

»Bitte, gib mir eine Chance, es dir zu erklären.«

Er schüttelte den Kopf, als könnte er selbst nicht glauben, was er als Nächstes tat. »Du verarschst mich nicht?«

»Nein, es ist mein voller Ernst. Ich besuche ihr Unterbewusstsein wie Marty McFly die Vergangenheit.«

Carters Augenbrauen schossen in die Höhe. »Mit Hilfe eines DeLorean?«, fragte er langsam.

»Nein, das war nur ein Vergleich«, antwortete Alice, als würde sie mit einem Kind sprechen. »Ich nehme ihre Hand und dann – na ja – passiert es einfach.«

»Was passiert?«

»Ich besuche ihr Unterbewusstsein.«

»Wie? Du meinst, du liest ihre Gedanken? Wie ein Superheld?«

»Ja, ich rufe »Zwillingspower aktiviert« und springe in sie rein wie Super Mario in seine Abwasserrohre«, erwiderte sie sarkastisch.

»Im Ernst?!«

»Natürlich nicht, was ist los mit dir?! Es passiert einfach. Ich habe dir doch ihre Zeichnungen gezeigt, oder? Ich nehme eine davon in die Hand, dann halte ich Scarletts Hand und irgendwie schlafe ich ein und lande in einer Welt im Kopf meiner Schwester. Sie hat sie wohl vor Jahren geschaffen und ›Wunderland‹

genannt. Dorthin hat sie sich zurückgezogen und deswegen liegt sie im Koma.«

Carter musterte sie, ohne eine Miene zu verziehen. Dann schossen seine Hände an seine Schläfen und er verzog das Gesicht, als hätte er schreckliche Kopfschmerzen. Es war offensichtlich, dass er einen inneren Kampf austrug. Er konnte entweder seine Sachen packen und Alice von nun an aus dem Weg gehen oder er konnte zumindest die Möglichkeit in Betracht ziehen, dass sie die Wahrheit sagte.

»Ich bitte dich, wieso sollte das verrückt klingen …«, murmelte er.

»Dann glaubst du mir?«

»Hab ich nicht gesagt.«

»Also denkst du, ich lüge?«

»Hab ich auch nicht gesagt!«

»Was sagst du dann?!«

Er stieß einen tiefen Seufzer aus und rollte mit dem Bürostuhl zum Bett herüber, um Alices Hände zu ergreifen, als hätte er es schon tausendmal gemacht. Ein kleiner Schauer lief ihr den Rücken hinunter.

Tief sah er ihr in die Augen. »Ich glaube, du hast viel durchgemacht in letzter Zeit.«

Alice blieb die Spucke weg und sie entzog sich seinem Griff. »Ich schwöre bei Gott, wenn du mir als Nächstes sagst, dass du glaubst, dass ich es glaube, dann setzt es was!«

Verlegen blickte er auf seine Schuhspitzen, als würde er da die Antwort finden.

Es war ein Fehler gewesen, Carter einzuweihen! Was hatte sie sich dabei gedacht? Bisher hatte sie ihm in allem die Wahrheit gesagt und bei jeder Verrücktheit bewiesen, dass es eine Tatsache war. Und er glaubte ihr trotzdem nicht!

Doch das Schlimmste war, dass sie es ihm nicht mal übel nehmen konnte. Wenn sie sich ihre Geschichte noch mal auf der Zunge zergehen ließ, klang sie wie etwas, das eine aufmerksamkeitsgeile Hochstaplerin erzählen würde. *Ich reise ins Unterbewusstsein meiner Schwester* – ja klar, von wegen.

»Na gut«, sagte Carter plötzlich, begleitet von einem schweren Seufzen, »nehmen wir für eine Sekunde an, das, was du da sagst, ist nicht der Stoff, aus dem Jahrmarktbetrügereien gemacht sind. Was genau *ist* denn in Scarletts Unterbewusstsein?«

»Es nennt sich Wunderland …«

»Jap, auf keinen Fall.« Carter sprang auf. Er schenkte Alice eine hochgezogene Augenbraue und ein abwertendes Zungenschnalzen und wand sich zum Gehen.

»Ich meine es ernst!«, verteidigte sie sich energisch. »Glaubst du, ich weiß nicht, wie bescheuert das alles klingt? Aber es ist die Wahrheit und wenn du mir nicht glaubst, fein! Es ist ein Geschenk und vielleicht der einzige Weg, wie ich rausfinden kann, was mit Scarlett passiert ist.«

Stöhnend legte er den Kopf in den Nacken und starrte gen Decke. Seine sich lautlos bewegenden Lippen spiegelten die Diskussion wider, die soeben in ihm vonstattenging. Als er sich setzte, zeigte sein Gesicht zugleich inneren Frieden und Engelsgeduld.

»Es nennt sich also Wunderland …«, säuselte er bemüht ruhig.

»*Sie* nennen es so.«

»Wer?«

Beinahe hätte Alice die Tiere erwähnt, doch vermutlich hätte das nicht geholfen. »Die Bewohner. Ich glaube, Scarlett hat sich in einem Augenblick größter Verzweiflung einen Zufluchtsort geschaffen und an einem bestimmten Punkt hat es sich selbstständig gemacht. Wie Fische, die man in ein Aquarium setzt, die jedoch kurz darauf ihr eigenes Ökosystem daraus kreieren.«

»Kein sonderlich guter Vergleich, aber okay, sprich weiter.«

Böse blinzelte Alice ihn an. Sollte er sie weiterhin unterbrechen, würde das noch eine Weile dauern.

»Auf jeden Fall hat sie eine Menge skurrile Figuren geschaffen und die meisten sind auch ziemlich glücklich, aber ein paar haben anscheinend ein Problem damit, nur Marionetten im Spiel meiner Schwester zu sein.«

»Wer hätte das nicht?«

»Klappe. Eine Figur – die Herzkönigin – hat den Absolutismus ausgerufen und sich selbst zur unangefochtenen Herrscherin ernannt. Ich vermute, dass Scarlett bis vor kurzem über das Wunderland regiert hat, jedoch während ihres Selbstmordversuchs kurzzeitig handlungsunfähig war, was die Herzkönigin ausgenutzt hat. Deswegen liegt sie jetzt im Koma.«

»Die Herzkönigin auch?!«

»Ich meine natürlich Scarlett!«

»Oh ... ja ... weiter.«

»Das Wunderland leidet nun unter ihrem Terrorregime und solange das der Fall ist, wird Scarlett nicht aufwachen. Es ist nun also meine Aufgabe, die Herzogin zu retten, den Herzbuben und die Königin zu besiegen und das Wunderland zu retten, damit alle wieder den ganzen Tag singen und tanzen können. Kannst du mir folgen?«

Mit offenem Mund starrte Carter sie an. Wahrscheinlich fühlte er sich gerade, als hätte er die Geschichte des dümmsten Jugendbuchs aller Zeiten zusammengefasst bekommen. Zuckend schüttelte er den Kopf, als hätte er soeben etwas schrecklich Saures gegessen. Anschließend griff er langsam in seine Jackentasche, zog einen Streifen Kaugummi hervor und begann zu kauen. Einige Minuten lang beherrschte unbehagliches Schweigen das Zimmer. Alice kaute auf der Innenseite ihrer Backe, Carter stierte an ihr vorbei auf die Vorhangkordel, die aussah, als wäre sie der Sesamstraße entsprungen.

Schließlich war es Carter, der die Stille brach: »Du bist *wirklich* ganz anders als deine Schwester … was immer noch gut ist, nehme ich an.«

Ein Kompliment? Klang zumindest danach, aber sicher war Alice nicht. Vielleicht war es auch nur eine Feststellung, denn die beiden Schwestern waren, mal abgesehen vom Aussehen, wie Salz und Pfeffer. Oder war es möglicherweise sogar eine Beleidigung, denn war nicht jede Kritik an ihrer Familie auch eine Kritik an ihr selbst? Alice ermahnte sich selbst, nicht durchzudrehen und nicht ständig alles zu interpretieren und auseinanderzunehmen, bis nichts mehr übrig war, außer einem unschönen Skelett.

»Weißt du, was du hier von mir verlangst?«, fragte Carter und seine Unbehaglichkeit zeichnete sich deutlich ab. Sie wusste es, aber sie hatte auch die Lösung. Es war Zeit für einen Kompromiss.

»Wie wäre es damit?«, schlug sie vor. »Du musst mir gar nicht glauben, aber mach dich nicht lustig. Ich hab dir das alles nur erzählt, weil ich eine zweite Meinung brauche. Jemanden, der vielleicht Dinge sieht, die ich nicht sehe. Wir machen es so, dass ich dir berichte, was im Wunderland passiert, und du sagst mir, was du glaubst, was es bedeuten könnte. Oh genau, und du wirst nicht losrennen und mir die Leute in Weiß auf den Hals hetzen oder meinen Eltern davon erzählen. Klingt das annehmbar?«

Er nickte.

»Gut. Dann beantworte mir gleich eine Frage. Was könnte es bedeuten, durch den Schornstein reisen zu müssen?«

»Na toll, gleich was Einfaches«, meckerte Carter leise.

Gemeinsam vertieften sie sich in Überlegungen und sammelten Ideen. Was könnte alles ein Schornstein sein? War es eine Metapher oder ein Symbol? Wie wurde es in verschiedenen Kulturen oder in der Literatur erwähnt? Wie deutete man einen Schornstein in Träumen oder, in diesem Fall, in den Vorstellungen eines Komapatienten? War es vielleicht ein Code und die Buchstaben ergaben umgeordnet etwas völlig Neues? Letztendlich mussten sie sich eingestehen, dass jede einzelne ihrer Ideen absoluter Mist war.

»Ach, ich geb's auf«, stöhnte Carter und warf frustriert die Hände in die Luft. »Mein Vorschlag: Such einen Schornstein, geh auf Nummer sicher, dass unter ihm nicht gerade ein Feuerchen lodert, und dann springst du einfach rein. Wie Santa Claus.«

Alice lachte auf, musste sich letztendlich jedoch eingestehen, dass ihr nichts anderes übrig blieb. Sie hatte große Töne gespuckt, wie heldenhaft sie das Wunderland retten würde, und es war an der Zeit, ihr Wort zu halten. Ob sie es wollte oder nicht. Sie konnte nur hoffen, dass ihre Theorie stimmte und sie sich selbst nicht ernsthaft schadete, falls sie sich beim Fall durch den Schornstein das Genick brach. Andererseits müsste sie dann kein Tennis spielen …

Endlich widmeten sie sich dem, weswegen Carter eigentlich gekommen war. Zusammen setzten sie sich vor den Laptop und Alice zeigte Carter den passwortgeschützten Ordner, bevor sie sich in die Hausaufgaben vertiefte und ihn arbeiten ließ. Schon kurze

Zeit später begann er leise zu fluchen und hämmerte immer lauter in die Tasten. Klang, als liefe es nicht so glatt, wie er erwartet hatte. Eine Weile ließ Alice es geschehen, als die unflätigen Ausdrücke jedoch überhandnahmen, ging sie dazwischen.

»Je mehr du ihn beleidigst, desto weniger wird er dir geben, was du willst«, ärgerte sie ihn gelassen und erntete ein zorniges Grunzen.

Letzten Endes musste auch Carter das Handtuch werfen. Alice sah ihm an, dass sein Ego angeschlagen war, und ging schweigend darüber hinweg. Wozu jemanden treten, der am Boden lag? Beinah wäre der Abend völlig erfolglos verlaufen, da meldete sich Jack.

»Das ist er«, zischte sie Carter zu.

»Du weißt schon, dass er dich nicht hören kann, oder?« Ärgerlich verpasste sie ihm einen Klaps gegen die Schulter.

Obwohl Alice dagegen war, übernahm Carter die Tastatur und antwortete Jack. Es brauchte keine vier Zeilen, bis dieser erkannte, dass er nicht mit Alice, beziehungsweise Scarlett, schrieb und zwei weitere, bis Carter sich zu erkennen gab.

Mann, war Jack sauer. Nicht nur, dass Scarlett Zeit mit Carter verbrachte und ihn, Jack, dafür vernachlässigte, jetzt war der Nebenbuhler auch noch bei ihr zu Hause und machte sich über ihn lustig.

Carter hingegen hatte seinen Spaß. Er provozierte, wo er nur konnte, und versuchte alle Tricks, um Jacks wahre Identität zu klären. Leider ohne Erfolg. Es endete damit, dass Jack wutentbrannt den Chat verließ und Alice fürchten musste, sie würde am nächsten Tag einen Pferdekopf auf dem Kopfkissen finden.

»Was hast du getan?!«, fuhr sie Carter an. Jack war ein Weg zum Geheimnis ihrer Schwester gewesen und

Carter hatte alles kaputtgemacht. »Jetzt wird er nie wieder mit Scarlett reden wollen.«

»Sei dir da mal nicht so sicher. Für mich wirkt *er* ungesund fixiert auf deine Schwester und *er* wird sich nicht so leicht abschütteln lassen. Spätestens morgen wird *er* sich wieder melden.« Jedes Mal, wenn Carter das Wörtchen *er* benutzte, zeichnete er mit den Fingern imaginäre Gänsefüßchen in die Luft.

»Worauf willst du hinaus?«, blaffte Alice ihn an, die plötzlich ein wenig Angst um die eigene Haut hatte. Richtig, Jack war ungesund fixiert auf ihre Schwester und es war nicht das erste Mal, dass sie vermutete, sie könnte vielleicht ein Stalking-Opfer sein. Alice wollte zwar herausfinden, was passiert war, sich jedoch nicht unbedingt selbst in Gefahr bringen.

»*Er* klingt für mich nicht nach einem Jungen.«

»Jack ist ein Mann und heißt Jack!«

Carter sah sie an, als wäre sie schwer von Begriff. »Darüber haben wir schon gesprochen. Ich nenne mich ›Fat Cat‹ und ich bin weder das eine noch das andere.«

Alice verkniff sich die Klugscheißerantwort und beschränkte sich auf Schmollen. Diesmal rettete sie ihr Vater. Gebieterisch kam er ins Zimmer – natürlich ohne zu klopfen – und wies theatralisch auf die fortgeschrittene Zeit hin. Oder, in anderen Worten, Carter sollte verschwinden.

Dad stand die ganze Zeit dabei, um zu kontrollieren, dass er auch ja ging.

»Ich bin übers Wochenende nicht da, halt mich auf dem Laufenden, ja?«, flüsterte Carter ihr schnell zu, dann war er zur Tür hinaus. Bevor Alice sich in die Ruhe ihres Zimmers flüchten konnte, musste sie sich noch einen Vortrag anhören. Darüber, dass man Jungs nicht trauen konnte und sie alle nur das eine wollten und dass Dad alle Augen und Hände entfernen würde, die nicht oberhalb der Schultern blieben.

»Ich mag ihn nicht. Sollte schauen, ob die Flinte noch funktioniert«, knurrte er vor sich hin und ließ Alice dann endlich gehen.

Erleichtert schloss Alice die Tür hinter sich. Endlich allein! Natürlich war nun nicht mehr an Hausaufgaben zu denken, denn es beschäftigte sie nur noch eine Frage: Hatte Carter recht und Jack war eine Frau? Hatte Scarlett eine Freund*in*? War sie lesbisch? Jack klang tatsächlich zu eifersüchtig und zu einnehmend, als dass es eine rein platonische Freundschaft sein konnte. Das erklärte auch, wieso sie in der Schule keinen Jungen mit dem Namen Jack gefunden hatten, es war ein Pseudonym und *er* war eine *Sie*.

Alice horchte tief in sich hinein, konnte jedoch nichts entdecken, außer der Enttäuschung, dass Scarlett sich nicht mal ihr gegenüber geoutet hatte. Sie war also lesbisch, na und?! Sobald Scarlett wieder gesund war, musste Alice ihr zeigen, wie in Ordnung das für sie war.

Selbstverständlich musste sie Scarlett dafür zunächst aus dem Koma holen.

Eins nach dem anderen.

Mittagessen! Eine sehr wichtige Mahlzeit in ihrer Familie und dennoch nicht wichtig genug, um einen Krankenhausbesuch aufzuschieben. Nicht, wenn man Mom fragte. Sie hatte Alice dazu verdonnert, erst nachmittags ins Krankenhaus zu gehen, damit sie zu dritt essen konnten. Die beiden waren natürlich vormittags bei Scarlett und Alice blieb nichts anderes übrig, als sich wieder mit dem Laptop zu beschäftigen. Es war frustrierend. Mittlerweile hatte sie ein Wörterbuch zur

Hilfe genommen und tippte nacheinander Wörter ein, aber es war zwecklos. Der Ordner blieb ein Geheimnis.

Lustlos klickte sie sich weiter durch die Laufwerke, in der Hoffnung, etwas Interessantes zu finden.

Und tatsächlich.

Versteckt zwischen PowerPoint-Präsentationen und Referaten fand sie ein Bild, das dort nicht hingehörte. Ein Klassenfoto vom Anfang des Jahres. Neugierig betrachtete Alice das Bild. Da stimmte was nicht. Auf diesem Foto waren viel mehr Schüler, als in ihrer Klasse. Sie erkannte natürlich Scarlett, die gezwungen in die Kamera lächelte, außerdem ein paar andere Schüler, mit denen sie gesprochen hatte, doch zusätzlich waren noch mindestens zehn unbekannte Gesichter auf dem Bild. Es waren dreißig Schüler zu sehen, Alice war sich hingegen sicher, dass nur ungefähr zwanzig täglich in der Klasse saßen.

Nachdenklich lehnte sie sich zurück. Das Schuljahr war ein gutes halbes Jahr alt – einen oder zwei fehlende Schüler hätte sie verstanden, aber zehn war eine viel zu hohe Ausfallquote. Es gab auch keine Grippewelle oder eine Exkursion, an der sie nicht teilnahm. Diese Leute waren schlicht und ergreifend nicht mehr da.

Alice studierte die Gesichter. Sie hatten nicht viel gemein – es waren genauso viele Jungen wie Mädchen, sie waren dick oder dünn, groß oder klein, attraktiv oder, na ja, weniger attraktiv. Es gab kein Muster, aber alle lächelten das gezwungene Lächeln, das man auf Millionen Klassenfotos weltweit findet.

Carter hatte ihr nichts davon erzählt, er war jedoch auch nicht auf dem Bild. Klar, er ging ja noch nicht so lange auf diese Schule. Es musste schwer gewesen sein, mitten im Schuljahr zu wechseln, wo sich alle schon kannten und die Cliquen gebildet waren.

Alice beschloss, ihm eine Mail zu schreiben und ihn zu fragen. In ein paar kurzen Sätzen wies sie ihn auf den Mangel an Schülern in der Klasse und die ganzen unbekannten Gesichter hin. Hoffentlich wusste er etwas und konnte Licht in die Dunkelheit bringen. In ihren Augen bestätigte dieses Bild ihren Verdacht, nach dem jemand die Schüler mobbte und sie so dazu brachte, zu verschwinden. Scarlett war nur sein jüngstes Opfer. Gut möglich, dass es sich um Jack handelte, denn wenn er Scarlett stalkte, konnte er durchaus zu dem Schluss gekommen sein, dass niemand sie haben sollte, wenn er es nicht konnte. Andererseits schien er völlig ahnungslos gewesen zu sein, warum sie mehrere Wochen nicht in der Schule gewesen war. Obschon es sich dabei um ausgereifte schauspielerische Fähigkeiten handeln konnte und in gewisser Weise zeitgleich Carter eine Zielscheibe auf die Brust setzte.

Mit verzogenem Gesicht massierte Alice sich den schmerzenden Nacken. Sie hatte gar nicht bemerkt, wie angespannt sie war – vielleicht sollte sie an diesem Abend ein heißes Bad nehmen.

In diesem Augenblick rief Mom sie zum Essen und Alice bereitete sich innerlich auf die größte Portion Gorgonzola-Nudeln vor, die je ein Mensch gesehen hatte. Sie verstand, dass ihre Mutter panische Angst davor hatte, dass Alice in die Fußstapfen ihres Zwillings trat, aber wenn das so weiterging, wäre sie bald zu fett, um durch die Tür zu Scarletts Unterbewusstsein zu passen.

Da Wochenende war, nutzten viel mehr Menschen die Besuchszeit. Alice passierte Familien, die sich um kranke Großeltern kümmerten, Leute mit Rollatoren, die wieder lernen sollten, sich zu bewegen, und noch mehr deprimierende Szenen. Das Schlimmste jedoch war, dass viele Leute sie mittlerweile als das Mädchen mit der komatösen Schwester erkannten und *sie* mitleidig anschauten. Es war unerträglich.

»Schon wieder hier?« Die schlecht gelaunte Krankenschwester hob nicht mal den Blick von ihrem Kreuzworträtsel. »Deine Schwester hat Glück, dich zu haben.« Es war ein Kompliment, doch der Tonfall sagte: »Ich habe dir immer noch nicht verziehen, dass du meine Katze überfahren hast.«

Das Erste, was sie in Scarletts Zimmer tat, war einen Blumenstrauß auf das kleine Tischchen zu stellen. Ringelblumen, um die Genesung zu beschleunigen. Beinahe hätte sie weiße Lilien gekauft, weil die beiden Schwestern diese immer besonders geliebt hatten, die Blumenverkäuferin hatte sie allerdings darauf hingewiesen, dass das für manche Menschen Totenblumen waren. Alice hatte sich freundlich für den Tipp bedankt, sich jedoch innerlich gefragt, ob nicht schon der Verkauf der Blumen die falsche Botschaft für einen Krankenhausshop war.

Reise durch den Schornstein.

Carter hatte ihr geraten, es wörtlich zu nehmen, und obgleich Alice optimistisch gewesen war, stellte sich das Unterfangen als schwieriger heraus als gedacht. Denn wenn es auf Scarletts Bildern an etwas mangelte, dann waren es Schornsteine.

Oder Häuser.

Oder generell Steine.

Das Einzige, was einem Schornstein auch nur nahe kam, war die abstrakte Zeichnung eines Kaninchens mit brennenden Ohren. Das erzeugte eine Menge Rauch.

»Moment mal ...« Alice kniff die Augen zusammen und betrachtete angestrengt das Bild. Die Pflanze neben dem Tier war ja gar kein kleiner Strauch, das war ja ein Apfelbaum! Und das waren keine Augen, sondern Fenster. Und ihm brannten nicht die Ohren, das war tatsächlich ein Schornstein. Da hatte sich jemand das hässlichste Haus aller Zeiten gebaut! Alice ergriff Scarletts Hand und ab ging die Post!

Sie hatte sich längst an das Gewirbel, die Dreherei und das Fallen gewöhnt, dies war jedoch das erste Mal, dass sie nach einem kurzen Sturz schmerzhaft ausgebremst wurde. Das Einzige, was sie zustande brachte, war ein kurzer Schmerzensschrei und das war's.

Alice kam weder vor noch zurück, sie konnte sich nicht drehen oder irgendeinen Muskel bewegen, mit Ausnahme des Kopfes und der Fingerspitzen. Über sich sah sie eine kleine, runde Öffnung, aus der Tageslicht auf sie herabschien. Was unter ihr war, keine Ahnung, sie hatte jedoch eine starke Vermutung. Die Wände um sie herum waren rau und es roch stark nach Rauch, so dass ihre Augen tränten und sie husten musste.

»Keine Panik«, sprach sie sich Mut zu, die Ermahnung kam jedoch ganz offensichtlich zu spät, »ruhig bleiben. Du steckst in einem Schornstein fest. Unter dir brennt vielleicht ein lustiges Feuer, das dich früher oder später langsam rösten wird. Klar, warum nicht? Das ist fettarm und gesund.

Alles, was du tun musst, ist kurz nachzudenken, und schon hast du die Lösung. Okay? Gehirn, an die Arbeit!«

Also schön, wenn sie ihre Arme …

»Ach, vergiss es! HIIIIIIILFEEEE!«, schrie Alice aus Leibeskräften, woraufhin ihr Hals kratzte, als hätte sie ein Nadelkissen verschluckt. Nicht, dass sie das davon abgehalten hätte, die Übung ein paarmal zu wiederholen.

Der Schacht verdunkelte sich, etwas hatte sich vor die Schornsteinöffnung geschoben.

»Hallo?«, ertönte eine Fistelstimme am anderen Ende. »Ist da unten jemand?«

»Ja! JA!!«, antwortete Alice überschwänglich. Hoffentlich konnte der Besitzer der Stimme sie befreien.

»Wer ist denn da?«

»Mein Name ist Alice, ich stecke fest!«

»Wieso?«

»Lange Geschichte.«

»Ich hab Zeit.«

Alice unterdrückte ein Stöhnen, denn schließlich war diese Person ihre einzige Hoffnung auf eine schnelle Rettung.

»Ich will zur Herzogin«, entgegnete sie knapp.

»Warum hast du nicht die Tür genommen?«

Das war eine gute Frage. Und die Antwort lautete: weil sie bescheuert war und sich auf das Wort eines Kapuzineräffchens verlassen hatte.

»Ich arbeite für das lokale Gartenmagazin und der Schornstein soll aufs Titelblatt«, knurrte sie verächtlich.

»Schon wieder?«

»Könntest du mich bitte einfach hier rausholen?!«, kreischte Alice verzweifelt. Ihr Arm wurde langsam taub. Ihr Gesprächspartner versank in Schweigen und Alice fürchtete bereits, er hätte sich an einem Vogel festgestarrt, als er entschied: »In Ordnung. Warte hier.«

»Keine Sorge, ich geh nicht weg.«

Ungefähr eine Viertelstunde später verspürte sie ein Kitzeln. Jemand war an ihren Füßen.

»Was wird denn das?«, rief sie misstrauisch.

»Wir können dich nicht nach oben durchschieben, also ziehen wir dich nach unten raus.« Die Fistelstimme war nun unter ihr und sie war nicht allein. Schon kurz darauf zog sich eine Schlinge um Alices Knöchel. Das raue Seil rieb ihr sofort die Haut auf und doch machte Alice das nichts aus, denn sie wusste bereits, dass das, was kommen würde, noch viel mehr wehtun würde.

»Bist du bereit?«

»Würde es einen Unterschied machen?«, erwiderte sie schicksalsergeben.

»Eigentlich nicht ... Na dann. Zieh an!«

Es folgte der stärkste Ruck, den Alice je erlebt hatte. So in etwa musste sich ihre Geburt angefühlt haben. Als sie dann schließlich mit beiden Füßen wieder sicher auf dem Erdboden stand, hatte sie etliche Blessuren und Abschürfungen, jedoch auch das Gefühl, ein paar Zentimeter gewachsen zu sein.

Alice klopfte kurz ihren Rock ab und widmete sich dann ihren Rettern. Sie hatte eindeutig schon zu viel Zeit im Wunderland verbracht, denn es schockierte sie gar nicht mehr, ein Meerschweinchen und eine Eidechse zu sehen. Viel schlimmer war die Tatsache, dass die ganze Welt auf überdimensionale Größe aufgeblasen war. Oder war sie wieder geschrumpft? Vor ihr erhob sich ein übermenschlich großes Fenster, durch das sie ein monströses Zimmer sehen konnte. Sie selbst befand sich in einem weiteren Raum, der in dem größeren zu schweben schien. Völlig hin und weg ließ sie die beiden Tierchen links liegen und rannte auf das Fenster zu, um es sich genauer anzusehen.

Schon wieder falsch.

Da war kein Glas, nur ein Abgrund und langsam dämmerte es Alice. Weiter entfernt, in dem großen Raum, sah sie den Tisch eines Riesen, aber direkt neben ihr stand ein Tisch, der groß genug war für sie. Überhaupt sahen sich die beiden Zimmer überraschend ähnlich, als würde sie sich in einer Miniaturversion des ersten befinden. Vorsichtig ging Alice an dem Abgrund in die Knie und schob den Kopf nach vorn. Wie sie erwartet hatte, befand sie sich in der zweiten Etage eines perfekt abgeschnittenen Hauses.

Ein Puppenhaus.

Alice hockte auf den winzigen Dielen eines Puppenhauses, das sich innerhalb eines richtigen Hauses – vermutlich dem der Herzogin – befand, und stand am Rande der unsichtbaren, vierten Wand. Und nicht nur das, sie war auf Puppengröße geschrumpft.

Hinter ihr räusperte sich jemand vernehmlich. Das Meerschweinchen und die Eidechse waren es offenbar leid, auf ihren sonderbaren Hausgast Rücksicht zu nehmen.

»Entschuldigung«, sagte Alice verlegen und schenkte ihnen ihre ungeteilte Aufmerksamkeit. Diese beiden Tiere sahen ganz anders aus, als so, wie Alice es von zu Hause kannte. Nicht nur, dass sie beide aufrecht gingen, sie waren auch in altmodische, viktorianische Westen und Hüte gekleidet und schenkten ihr missbilligende Blicke. Es war entzückend!

»Ich bin Pat, das ist Bill«, stellte das Meerschweinchen vor und entpuppte sich als Besitzer einer schönen, sonoren Stimme. Damit musste die Fistelstimme zu Bill der Eidechse gehören.

»Freut mich, ich bin Alice.«

»Sagtest du bereits.«

»Willkommen im Haus im Haus der Herzogin«, verkündete Pat feierlich und rückte sein winziges Monokel zurecht. Alice hätte ihm am liebsten in die flauschigen Backen gekniffen, aber sie vermutete, dass er das nicht sonderlich gemocht hätte.

»Im Haus *im Haus*?«

»Ganz recht. Nun, weißt du, was du dort draußen siehst«, erklärte er mit einer weitschweifenden

Handbewegung, »ist das Haus der Herzogin. Und das hier ist das Puppenhaus ihrer Tochter.«

»Uuuund *ich* bin?«

»Eine Puppe.«

»Natürlich bin ich das.«

Genervt zog Alice sich einen der winzigen Stühle heran. Es sah alles genauso aus, wie sie sich Puppenhäuser immer vorgestellt hatte. Winziges Geschirr in winzigen Holzimitatschränken in winzigen Zimmern, die mit winzigen Accessoires vollgestellt waren, die nichts weiter waren als Deko. Diese Lampen waren genauso falsch wie das Essen auf den Tellern und die Toilette im Bad.

»Ich weiß, was du denkst«, sagte Pat da, »das hier ist nur ein Puppenhaus, wozu das ganze Trara?«

»Das trifft es ganz gut«, gab Alice kleinlaut zu.

»Normalerweise würde ich dir zustimmen. Aber Bill und ich haben das Unmögliche geschafft! Dieses Puppenhaus ist eine exakte Kopie des eigentlichen Hauses. Alles funktioniert genauso.«

»Das ist beeindruckend«, rief Alice und meinte es auch so.

»Danke. Ich gebe zu, wir hatten Hilfe. Die Tochter ist ein herzallerliebstes Kind und sie behandelt ihr Spielzeug sehr pfleglich und die Herzogin tut ihr Bestes, um ihr Kind in seinen Spielereien zu unterstützen.«

»Es hilft bestimmt, dass im Wunderland alles total durchgedreht und unmöglich ist, oder?«

»Das auch, ja.«

»Bill«, wandte Pat sich an seinen stummen Freund, »setz doch Tee für uns auf.« Und es dauerte keine zehn Minuten, da standen dampfende Teetassen auf dem Tisch vor ihnen.

»Also, erzähl mal, was verschlägt dich in diese Gegend?«, forderte Pat sie auf.

»Ich würde gern mit der Herzogin sprechen. Anscheinend wurde meine Schwester von der Herzkönigin gefangen genommen und die Tiergesellschaft hat mir erzählt, dass die Herzogin den Widerstand leitet. Zumindest hat sie das bis vor kurzem, doch dann verschwand sie und ich möchte rausfinden, was genau passiert ist.«

Langsam rührte Pat in seinem Tee und nickte verständnisvoll, ohne Alice dabei anzusehen. Er musste etwas wissen, schließlich lebte er im Haus im Haus der Herzogin. Seine Wohnung hatte nur drei Wände und er somit einen glasklaren Blick auf das, was draußen vor sich ging, oder?

»Ich hab sie schon eine Weile nicht gesehen«, sagte er schließlich nachdenklich. So viel dazu.

»Das Mädchen taucht regelmäßig auf«, erzählte er und seine Barthaare zitterten dabei, »aber von der Herzogin keine Spur. Sie ging in die Küche und kam nie zurück.«

Alice machte ein langes Gesicht. »Wie bitte, was?«

Entschuldigend zuckte Pat mit den Schultern, wobei er seine kleinen Pfötchen entblößte. »Was willst du von mir? Ich bin ein Meerschwein. Ich kann meinen Kopf aus dem Haus recken, aber mehr auch nicht. Wenn sie hier nicht vorbeikommt, dann könnte sie genauso gut sonst wo sein.«

»Was ist mit Bill?«, fragte Alice verzweifelt und betrachtete die Eidechse, die soeben wie in einer imaginären Schiene mit der Schulter an der Wand entlang strich, immer hin und her.

»Das Mädchen hat es gern, ihm über den Bauch zu streicheln, so dass er das Bewusstsein verliert. Es bekommt ihm nicht gut.«

Das war kaum zu übersehen. Die Eidechse hatte es geschafft, sich in eine Ecke zu manövrieren, und lief nun immer wieder gegen die Wand wie ein Roboter mit Systemfehler.

Frustriert nahm Alice einen Schluck Tee. Die Tiere hatten gesagt, sie solle durch den Schornstein reisen und das hatte sie getan, ohne Rücksicht auf die eigene Gesundheit. Was hatte es ihr gebracht? Ein Teekränzchen mit einem snobistischen Meerschweinchen und einer geistig umnachteten Eidechse. Das hätte sie auch zu Hause haben können.

Zugegeben, der Tee war erstklassig …

»Ich kenne jemanden, der dir helfen könnte«, sagte Pat verschmitzt, »die Raupe.«

»Klar, wer sonst.«

Pat ignorierte die schnippische Bemerkung und fuhr fort: »Sie lebt im Garten. Alles, was du tun musst, ist das Mädchen dazu zu bringen, dich mit raus zu nehmen. Kinderleicht!«

»Wieso kann ich denn nicht selbst rausgehen?«

»Nun ja, zunächst ist der Weg aus diesem Puppenhaus sehr viel schwieriger, als man annehmen möchte. Für jemanden deiner Größe wäre ein Sturz potenziell tödlich.«

»Ich kann hier nicht sterben. Wenn doch, dann komm ich einfach wieder«, rief Alice triumphierend.

»Und dann springst du immer wieder und kommst immer wieder bis zum Ende deiner Tage? Ja, das klingt spaßig«, kommentierte Pat trocken.

Alice murrte eine Antwort. Der war ein ziemlicher Besserwisser dafür, dass nur der fehlende Schwanz ihn von einer Ratte unterschied.

Nicht, dass er unrecht hatte. Alice hatte keine Zeit, *Täglich grüßt das Murmeltier* zu spielen.

»Fein, was schlägst du also vor?«

»Bill, das Kleid«, rief das Meerschweinchen und klatschte in die Pfoten. Bill, der bis zu diesem Zeitpunkt immer noch gegen die Ecke gelaufen war, erstarrte in der Bewegung.

Seufzend erhob sich Pat und lief zu ihm herüber. Das dauerte eine Weile, denn sein massiver Flauschekörper war nicht darauf ausgelegt von nur zwei seiner kurzen, kleinen Beinchen getragen zu werden. Das Ergebnis war eine Mischung aus watscheln und schlurfen. Geduldig packte er Bill an den Schultern und drehte ihn herum.

»Bill, das Kleid«, wiederholte er freundlich, woraufhin die Eidechse sich in Bewegung setzte.

»Armer Kerl«, sprach Alice ihr Mitleid aus.

»Bill? Dem geht's prima. In zwei Tagen ist er wieder auf der Höhe. Wir versuchen das Ganze mit Humor zu betrachten, als Ferien für sein Gehirn, verstehst du?«

Alice verstand das kein bisschen, dachte jedoch, es wäre das Beste, einfach den Mund zu halten. Wenn die beiden damit zufrieden waren, waren sie eben damit zufrieden.

Bill kehrte zurück und trug in seinen Armen ein hellblaues Kleid mit Tellerrock und riesigen Puffärmeln, das von einer weißen Rüschenschürze geschmückt wurde. Hello Kitty hätte vermutlich ihre helle Freude daran gehabt, aber Alice vermutete Schreckliches.

»Ja, das dürfte passen«, stellte Pat fest und schätzte sowohl Alice als auch das Kleid ab.

»Das zieh ich nicht an, da seh' ich ja aus wie ein aufgeplatztes Zierkissen«, weigerte sich Alice, doch natürlich dauerte es keine fünf Minuten und sie steckte in dem Kleid, das jede Fünfjährige albern und übertrieben gefunden hätte.

»Und nun stell dir vor«, rief Pat theatralisch und hielt dabei seine Hände in die Höhe, als würde er mit ihnen eine Kamera formen, »du bist eine Puppe.«

»Das dürfte mir nicht schwerfallen«, brummte Alice ärgerlich.

»Eine Puppe«, fuhr das Meerschweinchen unbeirrt fort, »die am Scheideweg steht. Deine Freunde haben dich verlassen, der Gegner scheint unbezwingbar und alles, was dir bleibt, ist der Glaube an die Liebe.«

Alice und Bill tauschten einen vielsagenden Blick.

»Wovon redet er da?«, fragte sie, bekam jedoch nur ein Schulterzucken zur Antwort.

Ungläubig betrachteten sie das Meerschweinchen, an dem offenbar ein Regisseur verlorengegangen war, wie es sich in kreative Rage redete.

»Bist du im Charakter?«, fragte Pat euphorisch.

»Und wie.«

»Dann los!«, verkündete er laut und schubste Alice ein wenig Richtung Abhang. Für einen Moment verharrten sie alle drei in ehrfürchtigem Schweigen.

Nichts passierte.

Bill nahm seine Route entlang der Wand wieder auf, Pat setzte sich zurück an den Tisch und schenkte sich eine neue Tasse Tee ein und Alice stand mitten im Raum und fühlte sich wie der letzte Idiot.

Sie ließ ihren Blick durchs Zimmer schweifen. »Sind die Bücher da echt?«, fragte sie und zeigte auf ein Regal voller beeindruckend aussehender Werke. Pat nickte.

»Was dagegen, wenn ich lese?«

»Nur zu.«

Alice watschelte in ihren übergroßen Puppenschuhen auf das Regal zu und zog ein Buch hervor, mit dem sie sich in einen Sessel fallen ließ. So viel zum Thema Scheideweg und Glaube an die Liebe. Hoffentlich käme das Kind bald vorbei und bemerkte die neue Puppe.

»Alice!« Sie wurde unsanft wachgerüttelt und schreckte hoch. Sie musste eingenickt sein, denn sie saß noch immer im Sessel, das Buch auf dem Schoß. Mit dem Handrücken wischte sie sich den Mund ab.

»Du sabberst?«, fragte Pat und verzog das Gesicht. Sie funkelte ihn böse an, bemerkte dann jedoch, was vor sich ging. In der großen Wohnstube stand das Mädchen, höchstens fünf Jahre alt und offensichtlich über alle Maßen gelangweilt. Es schrie geradezu nach einer neuen Puppe.

Hastig rappelte Alice sich auf und stolperte in die Mitte der kleinen Wohnstube. Bemüht niedlich warf sie sich in Pose und wartete. Hoffentlich müsste sie nicht stundenlang Teeparty oder Modenschau spielen, bevor das Mädchen sie mit in den Garten nahm.

Just in dem Moment, als die Kleine sich Richtung Puppenhaus drehte und die neue Puppe entdeckte, spürte Alice das Ziehen.

Sie wachte auf. Und diesmal wirklich.

»Nein, nein, nein«, betete sie und krallte sich mit den Zehen in ihren Schuhen fest, doch es war sinnlos.

Im nächsten Moment saß sie aufrecht im Krankenzimmer und verfluchte das Leben. Sie war so nah dran gewesen und nun hatte sie kaum etwas herausgefunden. Jedes Mal kam sie nur mit einem weiteren winzigen Puzzleteilchen zurück, nie mit dem kompletten Bild.

Suche die Herzogin, suche den Schornstein, suche die Raupe. Alice war es leid, zu suchen, sie wollte endlich etwas *finden*. Und überhaupt, wozu die ständigen Umwege, warum konnte sie nicht direkt zur Herzkönigin marschieren und der Frau aufs Dach steigen?

Säuerlich packte sie ihre Sachen zusammen und verließ das Krankenhaus. Die erste Woche war vorbei und sie hatte rein gar nichts!

Und ihre Eltern waren ihr keine sonderlich große Hilfe. Es war Samstagabend und sie saßen zu dritt um einen großen Topf Chili. Jeder von ihnen hatte ein hochrotes Gesicht, sowohl von der Hitze als auch von der Schärfe und das einzige Geräusch war das Pusten auf die Löffel. Alice war wütend, denn Mom hatte ihr verboten, am nächsten Tag ins Krankenhaus zu gehen, und merkwürdigerweise hatte Dad sie dabei unterstützt. Sie sollte zu Hause bleiben, etwas für die Schule tun und sich vielleicht auch ein wenig ausruhen, denn seine gesamte Freizeit in der Gesellschaft von Kranken zu verbringen, konnte nicht gesund für ein siebzehnjähriges Mädchen sein. So viel zu ihren Argumenten. Alices Ansichten waren ihnen völlig egal. Hätten sie nur gewusst, was ihre Tochter im Krankenhaus tat … aber Alice erzählte es ihnen natürlich nicht. Sie würden glauben, sie wäre von den psychischen und physischen Belastungen übergeschnappt und im Gegensatz zu Carter waren sie in der Lage, sie für lange Zeit wegsperren zu lassen.

Kaum hatte sie ihre Schüssel Chili aufgegessen, sprang sie, ohne um Erlaubnis zu bitten, auf, wobei sie lautstark den Stuhl über den Boden scharrte und letztendlich die Tür zu Scarletts Zimmer zuknallte. Sie sollten ruhig wissen, wie unfair sie waren!

Die einzig gute Nachricht war, dass Carter auf ihre E-Mail geantwortet hatte. Bisher hatte er noch keinen Gedanken an die Anzahl der Schüler verschwendet, doch nun fiel auch ihm auf, dass in ihrer Klasse viel weniger Oberschüler waren, als in den anderen Schulklassen. Seit er dabei war, hatte ein Mädchen an eine andere Schule gewechselt und ein anderer war krankheitsbedingt ausgefallen, aber er hatte es für Zufälle gehalten.

Bis jetzt.

Nachdenklich las Alice die Mail noch ein paarmal, wurde jedoch nicht klüger. Es bestätigte nur ihre Annahme, dass die Schüler fielen wie die Fliegen.

Ein *Ping* riss sie aus ihren Gedanken.

20:01; Jack:
Wo warst du heute?

Alice tippte »*Das geht dich einen Scheißdreck an*«, löschte es dann wieder. Diesen Verrückten vor den Kopf zu stoßen war nicht nur wenig hilfreich, sondern möglicherweise gefährlich.

20:03; Red Cap:
Zu Hause. Hab Hausaufgaben gemacht.
20:04; Jack:
Ich vermisse dich.

Alice verzog angewidert das Gesicht. Was war nur los mit ihm oder ihr? Stand Scarlett auf diese schleimige Bedürftigkeit? War das vielleicht sogar der Grund, warum sie mit ihm oder ihr zusammen war?

Genug! Alice hatte die Schnauze gehörig voll, es war Zeit, dem Ganzen ein Ende zu setzen!

20:06; Red Cap:
Wir könnten uns morgen treffen?
20:06; Jack:
Ja!
20:08; Red Cap:
Worauf hast du Lust?
20:09; Jack:
Was du machen möchtest.

Natürlich…

20:12; Red Cap:
Ich kenne ein nettes Café in der Nähe vom Aquarium. Die haben tolle Cupcakes und die Tassen sind riiiiesig.

Darüber hinaus war das Polizeihauptquartier nur eine Straße weiter.

Jack war sofort dabei. Sie verabredeten sich für den frühen Nachmittag und als sie sich verabschiedeten, blieb nichts zurück als ein schaler Geschmack im Mund. Das pelzige Gefühl, das irgendwas nicht stimmte.

Alice wünschte sich, sie könnte Carter mitnehmen, nur hatte der keine Zeit und außerdem würde Jack vermutlich auf dem Absatz kehrtmachen. Es war zwecklos, darüber zu debattieren, Alice musste gehen und zwar allein. Mal schauen, ob sich in Scarletts Zimmer nicht irgendwo Pfefferspray fand …

Sonntag. Wer verbrachte diesen Tag nicht gern damit, die Stalker von Familienmitgliedern zu treffen? Viel zu früh war Alice im Café angekommen und saß bereits über ihrem zweiten Vanille-Cupcake. Gut, dass sie zunahm, war vielleicht nicht ausschließlich die Schuld ihrer Mutter. Was sollte sie tun? Sie war offensichtlich ein Unter-Stress-Esser.

Grüblerisch schaute sie auf die Uhr. Jack war ein paar Minuten zu spät, damit hatte sie nicht gerechnet. Oder war er vielleicht schon da und beobachtete sie von weitem? Betont lässig kramte sie in ihrer Handtasche und ließ dabei unauffällig den Blick schweifen.

Sie hatte sich extra in eine Ecke gesetzt – der Paranoiaplatz, wie sie es nannte – damit sich niemand von hinten an sie heranschleichen konnte.

Das Café war bis auf sie selbst und drei weitere Personen leer. Ein älterer Herr Mitte sechzig saß in einer Ecke vor einem Espresso und las in einer Zeitschrift über Eisenbahnen. Er war nicht auszuschließen, aber zum einen wäre das widerlich gewesen und zum anderen zeigte er keinerlei Interesse an ihr.

Die zweite war ein Mädchen von ungefähr fünfzehn Jahren mit sandfarbenem Bobschnitt und knabenhafter Figur, das hereingekommen war, ohne Notiz von ihr zu nehmen und nun an der Theke stand und sich einen Caramel Macchiato zubereiten ließ.

Die Letzte war eine Frau mit einem Baby auf dem Schoß. Immer wieder lächelte sie Alice freundlich zu, aber das konnte sonst was bedeuten. Sie war eine junge Mutter – die waren für gewöhnlich von Natur aus glücklich oder übermüdet oder beides.

Alice ärgerte sich soeben über Jacks Unzuverlässigkeit, als das Mädchen sich zu ihr setzte und sie breit angrinste. Sie war nicht direkt hübsch, aber niedlich, und erinnerte Alice an eine Spitzmaus. In ihren übergroßen Klamotten wirkte sie noch zierlicher als ohnehin schon und das kleine Gesicht mit den grauen Knopfaugen verlieh ihr etwas Spitzbübisches. Alice musste einen schönen Anblick bieten. Mit zusammengepressten Lippen und aufgerissenen Augen betrachtete sie ihr Gegenüber.

Sie erinnerte sich an sie. Ja, ganz bestimmt sogar! Das Mädchen war ihr in der Schule im Flur begegnet, aber Alice hatte sie damals nicht für voll genommen, weil sie im Jahrgang unter ihr war.

Das war Jack?! Das war ja nicht mal eine Jacqueline, eher eine Poppy oder Trudy.

»Äh«, startete Alice dümmlich, »hi, Jack.«

Sofort zog das Mädchen einen Schmollmund, wodurch sie noch mehr wie eine Maus aussah.

»Wir hatten doch ausgemacht, dass du mich offline nicht so nennst.«

Alice schlug sich gegen die Stirn, als wäre es ihr gerade wieder eingefallen, fragte sich jedoch, warum zur Hölle sie sich online so nannte.

»Gut schaust du aus!«, verkündete das Mädchen und klimperte mit den Wimpern.

»Danke. Du auch.« Mehr fiel Alice bei Gott nicht ein.

Das Mädchen schien begeistert. »Danke! Wie gefallen dir meine Haare? Meine Mutter war ganz schön sauer, als ich sie hab schneiden lassen, aber mittlerweile gefällt es ihr. Du hattest total recht.«

Sie plapperte munter weiter über ihre Haare und die Schule und ihre Eltern und Alice starrte sie an und fragte sich, ob Scarlett wirklich lesbisch war. Seit die Möglichkeit aufgekommen war, hatte sie sich ihre Freundin immer als erwachsene Schönheit vorgestellt, nicht als kleines Mädchen.

»Sieh mal hier!«, rief sie da und strich ihre Haare hinters Ohr, wo ein kleiner Stecker funkelte. »Ich hab sie mir stechen lassen, wie du gesagt hast.«

Nein, sie war nicht Scarletts Freundin. Sie war auch nicht ihre Stalkerin. Dieses Mädchen war Scarletts Groupie und tat offenbar alles, was sie ihr sagte.

Da kam Alice eine Idee.

»Toll!«, rief sie energisch und zückte ihr Handy. »Lass mich das fotografieren.«

Sofort warf sich das Mädchen in Pose und machte das Victoryzeichen. Sobald Alice das Bild gemacht hatte, bat sie um einen Tee und das Mädchen sprang augenblicklich auf. In diesem kurzen Moment von Ruhe schickte Alice das Bild an Carter.

Hattest recht, Jack ist ein Mädchen. Sie geht auf unsere Schule. Wie heißt sie???

Das Mädchen kam zurück und die beiden begannen eine angeregte Unterhaltung über das Café. Alice musste gekonnt improvisieren, denn Carter ließ sich Zeit mit der Antwort. Es dauerte zwanzig Minuten, bis ihr Handy klingelte. Sie entschuldigte sich mit einem zuckersüßen Lächeln und öffnete ihren Messenger.

Hatte ganz vergessen, dass es sie gibt. Sie ist der Schatten deiner Schwester, rennt ständig hinter ihr her, sagt aber kaum was. Bin mir nicht sicher, aber ich glaube, sie heißt Fidelia.

Fidelia. Außergewöhnlicher Name. Wenn es stimmte, dass sie Scarlett wie ein Schatten nicht von der Seite wich, wo war sie dann die letzten Tage gewesen? Die falsche Scarlett war seit einer Woche wieder in der Schule und keine Spur von dem Mädchen.

Aber natürlich … Carter.

Jack hatte oft genug gezeigt, dass er nicht sonderlich glücklich über Scarletts neuen Freund war. Vermutlich hatte sie sich deshalb nicht blicken lassen.

Als hätte sie ihre Gedanken gelesen, sagte Fidelia in diesem Moment: »Das ist *er*, oder?!« Das Wort *er* spuckte sie dabei aus wie eine saure Pflaume. Erschrocken bemerkte Alice, wie sich Fidelias Gesichtsausdruck langsam veränderte – zunächst war sie verwirrt, dann verletzt, dann empört und schließlich in einem Stadium von nahezu verstörender Abscheu. Das Mädchen hasste Carter geradezu und es kroch ihr aus allen Poren.

»Wer er?« Alice beschloss, die Dummchen-Tour zu fahren.

»Du weißt schon. Dein neuer Freund.«

»Ich hab viele Freunde. Du bist meine Freundin.«

Alice sah ihr deutlich an, dass sie ihr etwas entgegenschleudern wollte, stattdessen verkrampften sich Fidelias Hände um ihr Glas, so dass die Knöchel weiß hervortraten. Alice musste höllisch aufpassen. Von heißem Kaffee verbrüht zu werden, war das Letzte, was sie wollte.

»Früher hast du dir deine Freunde besser ausgesucht«, zischte Fidelia.

»Was soll das heißen?«

»Dass du dir überlegen solltest, mit wem du dich abgibst.«

Alice verschränkte die Arme vor der Brust und starrte Fidelia in die Augen, bis diese den Kopf senkte. Sie musste die Wut unterdrücken, die in ihr aufstieg.

War das eine Drohung gewesen? Natürlich war es das. Da saß dieses kleine Mädchen – dieses Porzellanpüppchen – vor ihr und erlaubte es sich, ihr zu drohen.

Falsch.

Sie drohte *Scarlett*. Deutlicher ging es kaum.

»Wer wären denn die richtigen Leute?«, fragte Alice herausfordernd. Sofort entspannte sich Fidelia und ihr Gesicht hellte sich auf.

»Was ist denn mit Johnny und den anderen?«, rief sie.

»Was soll mit denen sein?«

»Früher warst du ständig mit ihnen zusammen. Warum hat das aufgehört?«

»Die Teegesellschaft? Die spinnen doch.« Total bekloppt traf es eher.

Ein Fehler.

Fidelias Augenbrauen zogen sich zusammen und sie bekam einen direkt furchteinflößenden

Ausdruck. Innerhalb eines Augenaufschlags konnte sie von der Nymphe zur Rachegöttin werden. Verflucht unheimlich.

»Seit wann nennst du sie so?«, flüsterte sie.

»Äh«, versuchte Alice ungeschickt, sich herauszureden, »hab ich letzte Woche gehört, den Spitznamen. Ist doch niedlich, oder?«

Fidelias Gesicht wurde weicher, das Misstrauen blieb jedoch zurück. »Wenn du meinst. Aber ich glaube, sie mögen das nicht sonderlich. Johnny meint, alle behaupten, sie wären verrückt.«

Nach dem, was Alice von Carter gehört und von John gesehen hatte, glaubte sie das auch, doch so wie Fidelia ihn immer Johnny nannte, schien sich noch mehr dahinter zu verbergen. Sie mochte ihn. Prima. Daraus konnte man was machen.

»Du hast recht«, sagte Alice lachend, »ich hab sie lange nicht mehr getroffen. Ich finde, wir sollten das gleich morgen nachholen, oder?«

Damit war auch der letzte Rest Misstrauen verschwunden und Fidelia strahlte sie an. Alice hatte sich wieder einmal herausgeredet, aber wer wusste schon, wie oft das noch klappen würde. *So* schwer von Begriff konnte selbst Fidelia nicht sein.

Carter war ganz Alices Meinung: Fidelia war zum Fürchten und man sollte sie genau beobachten. Keiner von beiden konnte sich hingegen erklären, warum Scarlett überhaupt erst mit ihr befreundet war. Bildeten sie den Club der verlorenen Seelen?

Obgleich Alice Carter alles von Fidelias Obsession für Scarlett und den Aggressionen gegen ihn selbst erzählte, machte er sich keine Sorgen. Er könne schon auf sich selbst aufpassen und sie sei doch nur ein kleines Mädchen. Auch Alices Widerspruch, dass das sexistisch und saublöd wäre, änderte seine Meinung nicht. Die Idee, die Teegesellschaft zu besuchen, weckte in ihm hingegen keine Begeisterungsstürme. Er beschwor Alice, es sein zu lassen oder ihn wenigstens mitzunehmen, aber was blieb ihr schon anderes übrig? Offenbar konnte man heutzutage kein Mysterium mehr aufdecken, ohne sich selbst in Gefahr zu bringen. Obwohl John ihr gegenüber nicht den Eindruck des Serienkillers gemacht hatte, für den Carter ihn augenscheinlich hielt.

Fidelia schien ihre Berührungsängste überwunden zu haben. Kaum hatte Alice das Schulgelände am Montagmorgen betreten, wuselte sie heran und hakte sich bei ihr ein. Die beiden Mädchen begannen eine gekünstelte Unterhaltung über einen Kinofilm, der soeben angelaufen war, als sie gezwungen höflich unterbrochen wurden.

»Oh, Scarlett!«, flötete es hinter ihnen.

Die Mädels vom Tennisteam.

Augenblicklich drückte Fidelia sich dichter heran und verschwand ein wenig in Alices Schatten. Dodo, Loreley, Julia und Daisy waren erneut klongleich und keine von ihnen zeigte auch nur die geringsten Anzeichen, Fidelia zu bemerken. Hätte Alice sie nicht auf einem Foto und hätte Carter sie nicht erkannt, Alice hätte angenommen, Fidelia wäre eine Ausgeburt ihrer Fantasie. Allerdings hätte sie dann ganz andere Sorgen gehabt.

»Es ist Montag«, flötete Dodo und warf dabei schwungvoll ihre Haare zurück.

»Ja«, entgegnete Alice zögernd. Wollte Dodo gelobt werden, weil sie den Kalender lesen konnte?

»Zeit für Tennis!«

Alices Gesichtszüge entgleisten. Tennis ... heute war Montag. Alice überschlug schnell im Kopf die Wahrscheinlichkeit, nach der sie möglicherweise über Nacht ein balltreffendes, hechtspringendes, minirocktragendes Mädchen geworden war.

Nö, keine Chance.

»Ich weiß«, jauchzte sie dennoch. Sie hatte immer noch den ganzen Schultag, um sich eine Ausrede auszudenken oder klammheimlich durch die Büsche zu verschwinden.

»Ich freu mich schon so sehr, endlich wieder so richtig mitzumischen!«

»Das ist toll!«, schaltete Julia sich ein. „Wollen wir dann gleich?«

»Gleich? Du meinst *jetzt*?«

»Klar, so ein paar Bälle schlagen vor der Schule, da kommt der Kreislauf in Schwung!« Dodo drehte sich bereits in Richtung Sportplatz und wollte Alice mit sich ziehen, aber Fidelia klebte an ihr wie eine chinesische Fingerfalle.

»Ich kann erst nach dem Unterricht. Ich hab jetzt bei Ryan und da möchte ich ungern zu spät kommen.«

Das Team war nicht glücklich. Da waren sie nicht die Einzigen.

»Wir sehen uns dann nach der Schule, okay?«, rief Alice ihnen aufmunternd zu und wandte sich zum Gehen.

»Immer muss alles auf die Prinzessin warten. Hoffentlich ist das bald vorbei«, hörte sie Dodo wispern. Es war eindeutig nicht für Alices Ohren bestimmt gewesen und ein flaues Gefühl breitete sich in ihrer Magengegend aus. Sie sollte zusehen, dass sie sich vom Tennisplatz fernhielt, denn sonst verirrte sich vermutlich der ein oder andere Ball an ihren Kopf.

Fidelia begleitete sie den kompletten Weg zur Klasse, obwohl Alice dreimal betonte, wie unnötig das doch sei. Völlig zwecklos, das kleine Mädchen bestand darauf, die Eskorte zu bilden.

»Bis nachher«, rief sie fröhlich, »ich freu mich schon auf Mittag mit den anderen.« Alice schenkte ihr ein breites Lächeln und wunderte sich sogleich, wo sie die Kraft dafür hernahm. Mittagessen ohne Carter, dafür mit Fidelia und der Teegesellschaft. Es war zum Heulen.

Mr. Ryan stand tief gebeugt über seinem Tisch, als Alice das Klassenzimmer betrat. Er schien auf seine Unterlagen zu starren, ohne sie richtig zu sehen.

»Mr. Ryan?«, trat Alice an ihn heran. »Ich wollte nur sagen, dass wir zwar eine Schonfrist für mich ausgemacht hatten, ich bin jedoch dermaßen begeistert von Macbeth, dass ich …«

»Nicht jetzt, Scarlett«, unterbrach er sie unwirsch. Perplex blinzelte Alice ihn an, der er nicht einmal den Blick hob.

»Ich verstehe, dass Sie beschäftigt sind ...« So beschäftigt, wie man als Gymnasiallehrer sein kann, fügte sie in Gedanken hinzu. »Aber ich möchte wirklich ...«

Sein Kopf fuhr hoch und er funkelte sie an. »Ich habe gesagt: nicht jetzt!«

Schmollend ließ Alice ihn stehen und setzte sich auf ihren Platz. Mr. Ryan verfolgte jede ihrer Bewegungen wie ein Habicht, als fürchtete er, sie könne umdrehen und ihn wieder belästigen. Kaum, dass sie saß, drehte er ihr den Rücken zu und begann, bis zum Beginn der Stunde ein Tafelbild anzuzeichnen.

Carter trat leise neben sie, er hatte alles mit angesehen.

»Wer hätte gedacht, dass man als Lehrer dieser Schule so überspannt sein kann«, meinte er.

»Ich weiß. War der immer schon so?«

»Ist in den letzten Wochen schlimmer geworden, aber was fragst du mich? Vielleicht hat er ja Phasen wie der Mond.«

»Der Mond hat mich noch nie angeschnauzt.«

»Gib ihm Zeit, er findet noch einen Grund«, stichelte Carter.

Sie warf ihm einen düsteren Blick zu. »Klappe, okay?« Wenigstens brachte sie ihn damit zum Lachen.

»Nein, du hast recht«, gestand er schließlich ein, »das ist merkwürdig. Ich werd mir das mal anschauen.«

»Was soll das denn heißen?« Alice zog die Augenbrauen hoch, doch Carter zwinkerte ihr nur verschwörerisch zu.

»Sieh zu und staune«, sagte er und breitete dabei seine Finger aus wie ein Magier, der zeigt, dass in seinen Ärmeln nichts verborgen ist.

Die Stunde lief genauso ab wie die vorherige. Mr. Ryan hangelte sich durch seinen Lehrplan und ignorierte Alice geflissentlich. Und das mehr als konsequent, denn nach der Hälfte der Stunde war sie die Einzige, die sich zu einer Frage meldete. Als er sie dennoch nicht dran nahm und die Frage stattdessen selber beantwortete, stöhnte Alice frustriert auf und ließ ihre Hand lautstark auf ihr Pult knallen. Mr. Ryan warf ihr einen missbilligenden Blick zu, die Klasse hingegen lächelte sie ermutigend an.

Es war das reinste Irrenhaus.

Endlich schlug die Uhr zur Mittagspause und Alice freute sich darauf, mit Carter zusammen Verschwörungstheorien auszuhecken, bis ihr wieder einfiel, dass sie mit Fidelia zum Tee verabredet war. Das Mädchen erwartete sie auch bereits und stand stocksteif in einer Ecke, wo sie mit der Wand zu verschmelzen schien. Sie wäre ein erstklassiger Spion gewesen, aber Alice war sich nicht sicher, ob ihr die Vorstellung behagte.

»Ich hab Kekse besorgt, meinst du, die anderen mögen Kekse?«, quiekte sie aufgeregt.

»Ähm, klar, warum nicht?« Alice hatte keine Ahnung, war jedoch der Ansicht, dass man mit Keksen nicht viel falsch machen konnte. Ganz im Gegenteil, sie fand es über alle Maßen vorausschauend, für eine Verabredung auf dem Schuldach Mitbringsel zu besorgen. Sie hatte nichts dabei, außer ihrer eigenen Person und selbst damit war sie nicht glücklich.

Im Schatten eines Verteilerhäuschens saßen drei Gestalten auf einer großen Decke auf dem Boden. Der Größte von ihnen – John – saß mit dem Rücken an der Wand und die anderen beiden verteilten sich so, dass sie zusammen ein Dreieck bildeten. In ihrer Mitte standen Teetassen samt passender Kanne und Teller mit verschiedenen Snacks und Süßigkeiten. Wie lange saßen die da eigentlich schon?

In dem Moment, in dem sie die Anwesenheit von Alice und Fidelia bemerkten, erstarrten sie zu Salzsäulen.

Nach einem kurzen Zögern nickte John Alice zu.

»Marge, Michael, macht mal Platz«, gebot er seinen Freunden, die sogleich zur Seite rutschten. Vorsichtig sank Alice auf die Knie, um zur Not schnell wieder aufspringen zu können. Neugierig betrachtete sie die beiden neuen Gesichter. Michael war ein schmächtiger Junge mit mausgrauen Haaren und kleinen Augen, dessen Kopf anscheinend nicht stillstehen konnte. Er zuckte mal hier hin, mal da hin, als höre er lauter Geräusche, vor denen er sich in Acht nehmen musste. Seine geduckte Haltung ließ ihn noch kleiner wirken und Alice schätzte, dass er nicht älter sein konnte als vierzehn. Marge war leider Gottes ein wenig gesegnetes Mädchen – sie hatte einen ausgeprägten Überbiss und auffällig große Segelohren, die auch von ihrer Naturkrause nicht überdeckt wurden. Ihre Figur war lang und hager, beinah knabenhaft, und es gab wirklich nichts Schönes an ihr, außer ihren großen, braunen Augen. Zumindest das.

Obwohl sie mit den beiden noch kein Wort gewechselt hatte, war Alice sich sicher, dass dieses Gespräch äußerst unbehaglich werden würde. Sie wollte nicht voreilig sein, aber zumindest optisch passte der Begriff *verrückt* ausgesprochen gut.

»Na?«, sagte sie freundlich. »Lange nicht gesehen, was?«

»Wie meinft du daf?«, schnappte Marge. Lispeln tat sie auch noch. Die Arme. Augenblicklich richtete Alice eine harsche Ermahnung an sich selbst: Sie durfte auf keinen Fall lachen.

»Wir haben lange nicht mehr miteinander gesprochen«, erklärte sie.

»Ftimmt. Allerdingf gab ef nichtf fu bereden.« Mann, das würde schwer werden. Wieso benutzte sie auch noch so viele s-Laute?

»Das ist deine Meinung, Marge«, ergriff John das Wort, »ich finde, es gab durchaus viel zu erbrechen … besprechen, mein ich!« Er korrigierte sich schnell und dennoch brachen alle drei in schallendes Gelächter aus. Fidelia kicherte höflich und auch Alice zwang sich zu einem Lächeln.

»Also, was wir mit dir erbrechen wollten«, setzte John erneut an, bemerkte seinen Fehler und wieder lachte alles hysterisch. In diesem Moment entschied Alice, dass sie weder den Tee noch die Kekse anrühren würde, die vor ihr standen.

»Eine Frage«, Michael meldete sich zu Wort, »wieso ist sie hier?« Und zeigte auf Fidelia, die sogleich ein wenig rot anlief.

Als sie eine Antwort schuldig blieb, sprach Alice für sie: »Das ist Fidelia, eine Freundin von mir.«

»Kann man ihr trauen?«

Eine Frage, die wir uns alle stellen, Kumpel, dachte Alice.

»Was haltet ihr von einem Backgroundcheck?« Michael blickte Zustimmung suchend in die Runde.

»Oh ja, eine aufgefeichnete Idee! Ein Backgroundfeck! Wie ift dein Nachname? Waf machen deine Eltern? Wo gehft du zur Fule?«

»Natürlich hier, du dumme Nuss«, rief John laut und wieder konnten sie sich vor Lachen kaum halten. Was war hier los? Auf dem Schulhof war John Alice ruhig und wortkarg vorgekommen, hier taute er auf. Wenn auch nicht unbedingt im guten Sinne.

»Also gut«, gebieterisch hob er die Hände, um sie zu beruhigen. »Kommen wir zum wichtigsten Punkt. Carter Alvin Millington.«

Alice verschluckte sich beinah an ihrer eigenen Spucke. Es sollte hier um Carter gehen? Und sein zweiter Name war Alvin?!

»Was ist mit ihm?«, fragte sie.

»Eine ausgezeichnete Frage! Was ist mit ihm?«, wiederholte Michael und nickte zustimmend, vielleicht war es aber auch nur eine Zuckung.

»Wie jetzt?« Wenn es ihr Ziel war, Alice zu verwirren, waren sie gut daran.

»Was, wie?«

»Was wie nichts, du hast zuerst was gesagt!«

»Hab ich nicht!«

»Hast du doch! Du hast gefragt, ›Was ist mit ihm?‹ und darauf habe ich gefragt, ›Wie jetzt?‹ …«

»Und ich habe gesagt ›Was, wie?‹, weil du zuerst …«

»Schluss jetzt, das hält ja kein Mensch aus!«, rief John dazwischen. Neben sich hörte Alice Fidelia leise seufzen.

»Ja, richtig fo, beruhigen wir unf alle. Noch 'n Kaffee?« Und sie wieherten los, als wäre es der größte Witz aller Zeiten.

»Du magst Carter also?«, griff John das Thema wieder auf und goss sich dabei Tee nach.

Alice bejahte. Fidelia schnaubte verächtlich und Alice musste an sich halten.

John überlegte eine Weile, bevor er antwortete. »Na schön«, war alles, was er sagte. Was war das denn? Hatte er ihr soeben die Erlaubnis für ihre Freundschaft zu Carter gegeben? Oder hatte er einfach die Tatsache anerkannt, dass diese Freundschaft existierte? *Brauchte* sie seine Akzeptanz überhaupt? *Verrückte* Teegesellschaft, fürwahr.

Möglichst unauffällig warf sie einen Blick auf die Uhr und stellte erleichtert fest, dass es Zeit war, sich zu verabschieden. Sie erhob sich, tauschte noch ein paar höfliche Floskeln aus und wandte sich zum Gehen. Fidelia sprang ebenfalls auf.

»Ich bleib noch ein bisschen, wegen … du weißt schon«, flüsterte sie Alice ins Ohr und rollte die Augen verschwörerisch Richtung John.

Mach, was du willst, dachte Alice, sagte jedoch: »Uuuh, klar. Viel Glück.« *Du wirst es brauchen.*

Verwirrt machte Alice sich auf den Weg zu ihrer Geschichtsstunde. Jeden Tag entdeckte sie neue Puzzleteilchen, aber nichts ergab einen Sinn. Zumindest in ihrem Kopf nicht, nur hatte das nichts zu bedeuten.

Im zweiten Stock begegnete sie Dodo, die sie an ihre Tennisstunde erinnerte. Alice lachte fröhlich, um ihre Unsicherheit zu überspielen. Dodo hatte allerdings keine Zeit, um sich ausführlich zu unterhalten, und so beschränkten sie sich auf Oberflächlichkeiten, bevor sie sich wieder trennten. Alice wartete und schaute ihr nach, wie sie in Mr. Ryans Sprechzimmer verschwand. Dieser warf nur einen kurzen Blick auf Alice und ließ die Tür dann hastig ins Schloss fallen.

Es ergab einfach nichts einen Sinn. Alice grübelte und grübelte, drehte es hin und her, nahm es auseinander und setzte es wieder zusammen. Es wurde nicht besser.

»Bist du so weit?«, fragte Carter sie am Ende des Tages und riss Alice so aus ihren Gedanken. Seit Stunden brütete sie über ihren Theorien und alles, was dabei herausgekommen war, waren mächtige Kopfschmerzen. Langsam sammelte sie ihre Sachen zusammen, während Carter daneben stand und ihr in ihre Jacke half.

»Danke, der Herr«, sagte sie gespielt höflich und knickste.

»Keine Ursache, Mylady.«

»Ich habe heute die Teegesellschaft getroffen«, erzählte sie ihm, während sie über den Schulhof liefen, »völlig bekloppt trifft es genau.«

Er nickte wissend. »Ich möchte auch zu gern wissen, wo die sich kennengelernt haben.«

»Ich hab da so eine Theorie ... Hey!«, rief sie überrascht. Sie hatten soeben das Schulgelände verlassen und das Tennisteam hatte ihnen nicht aufgelauert.

»Ich dachte, die würden auf mich warten und mich in Ketten und Fesseln zum Sportplatz zerren.«

»Willst du umdrehen und ihnen Bescheid sagen?«

»Scheiße, nein! Immer schön weiterlaufen«, trieb Alice ihn an.

Gemeinsam gingen sie ins Krankenhaus. Carter meinte, er hätte etwas zu erledigen, wollte aber nicht damit herausrücken, was es war, Alice ging schnurstracks zu Scarlett. Es wurde Zeit, die Raupe zu finden!

Kaum hatte Alice das Puppenhaus wieder betreten, fiel sie auch schon auf die Nase.

Ein Blick auf ihre Füße, verriet ihr auch, wieso. »Hey, warum hab ich bloß einen Schuh?!«

Pat saß an seinem angestammten Platz und rührte in einer Tasse Tee, vielleicht war es noch dieselbe wie beim letzten Mal.

»Besser, du gewöhnst dich dran. Du bist jetzt eine Puppe, du wirst nie wieder zwei Schuhe haben.«

»Das wäre eine Möglichkeit«, murmelte Alice und trat sich dann lächelnd den anderen Schuh vom Fuß. Das war die andere. Die Dinger hatten ihr ohnehin nicht gefallen.

Sie trug immer noch dasselbe Puppenkleid und dieselben weißen Strümpfe, was die Frage aufwarf, was passierte, wenn sie das Wunderland verließ. Blieb ihr Körper da, nur ohne Bewusstsein? Eine erschreckende Vorstellung. Oder speicherte das Wunderland ihre bisherigen Fortschritte wie bei einem Videospiel?

Ein riesiger Schatten schob sich über die Sonne.

»Ich mag deinen neuen Stil«, schnurrte es laut. Alice riss den Kopf hoch und erblickte den riesigen Kopf der Grinsekatze, der sich vor das Puppenhaus geschoben hatte. Ein weiteres Mal wurde sich Alice ihrer eigenen Winzigkeit bewusst.

»Ja? Das macht einen von uns.«

»Pat.«

»Katze.«

Die beiden Tiere begrüßten sich kühl, ohne einander anzusehen.

»Ihr mögt euch wohl nicht?«, fragte Alice neugierig.

»Nein, es gab da einen kleinen Zwischenfall«, erklärte die Katze nebulös.

»Pah! Er nennt es Zwischenfall, ich nenne es Mordversuch!« So wütend ein Meerschweinchen in Hütchen und Jackett eben aussehen konnte, sprang Pat auf und schleppte seinen Fellball von Körper aus dem Zimmer.

Alice schnalzte wissend mit der Zunge. »Wolltest ihn fressen, was?«

»Das kann schon mal passieren, wenn man aussieht wie eine haarige Ratte.«

»Was genau machst du hier?«, fragte Alice.

»Dir wieder mal helfen, wie es scheint«, entgegnete die Katze.

»Super! Dann trag mich doch bitte in den Garten zur Raupe, ja?«

Die Grinsekatze schüttelte missbilligend den Kopf und machte das *Ts-ts-ts*-Geräusch, das alle unter fünfzig verabscheuten. Das bedeutete wohl, dass sie ihr nicht auf diese Weise helfen würde.

»Machst du es dir nicht zu einfach?«

»Findest du?«, entgegnete Alice schrill. »Macht man es sich zu einfach, wenn man nach einer Woche Fehlschläge endlich mal etwas schnell abwickeln möchte?!«

»Die Antwort kennst du doch.«

Damit sprang die Katze davon und ließ Alice in ihrem Elend zurück. Fassungslos sah sie dem untreuen Freund nach; gar kein Vergleich zu Carter. Kurz darauf kam die Tigerkatze jedoch wieder ins Bild, um die Beine eines kleinen, blond gelockten Mädchens streichend. Das ungefähr fünfjährige Kind sah heute selber aus wie eine Porzellanpuppe und versuchte permanent, die Katze am Schwanz zu packen, hatte jedoch keinen Erfolg. Endlich begriff Alice, was dort vor sich ging, und stellte sich mit großen Augen, Schmollmund und in steifer Haltung an den Rand des Puppenhauses, während die Grinsekatze das Mädchen anlockte.

Mit Erfolg.

Zwei Minuten später riss die Kleine Alice in die Höhe und brachte ihr somit ein echtes Schleudertrauma ein. Kurz darauf saß Alice an einem Tischchen zusammen mit Plüschtieren und trank imaginären Tee aus winzigen Plastiktassen. Am schwierigsten war es, das verlogene Grinsen zu behalten und so gut wie möglich eine Puppe zu sein. Alice betete nur, dass das Mädchen nicht plötzlich das Verlangen verspürte, sie zu schminken oder ihr die Haare zu schneiden.

Die Teeparty fand mitten im Wohnzimmer statt, in der Nähe der Gartentür, die leicht angelehnt war, so dass Alice hinaussehen konnte. Der Garten war saftig grün, schien jedoch schon eine Weile sich selbst überlassen worden zu sein. Die Vorstadtwildnis wucherte in Form von Sträuchern, Blumenbeeten und Unkraut vor sich hin. Hoffentlich gab es auch ein großes Neonschild mit den Worten *Zur Raupe hier*, ansonsten sah Alice schwarz.

Doch darüber konnte sie sich später Gedanken machen – jetzt hieß es erst mal irgendwie ausbüxen, aber das Mädchen ließ sie keine Sekunde aus den Augen. Leider Gottes hatte ausgerechnet dieses Kind *keine* kurze Aufmerksamkeitsspanne. Also grinste Alice und hob die Tasse und grinste wieder und so weiter in einem fort.

Alice fürchtete bereits, sie würde wieder aufwachen, bevor sie über die Phase des Teetrinkens gekommen war, als aus der Küche ein ohrenbetäubender Schrei ertönte. Das Kind jedoch lachte fröhlich, sprang auf und lief dem Geschrei entgegen – anscheinend war Essenszeit.

Diese Gelegenheit ließ Alice sich nicht entgehen. Sie stieß ihren Miniaturstuhl um und rannte, so schnell sie konnte – was in Anbetracht ihrer eigenen Winzigkeit ungemein langsam war – durch das Wohnzimmer auf die Gartentür zu. Den Teppich zu überqueren kam einer ausgewachsenen Sporteinheit gleich, denn sie konnte kaum ihre Füße hoch genug heben, und so hatte Alice das Gefühl, durch tiefstes Gras zu waten. Dabei hatte sie den Garten noch nicht einmal erreicht!

Die Schwelle der Terrassentür war die nächste Hürde. Hektisch warf sie einen Blick über die Schulter, aber das kleine Mädchen kam noch nicht zurück. Stattdessen sah sie Pat und Bill, die sich aus dem Puppenhaus neigten und ihr aufmunternd einen hochgereckten Daumen zeigten. Unbehaglich lächelnd winkte sie ihnen zurück.

Stöhnend stemmte sie sich über die Schwelle und plumpste auf der anderen Seite auf die harten Steine der Terrasse. Lautstark fluchend rappelte sie sich hoch, rannte auf das Gras zu und schlug sich ins Dickicht. Die Flucht war gelungen!

Wunderbar!

Und was jetzt?

Ratlos drehte sie sich im Kreis. Nein. Es gab weder ein Schild noch einen Weg; nichts, was ihr den Aufenthaltsort der Raupe verraten hätte. Alles um sie herum war Gras, das ihr bis über den Kopf wuchs. Selbst in ihrer normalen Größe hätte dieser Garten zugewuchert ausgesehen und dringend Pflege benötigt. Sie betete jedoch, dass nicht ausgerechnet jetzt jemand auf die Idee kam, den Rasenmäher hervorzuholen.

Wohin sollte sie also gehen? Der einzige Hinweis war ein Berg, dessen von Nebelschwaden umgebener Gipfel sich hinter dem Gräserwald erhob. Alice zog die Augenbrauen in die Höhe. Wo kam der denn her? Vom Wohnzimmer aus hatte sie ihn nicht gesehen. Aber sie war im *Wunder*land. Wenn dieser Berg kein Wegpunkt war, dann wusste sie auch nicht mehr weiter.

Entschlossen stiefelte sie los, den Berg immer im Blick. Schon kurze Zeit später wünschte sie sich nichts sehnlicher, als eine Machete, um sich den Weg frei zu schlagen. So blieb ihr nichts anderen übrig, als über Kiesel und Halme zu klettern, die bei ihrer Größe zu Felsen und Baumstämmen wurden. Es dauert nicht lange, und sie war fix und fertig und sogar Tennis wäre vermutlich erholsamer gewesen.

Und es wurde noch merkwürdiger. Nach ungefähr einer Stunde Schwerstarbeit trat sie auf eine Lichtung, deren Hauptattraktion ein übergroßer Federball war, in dessen Schatten sich Alice auf einem moosüberzogenen Stein niederließ. Die Sonne brannte auf sie herab und ihr Puppenkleid war viel zu unpraktisch, um auf Expedition zu gehen. Ihre schuhlosen Füße schmerzten und jeder, der sich schon einmal an einem Grashalm geschnitten hatte, konnte sich vorstellen, wie zerkratzt und blutig ihre nackte Haut aussah.

Missmutig zog sie ihren zerschundenen linken Fuß auf das rechte Knie und begann ihn zu massieren. Wundgescheuert, blasig – sie hatte einmal schöne Füße gehabt, jetzt fehlten nur noch die Haare, und sie wäre als Hobbit durchgegangen. Der Berg war kaum näher gerückt und sie wollte nichts mehr, als zu verschnaufen. Müde streckte sie sich aus, kam jedoch nicht zum Schlafen.

»Was bist du denn für eine Blume?«

Alice schlug die Augen auf und sah ins Gesicht einer riesigen Narzisse, die ihren Kopf über sie beugte. Quiekend setzte sie sich auf.

Alice hatte nicht geglaubt, dass Blumen einen arroganten Gesichtsausdruck aufsetzen konnten, aber hier wurde sie eines Besseren belehrt.

»Vielleicht eine neue Art?« Es war eine sprechende Rose, tiefrot und voller gefährlicher Dornen.

Alice konnte nur atemlos ihren Namen stammeln. Warum war sie eigentlich geschockt? Nachdem sie sich mit Tieren unterhalten hatte, waren Pflanzen doch eigentlich der nächstlogische Schritt.

»Eine Alice? Von denen hab ich noch nie gehört. In welcher Ecke des Gartens steht ihr?« Die Narzisse rümpfte die Nase und gab Alice unmissverständlich zu verstehen, dass sie unter ihrem Niveau war.

»Ich …«, Alice kam nicht weiter.

»Die müssen neu sein«, rief die Rose dazwischen und nickte altklug, »oder wisst ihr davon?« Sie fragte eine Gruppe lila Veilchen, die alle zugleich verneinten.

Nun mischte sich auch noch eine Hortensie ein und schon war der Strauß komplett.

»Eine vornehme Blume kann sie nicht sein. Ihre Blüte ist ganz schäbig und viel zu klein.« Mit einem ihrer Blätter zupfte die Narzisse an Alices Kleid.

»Eine intelligente Blume kann sie auch nicht sein, dafür spricht sie zu wenig«, meinte die Rose.

»Eine nette Blume kann sie auch nicht sein, denn sie ist ja allein!«, waren die Veilchen sich einig.

»Und eine amüsante Blume ist sie nun wirklich nicht«, beendete die Hortensie die Aufreihung von Alices Unzulänglichkeiten.

Die Narzisse schlug sich schockiert die Blätter vor den Mund. »Bist du etwa Unkraut?!«

»Jetzt werd mal nicht albern«, wies die Rose sie zurecht und schnalzte mit der Zunge.

»Ignorier die arrogante Pute«, sagte sie dann freundlich zu Alice, woraufhin die Narzisse empört schnaubte.

»Ich bin ein Mädchen«, erklärte Alice.

»Ein Mädchen?«, riefen die Veilchen alle gleichzeitig.

»So was gibt es im Haus«, sagte die Hortensie skeptisch, »du bist aber viel kleiner. Und hässlicher.«

»Hey!«, protestierte Alice. »Schlag du dich mal durch den Wald hier, dann sehen wir ja, wie hübsch du hinterher aussiehst!«

»Wo möchtest du denn hin, Mädchen Alice?«, fragte die Rose.

»Ich suche die Raupe.«

Dem entsetzten Geschnatter nach, das daraufhin einsetzte, hätte man glauben können, Alice hätte verkündet, sie suche die Gartenschere.

»Sie ist wohl nicht sonderlich beliebt bei euch, oder?«

»Nun«, begann die Rose gewichtig, »sieh uns an, Mädchen Alice. Was sind wir?«

Alice ließ den Blick nach oben wandern. »Mächtig groß?«

»Blumen!«, rief die Rose laut. »Wir sind Blumen. Und was fressen Raupen?«

»Ist die Antwort wieder Blumen?«

»Blätter.«

»Sag ich ja.«

»Blumen wie wir, die in einem verwilderten Garten leben, sind ständig in Gefahr und müssen auf sich achtgeben. Wegen gemeiner Schädlinge wie der Raupe. Du, die du jetzt unsere Freundin bist, solltest auf unserer Seite stehen.« Alice verkniff sich eine sarkastische Bemerkung. »Mädchen und Blumen sind sich sehr ähnlich, wir müssen zusammenhalten und unsere Blätter, unsere Stiele und vor allem unsere Knospen schützen.«

Alice nickte verständnisvoll, schließlich musste jeder sehen, wo er blieb, und sie selbst legte großen Wert darauf, ihre Knospe zu schützen.

Dennoch musste sie mit der Raupe sprechen.

»Ich verstehe«, sagte sie deswegen vorsichtig, »und ich möchte euch wirklich nicht beleidigen, aber leider kann ich darauf keine Rücksicht nehmen. Ich brauche die Raupe.«

Beleidigt rümpften alle Blumen ihre feinen Näschen.

»Dann geh deines Weges. Hier, nimm das.«

Aus den Reihen der Veilchen zauberten sie zwei Schuhe hervor – kein zusammengehöriges Paar, aber besser als nichts. Einer davon war Alices verlorener Puppenschuh.

»Wie kommt der denn hierher?«, fragte sie verblüfft.

»Die Katze verschleppt immer wieder Sachen aus dem Haus in den Garten. Ich weiß nicht, ob es dir schon aufgefallen ist, aber die Leute hier sind ein wenig verrückt.«

Alice schluckte eine Antwort hinunter und schlüpfte in die Schuhe.

»Vielen Dank!«, rief sie, nun, da ihre Füße geschützt waren. Die Blumen lächelten sie ein letztes Mal an, winkten ihr zum Abschied und Alice machte sich wieder auf den Weg. Dank der Schuhe war es nach wie vor anstrengend, aber weniger schmerzhaft.

Sie kam gut voran, bis auf eine kurze Episode, als der Hauswelpe sie entdeckte und für ein Spielzeug hielt. Eine Schrecksekunde starrten sie einander an – Alice in Habachtstellung, der Welpe voll dümmlicher Vorfreude. Dann jagte er sie durch den Garten, bis sie halbtot war und er das Interesse verlor. Das einzig Gute daran war, dass Alice sich in der Nähe des nebligen Berges befand, als sie sich wieder auf ihren Aufenthaltsort konzentrieren konnte.

Schwer atmend stemmte sie die Hand in die Seite, um das Stechen zu bekämpfen, und blinzelte nach oben. Wenigstens blieb ihr ein potenziell halsbrecherischer Aufstieg erspart; grob gehauene Stufen schraubten sich in Form einer Wendeltreppe in die Höhe. Ächzend machte sie sich auf den Weg. Was tat man nicht alles für die Familie.

Stundenland kroch sie die Steinwände entlang, ein Geländer gab es nicht und der Nebel erschwerte ihr die Sicht. Am Anfang wollte sie ihre Kräfte sparen, aber nach einer Weile begann sie zu fluchen und zu schimpfen wie ein Rohrspatz. Wieso auch ein Berg?! Machte es den Weisen etwa weiser, wenn es eine Mordsanstrengung brauchte, um zu ihm zu gelangen?

Von einem Moment auf den nächsten befand sie sich auf einem Plateau und stolperte über die eigenen Füße. Von hier aus konnte man den ganzen Garten überblicken – das Haus kam ihr nun viel kleiner vor.

Mitten auf dem Gipfel wuchs ein großer, hellbrauner Pilz und auf dem Pilz saß, meditierend, eine dicke, grüne Raupe. Um sich herum hatte sie Räucherstäbchen verteilt, die für den Nebel verantwortlich waren.

»Hallo«, keuchte Alice tonlos und lief um den Pilz herum, um die Raupe von vorn zu sehen. Deren Augen waren von einem Muster umgeben – zwei schwarze Kreise, einer Brille nicht unähnlich.

Alice stutzte. Das hatte sie doch schon mal irgendwo gesehen.

»Ich hab dich gesucht«, rief sie voll müder Erleichterung. Sie war am Ziel.

»Hast du das?«, erwiderte die Raupe in einem tiefen Singsang.

»Ja! Ich brauche dringend deine Hilfe.«

»Brauchst du das?«

»Ja. Ich bin Alice und …«

»Bist du das?«

Alice zog die Augenbrauen zusammen. Wurde sie hier verscheißert?

»Ja …«, sagte sie gedehnt, »man hat mich zu dir geschickt.«

»Hat man das?«

Langsam war es genug. Um Beherrschung bemüht, kaute Alice auf ihrer Unterlippe. Was für ein unsympathisches Insekt. Mit zusammengekniffenen Augen musterte sie ihr Gegenüber, das sich bisher noch nicht dazu herabgelassen hatte, sie anzusehen. Das Muster einer Brille, die karamellfarbenen Härchen, die Vorliebe, anderen so richtig auf den Keks zu gehen … so jemanden hatte sie doch vor kurzem erst getroffen.

»Miss Admiral?«, fragte sie vorsichtig.

»Ich höre auf viele Namen, Miss Admiral ist keiner davon«, sagte die Raupe, doch ein winziges Zucken im Augenwinkel verriet sie.

»Doch, du bist es! Miss Admiral, die Schulkrankenschwester!«, rief Alice triumphierend.

Nun schlug die Raupe doch die Augen auf.

»Faszinierend«, murmelte das Tier.

»Also doch!«

»Du hast meine Aufmerksamkeit. Was kann ich für dich tun?«

»Mir wurde gesagt, du könntest mir dabei helfen, mit der Herzogin zu sprechen.«

»Was soll ich denn tun? Deinen Mund bewegen oder für dich übersetzen?"

»Nein, ich meine ...«

»Ich weiß, was du meinst.«

Alice verfluchte ihre Schwester innerlich, dass sie ein nerviges Paralleluniversum geschaffen hatte, das von nervigen Leuten bevölkert wurde, die sie schon kannte. Warum auch nicht? War doch viel lustiger so.

»Weißt du, was hier passiert ist? Warum die Herzogin seit Wochen die Küche nicht mehr verlassen hat?«

»Welche von deinen Fragen soll ich zuerst beantworten?«

»Weißt du eigentlich, dass es unhöflich ist, Fragen immer mit Gegenfragen zu beantworten?«, schnappte Alice.

»Ach ja?«, entgegnete die Raupe unbeeindruckt.

Alice stampfte frustriert mit dem Fuß auf. »Weißt du überhaupt irgendetwas?«

»Vorsicht, Alice! Etwas nicht zu wissen und es nicht zu verraten, sind zwei völlig verschiedene Dinge«, ermahnte die Raupe plötzlich unerwartet ernst.

»Woher ...?«

»Es wird Zeit, zu lernen, dass der Weg des geringsten Widerstandes nicht immer der beste ist.«

Alice blieb die Spucke weg. »Glaubst du ernsthaft, ich hatte es *leicht* hierherzukommen?!«

»Ich habe eine weitere Gegenfrage für dich: Glaubst *du* ernsthaft, du hast das Schwierigste bereits hinter dir?«

»Heißt das, du kannst mir überhaupt nicht helfen? Alles war umsonst?«

»Nein.« Die Raupe zog einen kleinen, knubbeligen Pilz hervor. »Ich gebe dir das hier. Bitte iss ihn erst, wenn du meinen Berg verlassen hast.«

Alice nahm den Pilz und beäugte ihn von allen Seiten. »Was macht der?«

»Er bringt dich mit der Herzogin auf Augenhöhe. Außerdem habe ich noch einen Rat für dich. Es ist nicht alles, wie es scheint.«

Alice wartete gespannt und fragte dann: »Wie, das war's? Es ist nicht alles, wie es scheint?«

»Die einfachsten Ratschläge sind manchmal die besten.«

»Ah ja. Besten Dank.«

»Hast du sonst noch Fragen?« Die Raupe begab sich wieder in ihre Meditationsposition.

»Eine. Was hat es mit dem Nebel auf sich? Kommt das von den Räucherstäbchen?«

Die Raupe drehte milde interessiert den Kopf, als würde sie ihn gerade zum ersten Mal bemerken. »Das ist nur für die Wirkung. Ne Art Spezialeffekt.«

Alice nickte und verabschiedete sich dann. Dieser Ausflug war mehr als unbefriedigend gewesen. Sie hatte einen Glückskeks-Ratschlag erhalten und einen unappetitlich aussehenden Pilz. Hoffentlich hatte der es wenigstens in sich.

Kaum hatte sie das Ende der Treppe erreicht, verschlang sie den Pilz und augenblicklich schoss sie in die Höhe, bis sie ihre normale Größe wiederhatte. Auf einmal war der Garten nicht mehr so beängstigend, nur ungepflegt. In einer Ecke sah sie den Welpen, der seinen eigenen Schwanz jagte, und in der anderen das Blumenbeet. Mit zwölf schnellen Schritten hatte sie den Garten durchquert und betrat das Haus der Herzogin. Es wurde Zeit, ein ernstes Wörtchen mit ihr zu wechseln.

WENN DER DRECK ZUM PFEFFER WIRD

Die Küche war eine winzige, fensterlose Kammer, die bereits für eine Person zu klein wirkte. Nun befanden sich ganze vier Leute – die Herzogin, ihre Tochter, die Köchin und Alice – und eine Grinsekatze darin.

Kaum hatte Alice die Tür geöffnet, fühlte sie sich ins surreale Theater versetzt. Das Kind saß über einen Teller Suppe gebeugt und baumelte unter dem Tisch mit den Füßen, die Köchin saß neben ihr und schnippelte eine monströse Zwiebel, die Herzogin stand am Herd und betreute einen riesigen Gulaschtopf, und die Grinsekatze saß auf der Anrichte und alle zusammen sangen sie aus voller Kehle ein fröhliches Lied. Niemand schien Alice zu bemerken.

Sie selbst auf der anderen Seite musste sich überwinden, die Küche überhaupt zu betreten, denn in der Luft hing schwer und beißend eine dicke Wolke Pfeffer. Kein Wunder, denn die Herzogin hatte eine riesige Pfeffermühle in der Hand und würzte damit unablässig das Essen. Außer Alice, der die Augen tränten, schien das jedoch niemanden zu stören.

Dennoch musste sie näher herangehen, da die Herzogin ihr den Rücken zuwandte, so dass Alice ihr Gesicht nicht sehen konnte. Sie versteckte jegliche Konturen unter einer dunkelblauen Robe und selbst ihre Haare waren unter einem eng sitzenden Häubchen versteckt.

»Ja?«, fragte da die Köchin und richtete ihre kleinen Fuchsaugen auf Alice, die völlig überrumpelt wie angewurzelt stehen blieb.

»Hi«, sagte sie kleinlaut.

»Ja?«, fragte die Köchin erneut.

»Ich würde gern mit der Herzogin sprechen«, erklärte Alice lahm und zeigte auf die unablässig pfeffernde Frau, wobei sie gegen einen Hustenanfall ankämpfen musste.

»Oh, ich fürchte, die Herzogin ist zu deprimiert, um Besucher zu empfangen«, erwiderte die Köchin und schüttelte bedauernd den Kopf. Alice schielte hinüber und hatte Schwierigkeiten, das zu glauben, in Anbetracht der Tatsache, dass die Herzogin gerade ein Volkslied schmetterte.

»Ach ja? Wieso das?«

»Die Königin«, erklärte die Köchin und es lief ihr tatsächlich eine Träne die Wange hinunter, die sie schnell mit einem Taschentuch wegtupfte, »hat sie nicht zum Krocket eingeladen.«

Alice formte mit den Lippen ein stummes O. »Das tut mir leid. Aber im Ernst, habt ihr schon mal Krocket gespielt? So ein großer Verlust ist das nicht.«

»Sie darf auch nicht mehr ins Schloss kommen«, erzählte die Köchin weiter, während alle anderen weitersangen und die Herzogin immerzu ihr Essen pfefferte. »Oder zum Tee.«

Das klang in der Tat gemein. Aber die Tiere hatten Alice ja bereits vorgewarnt.

»Die Herzkönigin hat jetzt eine neue Teegesellschaft und sie kommt die Herzogin gar nicht mehr besuchen.«

»Deswegen bin ich ja hier«, rief Alice energisch, in der Hoffnung, die Herzogin würde sich endlich umdrehen, »ich will mit ihr sprechen und vielleicht können wir etwas gegen die Herzkönigin unternehmen.«

»Oh, die Herzogin ist viel zu deprimiert, um etwas zu unternehmen«, entschuldigte die Köchin ihre Arbeitgeberin.

»Sie kann sich doch nicht hier verstecken! Das Wunderland braucht sie! Sie muss den Aufstand organisieren!«

»Oh, die Herzogin ist viel zu deprimiert, um etwas zu organisieren.«

»Zeit, sie aufzumuntern!« Alice war nun regelrecht wütend. Sie hatte doch nicht alles auf sich genommen, um dann mit der Köchin über die Herzogin zu sprechen, während diese sich nicht einmal die Mühe machte, sich umzudrehen. Verdammt noch mal, es musste etwas passieren!

Zornig trat sie an die Frau heran und bevor sie jemand aufhalten konnte, riss Alice die Herzogin an der Schulter herum, um endlich eine Erklärung zu verlangen. Es war genug!

Der Schock katapultierte sie zurück in die Wirklichkeit mit einer Wucht, die sie vom Stuhl fallen ließ.

Scarlett.

Es war Scarlett.

Scarlett war die Herzogin.

Deshalb kam sie nicht zurück, sie war verbannt in die Einöde ihrer imaginären Küche. Die Herzkönigin hatte sie gefangen.

Alice rappelte sich hoch. Die Tiere hatten sich geirrt. Sie hatten sich alle geirrt. Alice konnte keine Hilfe von der Herzogin erwarten. *Sie* musste die Herzogin retten und auf dem Weg dahin vermutlich noch die Königin und den Buben besiegen.

Und das ganz allein, ohne Hilfe.

Ob die Grinsekatze ihre Existenz auf Spiel setzen würde, um ihr im Kampf zur Seite zu stehen? Alice zweifelte daran. Die Herzogin hätte ihre Verbündete sein sollen, ihr beistehen sollen.

Das war doch der Plan gewesen!

Alice stieß ein trockenes Lachen aus, das mehr wie ein Bellen klang. Es konnte wirklich nicht ein einziges Mal glatt laufen, es wurde verdammt noch mal immer schwerer.

Jemand berührte sie an der Schulter und Alice schnellte aufschreiend herum.

Carter.

»Was soll der Mist?!«, herrschte sie ihn an. Verblüfft sah er sie an und trat einen Schritt zurück.

Müde legte Alice ihr Gesicht in die Hände.

»Tut mir leid«, presste sie zwischen ihren Fingern hervor. »Es funktioniert einfach nichts, wie es soll.«

»Kein Glück gehabt?«, fragte er sie mit einem Nicken in Richtung Scarlett. Das musste sie ihm lassen, er gab sich redlich Mühe, ernst dreinzuschauen, obwohl er das alles für Humbug hielt.

Sie schüttelte traurig den Kopf.

»Ich schon.«

Zwinkernd hielt er ihr den Arm hin und Alice konnte sich ein Lächeln nicht verkneifen. Sobald sie sich eingehakt hatte, führte er sie aus dem Zimmer, sie kamen jedoch nicht weit. Auf derselben Station, ein paar Ecken weiter, blieb er vor einer Tür stehen.

»Dürfen wir da rein?«, fragte Alice vorsichtig.

»Warum denn nicht? Wir helfen doch nur unserem Lehrer, diese schwere Zeit durchzustehen.«

Alice wollte nachhaken, als Carter auf das Namensschild deutete.

Ryan.

Sie gefror auf der Stelle.

»Das muss nichts heißen«, sagte sie dann, hörte jedoch selbst, wie dumpf es klang.

Aber es stimmte doch, oder? Ryan war kein seltener Name. Gut, auch nicht allgegenwärtig, aber man hörte ihn schon ab und an.

»Sie ist die Frau von Mr. Ryan«, erklärte Carter nachdrücklich. Er klang dermaßen sicher, dass Alice keine andere Wahl blieb, als ihm zu glauben.

Langsam öffnete er die Tür und die beiden traten ein. Sie waren allein. Bis auf die Patientin, die das Zimmer bewohnte.

»Oh mein Gott«, keuchte Alice. Auf dem Bett lag eine ältere, zierlichere und eingefallenere Version von Scarlett. Genauer gesagt, Scarlett, wie sie jetzt aussah – mit braunem, glattem Haar und – wie Alice nur vermuten konnte – braunen Augen. Ihre Schwester war größer als diese Frau, aber dank ihres Gewichtsverlusts fast genauso schlank. Mrs. Ryan war zweifelsohne einmal sehr hübsch gewesen, zierlich wie eine Puppe, jetzt wirkte sie jedoch mehr tot als lebendig.

Sie musste schon sehr lange hier sein.

»Was ist passiert?«, fragte Alice.

»Ist aus dem Fenster gestürzt«, erwiderte er knapp.

Alice fuhr herum. »Wie bitte?!«

»Du hast richtig gehört. Sechs Wochen vor deiner Schwester ist ihr das Gleiche passiert. Und ich muss dich sicherlich nicht auf die Ähnlichkeit hinweisen. Ich weiß nicht, wie es dir geht, aber ich glaube nicht an Zufälle.« Während er das sagte, schritt er langsam um das Krankenbett herum und betrachtete Mrs. Ryan aufmerksam, als könne sie jeden Moment aufspringen.

»Worauf willst du hinaus?«, fragte Alice.

Mit gerunzelter Stirn löste er seinen Blick und richtete ihn auf Alice. »Ist das nicht offensichtlich? Mrs. Ryan – brünett, hübsch, ich vermute, klug – stürzt aus dem Fenster. Sechs Wochen später erlebt Scarlett – brünett, hübsch, klug – dasselbe.«

Alice verstand, worauf er hinauswollte, aber es gefiel ihr kein bisschen. »Das heißt gar nichts, es gibt viele Mädchen, die brünett, hübsch und klug sind.«

»Sicher«, er nickte zustimmend, »ist es nicht trotzdem *zu* passend? Die eine ist seine Frau, die andere seine Schülerin. Findest du es nicht komisch, dass Scarlett das gleiche Schicksal erlebt, in dem Moment, in dem sie optisch kaum noch von Mrs. Ryan zu unterscheiden ist? Vielleicht hat er die Gefühle übertragen.«

Alice wand sich innerlich, als wären ihre Organe in einer Schraubzwinge. Die Vorstellung, dass ein Lehrer seine Schülerin angriff, weil sie seiner Frau ähnlichsah, wollte nicht in ihren Kopf.

»Aber Scarlett war allein, als sie gestürzt ist.«

»Man muss nicht immer den fatalen Stoß ausführen, um für jemandes Tod verantwortlich zu sein.« Er klang immer makaberer.

»Also erstens«, begann Alice und hob den Zeigefinger ihrer rechten Hand, »ist Scarlett nicht tot. Zweitens«, sie hob den zweiten Finger, »ist das eine Vermutung, du hast keinerlei Beweise. Und drittens«, sie hob den Ringfinger, »könnten wir damit auch nicht zur Polizei gehen. Für anfeuern geht man nicht ins Gefängnis.«

Carters Kiefer mahlte langsam. Sie hatte ihm den Wind aus den Segeln genommen. Nichtsdestotrotz konnte sie den Gedanken nicht einfach verscheuchen. Hier war sie, die Erklärung, die Scarlett nicht als labile Suizidgefährdete darstellte. Die besagte, dass sie angegriffen worden war, und gleichzeitig bedeutete es, dass Alice nicht zu blind gewesen war, den Schmerz ihrer Schwester zu sehen.

Außerdem hatte Carter gar nicht mal unrecht – es wäre ein sehr großer Zufall. Aber so etwas passierte ja, nicht wahr? Dennoch, auf so einer Grundlage konnte man nicht nach Gerechtigkeit schreien und zur Selbstjustiz greifen.

Während sie das Krankenhaus verließen, versuchte Alice alles, um eine logische Erklärung zu finden und sie Carter schmackhaft zu machen. Er ging nicht darauf ein, er war von seiner Theorie überzeugt. Peinliches Schweigen war die Folge.

Alice gruselte es vor der Verabschiedung, doch so weit kamen sie gar nicht. In dem Augenblick, als sie durch die Krankenhaustüren traten, sauste ihnen ein Rettungswagen mit Blaulicht entgegen. Mit quietschenden Reifen kam er vor den Türen der Notaufnahme zum Stehen. Alice hielt nichts vom Gaffen und wollte sich bereits abwenden, als die Rettungskräfte die Trage heraushoben und das Gesicht freigaben.

»Nein«, flüsterte sie schmerzvoll. Neben sich hörte sie, wie Carter scharf Luft einsog.

»Sie war heute Nachmittag bei Mr. Ryan«, keuchte sie und Carter fluchte laut.

»Brünett, hübsch, klug, zierlich«, kommentierte er tonlos.

Es hatte keinen Sinn mehr, es zu leugnen. Carter war mit seiner Theorie im Recht – oder zumindest sprach alles dafür. Mr. Ryan griff seine Schülerinnen an.

Und diesmal hatte es Dodo erwischt.

Wenn die ganze Welt eine Bühne war, dann waren die Hauptdarsteller in Alices Stück Zweifel, Angst und Kopfschmerz. Und jeder von ihnen war eine Diva und verlangte unablässig Aufmerksamkeit.

Die Argumente, die ihr bei Carter noch so klug vorgekommen waren, versauten ihr heute den Tag. Es stimmte immer noch, dass sie Mr. Ryan nicht das

Geringste beweisen konnten, und auch die Polizei würde sie lachend wieder fortschicken.

Sie hatten gar nichts.

Bis auf drei Komapatientinnen natürlich. Wieso bemerkte sonst niemand den Zusammenhang?

Jede ihrer Bewegungen erforderte von Alice enorme Anstrengung. Sie saß an ihrem Platz – Scarletts Platz – den Kopf in die Hände gestützt, und versuchte ihr Möglichstes, den Unterricht zu ignorieren. Ein Blick auf Carter verriet er, dass er genau das Gleiche tat.

Sie hatten einen gefährlichen Lehrer an der Schule, der Mädchen angriff, und nur sie beide wussten davon. Nur sie konnten etwas unternehmen. Sollten sie andere einweihen?

Was tun?

Was nur?

»Direkte Konfrontation«, das war Carters Lösung.

Sie saßen in dem leeren Klassenzimmer und teilten sich ein Sandwich aus der Cafeteria.

»Genialer Plan«, meinte Alice sarkastisch.

»Ich meine es ernst! Was kann er denn tun? Uns in der Schule umbringen?«

»Ähm, lass mich kurz überlegen. Ja?!«, zischte Alice und sah ihn an, als wäre er völlig durchgedreht.

»Wir sind zu zweit! Und auch er wäre nicht skrupellos genug, zwei Schüler am helllichten Tag *in der Schule* anzugreifen.«

Alice wollte nicht über die Ausmaße von Mr. Ryans Skrupellosigkeit nachdenken – der Mann hatte seine eigene Frau aus dem Fenster gestoßen. Auch bei Scarlett wäre er damit durchgekommen, wenn diese nicht ihre besondere Verbindung zu ihrer Zwillingsschwester hätte.

Drecksack!

»Fein!«, lenkte Alice also ein. »Ich mach das.« Resigniert biss sie in ihre Hälfte des Sandwichs.

Carter war nicht überzeugt. »Du? Hältst du das für eine gute Idee?«

»Er ist in meiner Nähe sowieso ständig neben der Spur. Vermutlich hat er nicht damit gerechnet, dass Scarlett wieder aufersteht, um ihm das Leben zur Hölle zu machen.«

»Verständlicherweise …«

»Nicht hilfreich«, schimpfte Alice, »nach der nächsten Stunde warte ich auf ihn, diesmal kommt er mir nicht davon. Du sorgst nur dafür, dass ich wieder gesund da raus komme.«

Carter unterbrach kurz das Essen, nickte langsam und warf ihr einen vielsagenden Blick zu.

Schweigend beendeten sie ihr Mittagessen und begaben sich zurück ins Klassenzimmer. Nur noch ein paar Stunden, und sie würde sich auf Mr. Ryan stürzen und sich in ihm verbeißen wie ein Pitbull.

Zumindest war das der Plan, aber es war ja bekannt, wie gut ihre Pläne funktionierten.

Alice wartete, hinter einer Säule versteckt, im Schatten einer übergroßen Topfpflanze, die dringend gegossen werden musste. Mr. Ryan ließ sich ganz schön Zeit. Sie wusste allerdings, dass er noch auftauchen würde, dafür hatte Carter gesorgt. Sie wusste nicht genau, was er ihm erzählt hatte, aber das Ergebnis war, dass die beiden nachmittags in seinem Büro verabredet waren.

Nur, dass Carter nicht auftauchen würde. Der wartete in einem Klassenzimmer am Ende des Flures und horchte auf das kleinste Geräusch.

Alice hoffte, dass es ausreichen würde. Zugegeben, es war unwahrscheinlich, dass Mr. Ryan sie in der Schule angreifen würde, aber sicher sein konnten sie nicht. Sollte es dennoch so weit kommen, wäre sie hoffentlich in der Lage, etwas umzustoßen oder zu schreien.

Wieso hatte sie dieser blödsinnigen Idee überhaupt zugestimmt?!

Schritte.

Alice kämpfte gegen den Drang an, wegzurennen. Wäre es Mr. Ryan, würde er hier vorbeikommen, und wäre es jemand anders, konnte es ihr egal sein.

Es war Mr. Ryan. Er schloss sein Büro auf und betrat das Zimmer. Alice schoss aus ihrem Versteck hervor und stieß lautstark die Tür auf, bevor sie ins Schloss fallen konnte. Krachend knallte sie gegen die Wand.

Mr. Ryan fuhr herum und presste sich die Hand aufs Herz. Seine Augen hüpften panisch hin und her. Auf einmal sah er gar nicht mehr so hübsch aus wie letzte Woche. Als er sie bemerkte, verfinsterte sich sein Blick und Alice sah die Wut in ihm aufsteigen.

»Nervös?«, fragte sie bemüht unschuldig. In dieser Sekunde spürte sie so stark wie nie zuvor den Zorn in ihr brodeln.

Mit einem süßen Schulterzucken setzte sie noch ein: »Hoppla« obendrauf.

»Bist du verrückt geworden?«, flüsterte er bedrohlich. »Was willst du hier?«

»Ich bin eine Schülerin und ich möchte mit meinem Lehrer sprechen.«

Sein Kiefer spannte sich an und er schob schnell die Hände in die Jackentaschen, Alice bemerkte dennoch, dass er damit nur geballte Fäuste verbergen wollte.

»Such dir einen anderen Lehrer«, zischte er. Zumindest das Theater war vorüber, er tat nicht mehr so, als sei zwischen ihnen alles in Ordnung.

»Darüber hab ich tatsächlich nachgedacht«, sagte Alice und sprach immer noch in einem naiven Singsang. »Aber nein, lieber nicht. Ich habe überlegt, wer könnte wohl am besten über die ganzen Mädchen dieser Schule Bescheid wissen. Und ob Sie es glauben oder nicht, Ihr Gesicht tauchte zuerst in meinem Kopf auf. Wieso nur?«

»Keinen. Blassen. Schimmer«, presste er hervor.

»Wirklich nicht? Sagen Sie bloß nicht, diese ganzen *jungen* Mädchen sind Ihnen egal?« Dabei betonte sie das Wort *jung* besonders. Mr. Ryan war nicht blöd, er verstand sofort, worauf sie hinauswollte, aber Alice konnte noch einen draufsetzen: »Wenn Sie ihnen als Lehrer den Rücken zuwenden, dann passiert ihnen vielleicht noch etwas Schlimmes. Sie wollen doch nicht, dass sie abstürzen, oder?«

»Es reicht, Scarlett«, brüllte er sie an, so dass die ganze Schule es hören musste, »ich habe mir genug von dir angehört. Wie kannst du es wagen, mir zu drohen?! Ich habe dir eine Chance gegeben und wie dankst du es mir?! Pass lieber auf, dass ich es nicht bereue.«

Hörte Alice richtig? Bedrohte er sie? Und noch viel wichtiger: Führte sie soeben einen lautstarken Streit mit einem Lehrer in der Schule? Ein merkwürdiges Gefühl von fehlgeleiteter Rebellion machte sich in ihr breit. Sie wollte soeben zu einer giftigen Bemerkung ansetzen, als jemand sie am Arm packte und ein kleiner Haarschopf neben ihr auftauchte.

Fidelia schob sich schüchtern an ihre Seite und blinzelte Mr. Ryan freundlich an.

Sofort änderte sich die Stimmung. Er setzte ein breites Grinsen auf und machte ein paar Scherze, Alice war für ihn offenbar verschwunden. Als Fidelia fragte, ob sie Alice mitnehmen dürfe, war er nur zu schnell bereit, dem zuzustimmen.

Das kleine Mädchen zerrte sie aus dem Raum und quasselte dabei munter weiter. Alice hörte, wie die Tür sich hinter ihr schloss und sah kurz Carter, der in einem der Klassenzimmer verschwand.

Mitten im Flur blieben die beiden Mädchen noch einmal stehen und drehten sich um.

»Ist alles in Ordnung?«, fragte Fidelia und Alice bejahte.

»Er war nur beschäftigt«, erklärte sie ausweichend und nickte den Flur hinunter, wo soeben Miss Admiral auftauchte und schnurstracks auf das Büro von Mr. Ryan zumarschierte. Ohne anzuklopfen, verschwand sie hinter der Tür.

»Die beiden scheinen sich gut zu verstehen, oder?«, sagte Alice mehr zu sich selbst.

»Lehrer eben«, war Fidelias hochintelligenter Kommentar dazu. Alice rollte abfällig die Augen und kicherte hinter vorgehaltener Hand, als gäbe es nichts Peinlicheres, als Lehrerfreundschaften; insgeheim war ihre Neugier entfacht. Was hatte Miss Admiral mit Mr. Ryan zu schaffen?

In diesem Moment fiel es Alice wie Schuppen von den Augen: Mr. Ryan hatte keinen Charakter im Wunderland. Nein, falsch. Alice war ihm noch nicht begegnet. Sie konnte quasi jeden als Tatverdächtigen ausschließen, dessen Kopie im Wunderland sie bereits kennengelernt hatte, denn logischerweise konnten sie nicht hinter der Herzkönigin stecken und Scarlett festhalten. Demnach waren Carter, Miss Admiral und das gesamte Tennisteam – das als Vögel durchs Wunderland schwirrte – aus dem Schneider. Nicht, dass dies nach Dodos Unfall nicht offensichtlich gewesen wäre.

Stellte sich die Frage, ob derjenige, der Scarlett zum Sprung aus dem Fenster getrieben hatte – Mr.

Ryan – auch derjenige war, der ihr Unterbewusstsein besetzte, oder ob es zwei verschiedene Täter gab. Alice musste in dieser Welt ihren Lehrer hinter Gitter und im Wunderland die Herzkönigin zur Strecke bringen.

Irgendetwas stank gewaltig an der ganzen Sache. Hatte Scarlett wirklich zwei übermächtige Gegner gegen sich? Alice hatte den Schlüsselhinweis einfach noch nicht entdeckt.

Völlig in Gedanken vertieft, bemerkte Alice nicht, wohin Fidelia sie führte. Erst, als sie vor der Tür zum Dach standen, erwachte sie aus ihren Überlegungen. Sofort sperrte sich alles in ihr; auf nichts hatte sie im Moment weniger Lust, als auf eine weitere Pause mit der verrückten Teegesellschaft.

»Was hast du denn?«, fragte Fidelia überrascht im Angesicht von Alices Erstarrung.

»Ich glaube, mir ist heute nicht nach Tee«, entgegnete sie dümmlich, woraufhin Fidelia nur lachend abwinkte.

Eigentlich war Alice selbst schuld, denn sie hätte damit rechnen müssen. Fidelia hatte ein Auge auf John geworfen und sie sah in ihrem rosa Cardigan mit Spitzenbesatz und dem cremefarbenen Röckchen besonders reizend aus. Natürlich würde sie dieses Outfit nicht verschwenden, es musste strategisch zum Einsatz gebracht werden. Alice – oder vielmehr Scarlett – war nur der Vorwand, damit sie aufs Dach gehen konnte.

Fein, was hatte Alice schon für eine Wahl? Sie würde es genauso wie beim letzten Mal machen: kurzknackige Konversation und vorgetäuschtes Gelächter, dann Beine in die Hand und bloß weg da.

Sie fanden das durchgeknallte Quartett an derselben Stelle wie ein paar Tage zuvor. John, groß und einschüchternd, thronte leicht erhöht wie ein Möchtegernkönig auf einer Kiste. Zu seinen Füßen saßen

Marge und Michael im Schneidersitz und untersuchten skeptisch eine Packung Salzwassertoffee, ganz so, als könnte es möglicherweise vergiftet sein. Fidelia seufzte verzückt und Alice fragte sich, wie es so weit gekommen war. Aus den Augenwinkeln beobachtete sie, wie das kleine Mädchen sich den Rock zurechtzupfte und musterte dann John. Zugegeben, unansehnlich war nicht, kräftig und markant – wenn man auf den Typ Drillsergeant stand. Ein Traummann war er allerdings auch nicht. Oder war er einfach nur nicht *ihr* Traum, weil er ihr suspekt und grobschlächtig erschien und sie neuerdings intelligente, lustige Jungs mit Brille bevorzugte?

Gezwungen lächelnd setzten sie sich zu den anderen, wobei John ihnen gnädig zunickte und die beiden Verschwörungstheoretiker ihre Augen zu Schlitzen verengten.

»Bringft du die jetf immer mit?«, schnarrte Marge giftig. Alice sah Fidelia erwartungsfroh an, die im Gegenzug ihr ermunternd zu zwinkerte.

»Oh!«, rief Alice. »Ja! Klar! Oder sollte ich nicht?« Fidelias Gesicht flackerte kurz unsicher, sie hatte es jedoch sofort wieder unter Kontrolle und setzte ihre Engelsmiene auf.

»Ich weif nicht. Ift fie vertrauenfwürdig?«

Alice war sich nicht sicher, wie sie diese Frage beantworten sollte und ob es überhaupt eine richtige Antwort gab.

War Fidelia vertrauenswürdig?

Hm.

Obwohl sie zierlich und niedlich und obendrein jünger war, löste dieses Püppchen in ihr ein Unbehagen aus, wie es sonst kaum jemand zustande brachte. Alice vertraute ihr nur so weit, wie sie sie werfen konnte.

»Absolut!«, log sie deswegen und hoffte, dass man es nicht an ihrem Gesicht ablesen konnte. Fidelia strahlte wie die Sonne selbst und packte eine Schachtel Konfekt aus, die sie in die Mitte der Decke stellte. Niemand aß davon.

»Was gibt es denn zu tun?«, fragte John in diesem Moment in die Runde und brachte damit die Erinnerung an den Tag zurück, an dem Alice sich den Knöchel verstaucht hatte und von ihm zur Krankenstation getragen werden musste.

»Unmengen«, stöhnte Michael auf, als läge das Gewicht der gesamten Welt auf seinen Schultern. Aus seiner Schultasche zog er ein in Karton gebundenes Schreibheft hervor und schlug es auf.

»Letzte Woche sprachen wir über die Ernennung eines neuen Schatzmeisters, da Marge das Geld immer für ihre Lieblingssüßigkeiten ausgibt, statt zu kaufen, was alle mögen. Ich beantrage deswegen eine Neuwahl.«

»Wirklich, Michael? Zum sechsten Mal jetzt?«, fragte John missbilligend.

»Wir find drei Leute, da kann ef fon mal paffieren, daff jemand etwaf nicht mag«, verteidigte Marge sich.

»Du kaufst immer Toffee, ich *hasse* Toffee!«

»Ich bitte um Handzeichen. Wer ist dafür, dass Marge als Schatzmeister abgesetzt wird?« Michaels Hand schnellte als einzige in die Höhe.

»Wer ist dafür, dass sie ihre Aufgabe behält?« John und Marge meldeten sich.

»Enthaltungen?« Alice und Fidelia tauschten zögerlich Blicke aus und gaben dann Zeichen.

»Gut, damit wurde der Antrag abgelehnt! Weiter im Protokoll.«

Michael verzog den Mund, als hätte er ein saures Bonbon verschluckt, und strich etwas aus dem Protokoll.

War das nun lustig oder zum Fürchten? John und seine Freunde hatten hier oben eine Art Geheimorganisation aufgebaut mit Protokollant, Schatzmeister und wer weiß, was noch.

»Scarlett!« Vor lauter Schreck, dass John sie ansprach, machte Alice einen kleinen Satz.

»Ja?«, piepste sie.

»Hättest du gern Tee?«

»Nein«, antwortete Fidelia für sie, »ihr ist heute nicht nach Tee.«

Die folgende Stille dauerte mindestens sechs Minuten. Marge starrte sie mit offenem Mund an, wodurch ihre Hasenzähne noch deutlicher hervortraten, Michael sah aus, als wäre er den Tränen nahe und Johns rechtes Auge zuckte unkontrolliert.

»Nicht nach Tee?«, presste er schließlich hervor.

»Ich hatte heute schon zu viel.«

»Man kann *zu viel* Tee trinken?«, fragte Michael, als hätte er noch nie davon gehört.

Das war ihr Stichwort. Sie hatte die Stimmung versaut und für peinliches Schweigen gesorgt - es war an der Zeit zu gehen.

»Ich denke, ich sollte zurück in meine Klasse«, entschuldigte sie sich kleinlaut. Noch während sie aufstand, passierte das nächste Malheur. Mit ihrem Fuß stieß sie gegen eine Thermoskanne, die fahrlässigerweise unverschlossen war, und der Inhalt ergoss sich über Michaels sorgfältig geführtes Protokollheft. Fluchend und schreiend sprang er auf. Alice hingegen konnte nichts weiter tun, als den Horror zu betrachten.

»Es war ein Unfall, es tut mir leid«, stammelte sie immer wieder, während die anderen versuchten, Michael zu beruhigen und das Heft zu retten.

Fidelia packte sie am Arm und zog sie zu sich herunter. »Hau schnell ab, ich hab das hier unter Kontrolle.«

Das ließ Alice sich nicht zweimal sagen. Mit wenigen Sätzen hatte sie das Dach überquert und war die Treppe hinunter gesprungen. Nichts davon war sonderlich Scarlett-like, aber darauf konnte sie in diesem Moment keine Rücksicht nehmen. Die Teegesellschaft war verrückt genug, sie für das zerstörte Protokollheft am Fahnenmast aufzuknöpfen. Gott sei Dank war Fidelia da.

An diesem Tag kam sie nicht mehr dazu, noch einmal mit Carter zu sprechen, ständig war einer von ihnen in Beschlag. Scarlett war beliebt wie eh und je, daher war Alice gezwungen, Belanglosigkeiten auszutauschen. Carter hingegen war zwar schweigsam, doch auch er befand sich von Zeit zu Zeit in Gesellschaft der anderen Jungs. Alice hatte darauf gehofft, dass sie zusammen nach Hause gehen konnten, wurde jedoch enttäuscht, als Carter nach der letzten Stunde vom Erdkundelehrer entführt wurde, um einen Vortrag zu besprechen.

Also schleppte Alice sich allein Richtung Heimat. Wie jeden Tag in der letzten Woche war ihre Mutter zu Hause und wartete mit dem Essen auf sie. Ihre Eltern hatten ihr erneut verboten, ins Krankenhaus zu gehen, mit der fadenscheinigen Begründung, Alice könne sich verausgaben und somit die eigene Gesundheit gefährden. Selbstverständlich hatte alles Betteln und Schmollen keine Wirkung gezeigt.

»Hallo, Schatz«, flötete Mom ihr entgegen. In Anbetracht ihrer exzellenten Laune war Alice dermaßen schockiert, dass sie beinah einen kleinen Rollkoffer übersah, der mitten im Flur stand. Doch nur beinahe.

Schnell streifte sie sich die Schuhe ab und suchte ihre Mutter in der Küche.

»Mom, was macht mein Koffer hier?«, fragte sie neugierig, ohne dabei die Augen von dem Rollkoffer zu nehmen. Mom flitzte durch die Küche und beachtete sie zunächst nicht. Auf dem Herd brutzelten ein paar Steaks fröhlich vor sich hin und aus weiteren Töpfen stieg der Duft von Erbsen und Kartoffelpüree.

»Den hab ich mir geborgt«, erklärte Mom schließlich. »Ich hoffe, du hast nichts dagegen.«

»Klar, kein Problem.« Schließlich benötigte sie ihn momentan nicht. »Wofür brauchst du ihn denn?«

»Ich war in letzter Zeit so oft hier, dass dein Vater und ich gedacht haben, es wäre vielleicht einfacher, wenn ich vorübergehend auch hier schlafe. Dann muss ich nicht immer spätabends nach Hause fahren und zur Arbeit ist es auch kürzer. Eine gute Idee, meinst du nicht auch?« All dies hatte sie gesagt, ohne den Kopf zu heben, und es klang, als würde sie über das Wetter reden. Das Normalste der Welt. Was sonst?

Alice meinte gar nichts. Sie presste die Kiefer so fest zusammen, dass es wehtat, und brachte unter größten Anstrengungen ein zustimmendes Quietschen hervor. Stocksteif stakste sie in ihr Zimmer, schloss die Tür und ließ sich von innen dagegen fallen.

Über ein Jahr war die Scheidung ihrer Eltern nun her. Alice und Scarlett waren keine Kinder mehr gewesen und hatten sich niemals vorgemacht, dass Mama und Papa eventuell wieder zusammenkommen würden.

Dazu war es zu schmutzig gewesen. Zu unversöhnlich. Von einer einvernehmlichen Scheidung, wie die Prominenten im Fernsehen sie immer zelebrierten, war niemals die Rede gewesen. Alice war sich nicht einmal sicher gewesen, ob die beiden es irgendwann wieder über sich bringen würden, für längere Zeit gemeinsam im selben Raum zu sein.

All die Monate, in denen sie von Scarlett getrennt gewesen war, in denen Dad sie nur mit der allernötigsten Aufmerksamkeit bedachte und Mom sich zu einem schniefenden, kaum lebensfähigen Etwas entwickelte und Alice die Verantwortung für sie übernehmen musste. All die Wut und die Verachtung und die abscheulichen Dinge, die sie gesagt hatte und insgeheim bereute.

Und jetzt das.

Einfach so.

Mom hatte es zwar nicht direkt gesagt, aber Alice sah genau, was es war: ein Testlauf. Sie wollten es ein zweites Mal miteinander probieren, doch zunächst mussten eventuelle Schwierigkeiten aufgedeckt und nach Möglichkeit aus dem Weg geräumt werden.

Alice erlaubte sich nicht, zu entspannen. Das alles war völlig surreal. Konnte es wirklich sein, dass es demnächst nicht mehr hieß *Mom und Dad,* sondern wieder *meine Eltern*? Würden sie wieder heiraten? Und würden sie hier einziehen oder sich eine neue Wohnung suchen?

Leicht schlug Alice sich mit den Handflächen gegen die Wangen. Sie durfte jetzt nicht ausflippen, noch hieß das alles gar nichts! Erst als sie sich dabei ertappte, wie sie summend in ihre Wohlfühlklamotten stieg, wusste sie, dass sie sich freute.

Wenn nur Scarlett hier wäre! Aber was wäre das für eine Überraschung, sobald sie aufwachte.

Das Abendessen war betont höflich. Niemand wollte etwas sagen, das womöglich Hoffnungen weckte oder zerstörte. Auch ihr Vater erklärte Alice noch einmal, wie viel praktischer es wäre, wenn ihre

Mutter hier schlief und Alice nickte alles ab. War verständnisvoll, wo sie es sein musste, und tat alles ab, als wäre es nichts. Sie lachten, lobten das Essen und Alice zeigte ihr Wohlwollen, indem sie ohne zu Murren jede einzelne Erbse verputzte.

Kaum am Laptop sprang ihr schon eine Nachricht von Carter entgegen. Sie war schon ein paar Stunden alt, Alice glaubte nichtsdestotrotz, dass Carter hinter seinem Computer saß und flehend auf Antwort von ihr wartete.

18:02; Fat Cat:
Ryan? Fidelia? Teegesellschaft? Was hab ich bitte alles verpasst?!
20:11; Red Cap:
Wo soll ich da nur anfangen?
20:13; Fat Cat:
Ich hab Mr. Ryan brüllen gehört. Hat er gestanden?
20:16; Red Cap:
Natürlich nicht. Er hat versucht, den Spieß umzudrehen, und behauptet, er hätte Scarlett eine Chance gegeben. Kannst du dir das erklären?
20:17; Fat Cat:
Finde ich ziemlich selbstgerecht. Dass Scarlett im Krankenhaus liegt, weiß er ja nicht, deswegen geht er vermutlich davon aus, dass er Scarlett nur bedroht und sie nicht verletzt hat.
20:19; Red Cap:
Klingt für mich ziemlich weit hergeholt.
20:20; Fat Cat:
Jetzt wo du's sagst …
20:24; Red Cap:
Ich habe nicht viel aus ihm herausbekommen, bevor Fidelia kam.
20:25; Fat Cat:
Was wollte sie da?

20:27; Red Cap:
Scarlett stalken? Ich weiß es nicht, vielleicht hat sie auch einfach nur das Gebrüll gehört und war neugierig.
20:30; Fat Cat:
Gut möglich. Lass uns morgen darüber reden. Mein Vater ist stinksauer auf mich, weil ich die Hausaufgaben in letzter Zeit vernachlässige. Erzählt irgendwas von falschen Prioritäten …
20:31; Red Cap:
Ja, klar, der traut dir wohl gar nichts zu, oder was?
20:32; Fat Cat:
Tja.
20:33; Fat Cat:
Bis morgen!
20:33; Red Cap:
Bis morgen.

Alice surfte noch ein bisschen durchs Internet und setzte sich dann ebenfalls an die Hausaufgaben. Konzentration wollte sich jedoch nicht einstellen, ihre Gedanken drifteten immer wieder ab.

Morgen früh musste sie als Erstes mit Carter sprechen, um ihr weiteres Vorgehen zu planen. Eine erneute Konfrontation mit Mr. Ryan hielt sie für den falschen Weg, nur was konnten sie sonst tun?

Alice stützte die Ellbogen auf den Tisch und legte ihr Gesicht in die Hände. Nicht nur ihre Gedanken, auch ihr Kopf war schwer und brauchte Unterstützung. Sie hatte nur noch fünf Tage, bevor ihre Eltern das Projekt abbrechen würden, damit Alice ihr eigenes Leben wieder aufnehmen konnte.

Es *musste* mit Mr. Ryan enden. Alice sah keine andere Möglichkeit, als immer weiter zu bohren, bis sie auf einen Nerv traf. Mit Sicherheit handelte es sich nicht um die intelligenteste Strategie, eine Idee war es hingegen allemal.

Geistesabwesend fuhr Alice den Laptop herunter und klappte ihn zu. Klammheimlich hatte sich die Müdigkeit angeschlichen und sie von hinten überrumpelt.

Zur Hölle mit den Hausaufgaben. Scarlett war ein Genie, sie würde die vier Wochen in Nullkommanichts aufarbeiten und bestimmt wäre sie Alice zu dankbar, um zu bemerken, dass diese ihr ein paar schlechte Noten beschert hatte. Leben retten toppte Englischtest, ganz einfach.

Blitzschnell sprang sie unter die Dusche und schlüpfte dann in ihren Pyjama. Unter die Decke gekuschelt, fiel es Alice schwer, die Angespanntheit und das tagtägliche Misstrauen aufrechtzuerhalten. Es dauerte nicht lange und sie dämmerte in einen tiefen Schlaf, gänzlich frei von sprechenden Tieren und mörderischen Lehrern. Sie träumte davon, wie sie mit Scarlett in einem Auto saß und in einem Parkhaus in einer endlosen Spirale nach oben fuhr. Alles, woran sie denken konnte, war, dass Scarlett keinen Führerschein hatte, worüber sie laut lachen musste und ihre Schwester sie tadelte, sie solle nicht so albern sein, was es jedoch nur schlimmer machte.

Sie durfte nicht erfahren, was sich am Ende der Spirale befand, denn sie wurde brüsk aus dem Schlaf gerissen. Die Rückkehr ihres Bewusstseins war wie ein Schlag ins Gesicht und für einen Moment wusste sie nicht, wo sie war.

Kurz darauf wurde ihr klar, dass ihr Handy klingelte.

»Isschomorgn?«, nuschelte sie, völlig irritiert durch die allumfassende Dunkelheit. Sich halb den Arm ausrenkend, tastete sie blind auf ihrem Nachttisch herum, in der vagen Hoffnung, den nervtötenden

Krachmacher dort zu finden und unschädlich zu machen. Höchstwahrscheinlich hätte sie ihn längst ausschalten können, wäre sie nur dazu bereit gewesen, sich rumzudrehen und den Kopf vom Kissen zu heben.

Als Alice endlich das Handy in den Händen hielt, lag höchstwahrscheinlich bereits die gesamte Nachbarschaft wach in ihren Betten.

Auf dem Display blinkte lustig der Name Carter unter der Uhr, die ihr mitteilte, dass es 02:23 nachts war.

So viel dazu.

Die Freundschaft war beendet.

»Ich hoffe, ein Komet bedroht die Stadt«, blaffte sie ins Telefon. Nur eine die Menschheit vernichtende Naturkatastrophe war Rechtfertigung genug, jemanden um diese Zeit aus dem Bett zu klingeln.

»Du musst sofort herkommen«, rief er atemlos am anderen Ende der Leitung. Hinter ihm hörte sie das Durcheinander einer Menschenmenge und die Sirene eines Krankenwagens. Schlagartig war sie wach.

»Ist alles in Ordnung? Wo bist du?«, fragte sie und schob sich auf die Ellbogen hoch.

»Im Krankenhaus, du musst herkommen. Keine Sorge, es geht mir g…« Alice hatte bereits aufgelegt und war zur Hälfte in ihren Klamotten. Sie verplemperte etwas Zeit, als sie versuchte, die Jeans über die Pyjamahose zu ziehen, machte das jedoch wieder wett, indem sie auf jegliche Verschönerung verzichtete.

Im Flur musste sie besonders leise sein, denn ihre Eltern würden es kaum erlauben, dass sie mitten in der Nacht das Haus verließ, also schlich sie katzengleich an der Wand entlang und stahl sich hinaus.

Eine halbe Stunde später hastete sie in die Notaufnahme, zerzaust wie eine Vogelscheuche, die Wangen rot von einer Kombination aus Kälte und Sprint, die

Augen irre hin und her zuckend. Bestimmt dachte das Personal, sie sei eine Süchtige, die nach Drogen suchte.

Carter saß angespannt in einer Ecke und kämpfte erfolglos gegen das nervöse Trommeln seiner Finger. Als er Alice sah, sprang er auf und kam ihr entgegen, die Hände in einer Geste der Beschwichtigung gehoben.

»Was ist passiert? Geht es dir gut?«, keuchte Alice und strich ihm mit den Handflächen über die Wangen, als würde sie überprüfen, dass er es auch wirklich war.

Er ergriff ihre Handgelenke und zog ihre Hände vor seine Brust. »Ganz ruhig«, entgegnete er gefasst, »mir geht es gut. Aber wir haben ein neues Opfer.«

Alice riss geschockt die Augen auf. »Wen? Ist es Fidelia?«, fragte sie erschrocken und suchte panisch die Notaufnahme ab, als könnte das Mädchen in einer Ecke liegen. »Es ist Fidelia, oder?! Sie hat mich heute von Mr. Ryan abgeholt, ich hätte das irgendwie verhindern müssen. Sie passt ins Schema, sie ist brünett und süß; gruselig, aber wenn man darauf steht, dann …«

»Es ist nicht Fidelia«, unterbrach Carter sie mit Nachdruck. Er nahm sie bei der Hand und zog sie langsam in Richtung Krankenstation.

»Dürfen wir denn jetzt dahin?«

»Lass das mal meine Sorge sein.«

Ohne aufgehalten zu werden, durchschritten sie die Tür mit der Aufschrift *Für Personal*.

»Da rein«, flüsterte Carter und öffnete einen Wandschrank für Putzutensilien. »Zieh das an!« Er drückte ihr eine hellblaue Krankenhauskluft in die Hand und Alice traute ihren Augen kaum.

»Die werden uns doch niemals für Ärzte halten«, flüsterte sie.

»Nein«, erwiderte er ruhig, »aber vielleicht für Pfleger in Ausbildung.«

»Das ist doch total bescheuert«, meckerte Alice, wechselte jedoch trotzdem in die Verkleidung. Sie waren beide siebzehn! Teenager! Kein Mensch würde ihnen glauben, dass sie hier arbeiteten. Ganz im Gegenteil! Nach fünf Minuten würde jemand die Polizei rufen und sie würden die restliche Nacht in einer Arrestzelle verbringen, wo ihre Eltern sie dann auslösen konnten.

»Ich bin die letzten Wochen hier ein und aus gegangen, die erkennen mich!«

»Die Tagesschicht vielleicht.«

»Das sind dieselben Leute!«

»Nur ein paar von ihnen.«

»Absolut bescheuert!«, wiederholte sich Alice, machte jedoch keinerlei Anstalten, das Vorhaben abzubrechen. Carter hatte offenbar einen schlechten Einfluss auf sie.

»Sag mir doch einfach, wer es ist«, verlangte Alice, als sie bereits in voller Montur durch die Krankenhausgänge liefen – Carter betont lässig, sie selbst versuchte so unauffällig wie möglich zu sein.

»Erzähl mir nicht, du willst sie nicht tatsächlich mit eigenen Augen sehen«, antwortete er gereizt, woraufhin sie murrend zustimmte.

Die kräftige Schwester von Scarletts Station, die so gern mit der Zunge schnalzte, empfing sie vor der Intensivstation.

»Hat mich zweieinhalb Monatsgehälter gekostet, dass sie uns die Kittel besorgt und uns reinlässt«, erklärte Carter leise.

»Du hast sie *bestochen*?!«, quiekte Alice fassungslos. Sie würden ja so was von im Knast landen.

»Eigentlich sollte sie mir nur Bescheid sagen, wenn noch jemand von unserer Schule eingeliefert wird.

Leider war ich zu langsam und sie konnte sie nicht gut beschreiben, also hab ich ihr noch mehr Geld gegeben, damit sie uns reinbringt. Wirklich eine Schande, wie schlecht diese Leute bezahlt werden.«

»Ruhe jetzt«, befahl die Schwester, »in fünf Minuten rein und wieder raus, klar?! Sonst ruf ich die Polizei.« Alice war sich ziemlich sicher, dass diese Frau sie keinesfalls verhaften lassen würde, denn wie sollte sie das tun, ohne sich selbst zu belasten? Dennoch stimmte Alice ihr in dem Punkt zu, dass sie sich lieber beeilen sollten, um ihr Glück nicht überzustrapazieren.

Als sie letztendlich vor der Glasscheibe standen und in das Zimmer schauten, konnte sie sich kaum erinnern, wovor sie sich eigentlich gefürchtet hatte. Das Einzige, was wichtig war, war die Frau, die dort auf dem Bett lag, mit Schläuchen in Armen und Nase.

»Sie war heute bei ihm, aber ich hätte nicht gedacht, dass sie in Gefahr ist«, sagte Alice tonlos. Ihr Mund war trocken und die Kopfschmerzen waren zurück.

»Optisch passt sie ins Profil«, erklärte Carter ruhig, als wäre ihr das nicht selbst aufgefallen.

»Sie ist älter, ich dachte, das schützt sie vielleicht.«

»Wir kriegen ihn«, beschloss Carter mit fester Stimme, die einem einen Schauer über den Rücken jagte.

»Ja, wir kriegen ihn«, wiederholte Alice.

Für die vier Frauen war es zu spät. Sie lagen bereits in Krankenbetten mit Kopfverletzungen und niemand konnte sagen, ob sie aufwachen würden. Alice ballte die Fäuste, dass sich ihre Fingernägel in ihre Handflächen bohrten, ihre Kiefer waren so fest aufeinandergepresst, dass es wehtat. Nein, es war keine Gerechtigkeit, die sie ihnen bringen wollte. Es war Rache. Für jede einzelne von ihnen.

Mrs. Ryan.
Scarlett.
Dodo.
Und jetzt Miss Admiral.

ZUR TEEVERKÖSTIGUNG

Mittwoch. Die Mitte der Woche, wie der Name schon sagte. Der Berg, den es immer wieder aufs Neue zu erklimmen galt, aber wenn man es schaffte, blieben nur noch Donnerstag und Freitag und dann war schon Wochenende.

Und das bedeutete für Alice Liddell, dass ihr die Zeit ausging, um Mr. Ryan die Bedeutung von Leiden und Schmerz zu lehren.

Am Morgen war sie rechtzeitig nach Hause gekommen, um wieder in ihren Schlafanzug zu schlüpfen und sich von ihrer Mutter zum Frühstück wecken zu lassen.

Schlaf? Fehlanzeige. Während sie eine Portion Rührei mit Tomaten reinwürgte, hörte sie sich eine Strafpredigt über eingeschränkte Computerprivilegien zugunsten eines gesünderen Schlafrhythmus' an. Am Ende konnte sie sich nicht mehr erinnern, was sie alles versprochen und zugesagt hatte.

Mit jedem Tag kam ihr die Schule mehr wie Feindesgebiet vor und auch die Tatsache, dass sie in Mathe einen Überraschungstest schrieben, machte es nicht besser. Alice versuchte es gar nicht erst. Sie war müde, frustriert, wütend und die Fragestellungen klangen für sie wie fremde Zungen. Scarlett würde das schon verstehen.

Die Klasse teilte ihre Abneigung. Sie straften den Lehrer mit Verachtung, kaum dass er das Wort Test ausformuliert hatte. Die Nachricht über Miss Admirals Unfall hatte sich wie ein Lauffeuer verbreitet und

Alice lernte, wie beliebt die exzentrische kleine Frau war. Der Direktor hatte eine Durchsage gemacht, in der er alle bat, stark zu sein und sich das Beste für die Krankenschwester wünschte. Alice hatte sich unauffällig umgesehen, war jedoch nur traurigen Mienen begegnet – eine Schülerin, der Miss Admiral offenbar während der Erkrankung und letztendlich des Todes der Großmutter beigestanden hatte, weinte sogar.

Eine dunkle Wolke hing über der Schule, doch niemand schien einen Zusammenhang zwischen den drei Fällen zu sehen. Es dauerte eine Weile, bis Alice darauf kam, dass Scarlett ja anwesend war. Für die Schüler und das Schulpersonal waren es nur zwei Verletzte und das konnte durchaus als schrecklicher Zufall durchgehen.

Wann immer sie Pause hatten, machten Carter und Alice sich auf die Suche nach Mr. Ryan, um ihn mit ihren Beweisen zu konfrontieren.

Alles umsonst. Entweder ahnte er, dass sie ihm auf der Spur waren und hielt sich bedeckt oder er hatte unverschämtes Glück. Ein einziges Mal sahen sie ihn von weitem, als er soeben die Tür zum Lehrerzimmer schloss, und da hatte er Heimvorteil.

Die Stunden flossen dahin und sie erreichten gar nichts. Gerechtigkeit, Rache – große Worte für ein Paar Verlierer.

Alice hielt es nicht länger aus und flüchtete geradezu aus dem Gebäude, als es nach der letzten Stunde läutete. Carter kam ihr nach und legte ihr fürsorglich den Arm um die Schulter.

»Können wir gehen?«, fragte sie ihn unglücklich.

Sie hörte ihn tief einatmen und hob den Kopf. »Ich kann nicht«, antwortete er. »Ich muss heute arbeiten.«

Sie war fassungslos. »*Heute?*«

»Es tut mir leid«, er sah ihr tief in die Augen und lächelte traurig. »Ich habe in den letzten Tagen eine Menge ausgegeben, wie du vielleicht weißt. Ich muss Geld verdienen.«

Tapfer zog sie die Schultern hoch und verkroch sich in ihrer Jacke. »Okay«, sagte sie kurzangebunden. Sie wollte ihm keine Vorwürfe machen.

»Ich werde Blumen holen und dann ins Krankenhaus gehen«, erzählte Alice ihm. Er nickte verständnisvoll und zog dann einen Zwanziger aus der Tasche.

»Komm, lass«, lehnte Alice ab und schob das Geld weg. Hatte er nicht schon genug spendiert?

»Ich möchte sie auch wissen lassen, dass ich an sie denke«, entgegnete er nachdrücklich und nach einer kurzen Diskussion steckte Alice widerwillig das Geld ein.

Unbehagliches Schweigen stand zwischen ihnen, als sie sich verabschiedeten und jeder seiner Wege ging.

Alice vergrub niedergeschlagen die Hände in den Jackentaschen und begab sich in Richtung Krankenhaus. Es war merkwürdig, wenn Carter nicht dabei war. Ein Gefühl, das sie nicht kannte, und sie war sich nicht sicher, was sie davon hielt.

Jungs. Was sollte man nur mit denen anfangen?

Obwohl kein Feiertag vor der Tür stand, war es im Blumenladen rappelvoll. Man hätte meinen können, dass alle Welt sich für etwas entschuldigen musste. Alice war ohnehin nicht begeistert von Blumen und die Aussicht, Stunden für ihren Kauf zu verschwenden, bereitete ihr schlechte Laune. Jede Blume hatte eine Bedeutung und, wie sie seit kurzem wusste, auch einen nach Aufmerksamkeit lechzenden Charakter. Was nun, wenn sie die falschen Blumen kaufte? Weiße Lilien waren Totenblumen, das wusste sie, doch welche heilten Kopfverletzungen und Koma? Vielleicht war das für Deko etwas zu viel verlangt. Am Ende ließ sie sich von der Verkäuferin die Arme beladen und das Portemonnaie entleeren und entschwebte dem Laden.

Falls es verboten war, vier verschiedene Patienten zu besuchen, von denen nur einer eine Verwandte war, bekam Alice nichts davon mit. Sie brachte den ersten Strauß zu Dodo und quetschte ihn zwischen die hundert anderen, wo er sofort mit der Umgebung verschmolz.

Als Nächstes kam Miss Admiral an die Reihe und Alice entschied sich, ein wenig Zeit bei ihr zu verbringen. Sie kannte die Vermutungen, nach denen Komapatienten alles hörten, was um sie herum geschah, und hatte sich deswegen fest vorgenommen, der Krankenschwester allerlei Belanglosigkeiten zu erzählen.

Als es dann so weit war, brachte sie kein Wort über die Lippen.

Sie betrachtete, wie sich der Brustkorb der kleinen Frau sachte hob und senkte, und vergaß dabei das eine oder andere Mal, selbst zu atmen. Es gab nichts zu sagen.

Mrs. Ryan stellte die größte Herausforderung dar. Alice kannte sie nicht, sie hatte sich nie für ihre Existenz interessiert, sie wusste nur, dass sie die Erste gewesen war. Der Stoß, der die Dominosteine in Bewegung gebracht hatte. Neben ihrem Bett stand nur ein einziger weiterer Blumenstrauß, der von Mr. Ryan stammen musste. Alice stieß ein bitteres Lachen aus. Wenigstens wollte er sich dafür entschuldigen, dass er versucht hatte, sie umzubringen. Wo waren die Blumen für die anderen Mädchen?

Erschöpft ließ sie sich schlussendlich am Bett ihrer Schwester nieder. Scarlett sah genauso aus wie all die anderen Tage zuvor, nur dass ihr Teint immer schlechter wurde.

Unruhig auf ihrer Lippe kauend fixierte Alice ihre Schwester.

»Ich versteh es nicht«, gab sie schließlich zu, »was war der Auslöser? Was ist passiert, dass er sich plötzlich entscheidet, Mädchen anzugreifen? Und wie passt seine Frau ins Bild? Wieso jetzt? Warum sollte er sie erst heiraten, um sie dann Jahre später zu attackieren und von da an als Serientäter unterwegs zu sein? Ergibt das überhaupt Sinn? Und während du mit einem Psychopathen in der Realität kämpfst, erschaffst du gleichzeitig einen in *deiner* Welt – bloßer Zufall?«

Sie strich sich unwirsch die Haare aus der Stirn und starrte ein paar Minuten die Wand zu ihrer Linken an.

»Im Wunderland wolltest du als Herzogin einen Aufstand organisieren und die Königin besiegen. War es mit Mr. Ryan genauso? Hast du bemerkt, dass mit ihm etwas nicht stimmt und auf einmal warst du zu nah dran und er hat dich erwischt?«

Scarlett schwieg. Natürlich tat sie das. Sie hatte seit Wochen nichts gesagt und sie würde jetzt nicht damit anfangen und vielleicht nie wieder. Alice fröstelte und knöpfte ihre Jacke zu.

»Danke fürs Gespräch«, flüsterte sie traurig.

Und was jetzt? Wo sollte Alice hingehen? Sie hatte die Herzogin gefunden und die Raupe aufgesucht, einen weiteren Hinweis hatte sie nicht. Aufgeben kam nicht in Frage, dafür war sie zu weit gekommen und es war völlig ausgeschlossen, dass sie Scarlett in diesem Zustand sich selbst überlassen würde.

Alice war nach weinen zumute – einfach die Staudämme auf und den Tränen freien Lauf lassen. Bei anderen sah das so leicht aus. Müde legte sie den Kopf in die Hände. Nichts passierte. Kein einzelnes Tränchen zeigte sich.

Wenn nur Carter hier wäre. Er hätte entweder einen brillanten Einfall oder würde etwas Saublödes von sich geben. Das lag bei ihm nie sehr weit auseinander. Unwillkürlich musste Alice auflachen und blies dann die Backen auf, als wollte sie all ihre Sorgen wegpusten. Schwungvoll klatschte sie sich die Hände auf die Wangen, dass die Luft lautstark entwich, und griff dann beherzt nach Scarletts Zeichnungen. Schluss mit dem Selbstmitleid, das war ja nicht auszuhalten!

»Also, was haben wir denn hier? Den grinsenden Kater, einen Haufen Zeichnungen von Vögeln, das Tal der Tränen, das Kaninchenhaus, die … Augenblick …«

Alice runzelte die Stirn und starrte angestrengt auf das Blatt. Konnte es sein? War das?

»… die Teegesellschaft?!«

Tatsächlich. Um einen übergroßen Tisch, der einst altrosa gewesen sein musste, aber dann durch alle möglichen unpassenden Holzteile künstlich verlängert wurde, saßen drei Gestalten und tranken Tee aus kinderkopfgroßen Tassen. Es handelte sich um eine Buntstiftzeichnung und dennoch wirkte es seltsam plastisch, beinahe lebendig.

Bei den Figuren handelte es sich um einen Hasen, dessen übergroße Zähne über sein Kinn hingen, eine Maus, die angespannt die Schultern hochzog und einen Mann mit Knollennase und irrem Blick. Sie sahen ihren menschlichen Ebenbilder kein Stück ähnlich – nun gut, außer vielleicht Marge mit ihren Hasenzähnen – und dennoch war Alice überzeugt. Hier hatte sie die Teegesellschaft vor sich und somit ihr nächstes Ziel.

Wild entschlossen ergriff sie die Hand ihrer Schwester und begann, das Bild zu beschreiben. Den blühenden Garten mit den, man könnte sagen, abstrakt gestutzten Zierbäumen und Hecken, in dessen Mitte der große Tisch stand, über und über beladen mit Teetassen, Kannen und Gebäck und nur drei Gästen, obwohl mindestens zwei Dutzend Stühle dort standen.

Im nächsten Augenblick hing Alice kopfüber in einer Hecke und strampelte mit den Beinen in der Luft. Ihr Rock fiel ihr über die Schultern und sie war zutiefst dankbar, dass sie an diesem Tag blickdichte Leggins trug. Es musste wirklich eine bessere Art geben, zu reisen und vor allem zu *landen*, statt immer festzustecken, rumzuhängen oder nass zu werden.

Aus ihrer unbequemen Lage konnte sie nicht viel vom Garten erkennen, außer der saftig grünen Wiese. In einiger Entfernung hörte sie pfeifende Orgelmusik und Gezeter. Nach Hilfe rufen hätte wohl keinen großen Nutzen gehabt.

Glücklicherweise war sie dieses Mal auch nicht darauf angewiesen. Es brauchte eine Weile und musste einen selten dämlichen Anblick abgeben, aber durch energisches Rucken und Rutschen konnte Alice sich aus der Hecke befreien. Leider mit dem Kopf voran. Kreischend rauschte sie in Richtung Erdboden und landete, alle viere von sich gestreckt, im Gras.

»Aua«, jammerte sie leise und bemerkte einen kleinen Spuckefaden, der ihr aus dem Mund hing. Konzentriert atmete sie ein und aus, ohne dabei einen Muskel zu rühren. Wahrscheinlich sah sie aus, wie von der Planierraupe überfahren.

Dort lag sie ein paar Minuten, bevor sie sich überreden konnte, aufzustehen. Sie rappelte sich hoch und betrachtete die Misere: Die Jacke hatte ein Loch, der

Rock Grasflecken und der Stolz war angeknackst. Gut, dass das keiner gesehen hatte.

Endlich war Zeit, sich umzuschauen. Sie befand sich in der hinteren Ecke eines Gartens, der von Hecken umzäunt war. Über den künstlich gestutzten Blättern konnte sie das windschiefe Dach eines blauen Holzhäuschens sehen, aus dessen Schornstein schwarzer Rauch ausstieg. Die gesamte Konstruktion sah aus, als könnte selbst der kleinste Regenschauer sie problemlos wegschwemmen.

Vorsichtig näherte Alice sich dem Geräusch der Orgelpfeifen und stieß hinter der Hecke auf die Teegesellschaft, die im Takt der Musik auf und ab wippte. Die Orgel wurde von einem Blasebalg betrieben, der durch einen kleinen Bach, der im Haus entsprang und im Boden versank, am Laufen gehalten wurde. Zitternd und quietschend hoben und senkten sich die Klappen der Orgelpfeifen und erzeugten so eine wahrlich einzigartige Melodie, die man nicht unbedingt als schön bezeichnen konnte.

Noch hatte die Teegesellschaft sie nicht bemerkt und Alice wollte auch nicht unhöflich sein, indem sie sich einfach hinsetzte. Peinlich berührt stellte sie sich in die Nähe des Tisches und wartete.

Und wartete.

Die drei waren viel zu sehr in der Musik gefangen. Alle paar Minuten schrie einer von ihnen »Wechsel!«, dann sprangen sie alle auf, rannten um den Tisch und setzten sich auf andere Plätze. Alice wusste nicht genau, was das sollte, denn wenn sie Reise nach Jerusalem spielten, waren es eindeutig zu viele Stühle. Sobald sie gewechselt hatten, bezichtigten sie sich gegenseitig des Betruges, bevor sie wieder zur Musik wippten und das ganze Spektakel von vorne begann. Nicht ein einziges Mal führte einer von ihnen Essen zum Mund, obgleich es mindestens fünfzig Teller und Terrinen waren, die alle reichlich beladen oder mit dampfender Flüssigkeit gefüllt waren. Die Gesellschaft beschränkte sich darauf, ihren Tee zu nippen. In diesem Moment bemerkte Alice ihren eigenen Hunger.

Auf einer besonders großen Servierplatte im Zentrum des Tisches lagen köstlich aussehende Gurkensandwiches, die mit Radieschen und Silberzwiebeln belegt waren. Daneben quoll ein Tablett über vor Lachs- und Schinkenhäppchen und in einer großen Terrine dampfte eine helle Cremesuppe.

Und sie aßen nichts davon! Rein gar nichts!

Alice wollte nicht unhöflich sein – wirklich nicht – doch noch während sie sich diesen Beschluss vor Augen hielt, setzten sich ihre Füße in Bewegung und als der Hase zum nächsten Wechsel aufrief, gesellte sie sich dazu und setzte sich auf einen fliederfarbenen Holzstuhl mit einem Herz in der Lehne.

Schlagartig fuhren die Köpfe zu ihr herum und die Musik stoppte. Erschrocken riss Alice die Augen auf und betrachtete die Orgel.

»Was zum …«, stammelte sie. Niemand spielte das Instrument, wie war das möglich?!

»Wer ist das?«, piepte die Maus schrill und sprang auf den Tisch. Sie war viel größer, als eine gewöhnliche Maus, aber trotzdem kleiner, als alle anderen Gäste der Teegesellschaft. Ihre Barthaare zitterten unkontrolliert, als sie sich voller Empörung ihre kleine Weste zuknöpfte. Anklagend zeigte sie mit ihrer Pfote auf Alice und blickte fragend in die Runde.

»Ja! Wer bist du? Wer ist das?«, fragte der Mann erst Alice, dann den Hasen. Er trug einen schiefen Zylinder und einen Anzug, bei dem Sakko und Hose nicht zueinander passten und die Manschettenknöpfe waren beinahe so groß wie der Kopf der Maus. Bei näherem Hinsehen bemerkte Alice, dass seine Augen unterschiedliche Farben hatten.

»Das?«, rief der Hase erschrocken und schnupperte nervös durch die Luft. Offenbar hatte er vollkommen vergessen, dass er Alice selbst nicht kannte, und überlegte nun fieberhaft, wer sie war. Mit den Pfoten strich er sich so kräftig die Ohren zurück, dass er kurzzeitig Schlitzaugen hatte, dann konnte Alice die grelle Glühbirne über seinem Kopf aufleuchten sehen.

»Meine Cousine!«, verkündete er freudig. Keiner schien im Mindesten verwundert ob dieser dussligen Aussage.

»Ähm, okay …«, sagte Alice langsam und entschied dann, mitzuspielen. »Ja! Ich war gerade in der Gegend und dachte, ich schau mal rein, um meinen liebsten … Hasen… cousin … zu besuchen. Es ist ja so lange her. Wir sind verwandt. Mütterlicherseits. Cousin und Cousine.« Sie verzog ungläubig das Gesicht in Anbetracht dieses kolossalen Schwachsinns, aber alle anderen wirkten zufrieden, selbst der Hase.

»Also, Cousin. Stell uns vor!«, verlangte sie energisch und hoffte, das Gespräch würde sich in eine andere Richtung bewegen.

»Natürlich. Wie unhöflich. Entschuldige, liebe Cousine.«

Alice lächelte ihm auffordernd zu.

»Das hier ist der Hutmacher«, erklärte der Hase, »und hier, die Haselmaus.«

Schlagartig erinnerte Alice sich wieder. Das war die Maus, die sie bei ihrem ersten Besuch im Wunderland getroffen hatte und die aus lauter Katzenphobie vor ihr geflohen war. Kurz schoss ihr der Gedanke durch den Kopf, ihr Gesicht zu verstecken, aber natürlich wäre das völlig unsinnig gewesen. Hätte die Maus sie erkannt, hätte sie bestimmt etwas gesagt.

»Eine reizende Verwandtschaft hast du, Märzhase«, sagte der Hutmacher und lächelte süffisant, »ja, ganz entzückend. Und so jung. Wie heißt du, Kind?«

»A…«

»WECHSEL!«, kreischte die Haselmaus und auf Kommando sprangen alle gleichzeitig hoch, hasteten um den Tisch und setzten sich auf andere Stühle. Alle, bis auf Alice. Der Hutmacher saß jetzt direkt neben ihr – er hatte sein Kinn in die Hand gelegt und stützte so den Kopf auf der Tischplatte ab. Schelmisch zwinkerte er ihr zu.

»Also erzähl mal«, setzte er an, »wo kommst du her, A? Wundervoller Name im Übrigen, ich hab mir schon oft gewünscht, *ich* würde so heißen.«

»Wo ich herkomme?« Was sollte sie antworten? Jede Antwort klang unglaubwürdiger als die nächste: Von jenseits des Zeichenpapiers; bin durch ein Loch gefallen; die Katze hat mich geschickt. Letzteres würde vor allem nur wieder die Haselmaus zum Durchdrehen bringen.

»Von der Herzogin«, sagte sie also, »und außerdem heiße ich nicht A, sondern A…« Sie kam wieder nicht zum Ende, denn ein heilloses Durcheinander brach aus. Alle schrien einmal kurz auf, dann zog sich der Hutmacher vor Schreck den Hut übers Gesicht, die Haselmaus verschwand in der nächsten Teekanne und der Märzhase wurde stocksteif und spielte tot. Das war allem Anschein nach die falsche Antwort gewesen.

»Hab ich was Falsches gesagt?«, fragte Alice betont unschuldig den Hutmacher, der jedoch nicht antworten konnte, sondern nur nach Luft schnappte und sich mit der freien Hand einen übergroßen Keks unter die Nase hielt. Zur Beruhigung, wie Alice annahm.

Der Märzhase löste sich aus seiner Starre und fand als Erstes die Energie, zu antworten: »Aber liebstes Cousinchen, was machst du denn bei dieser Frau?« Dabei betonte er das Wort Frau wie den Namen eines ekelerregenden Insekts.

Darauf fiel Alice keine Antwort ein – sie wusste es ja selbst nicht genau. Süß lächelnd zuckte sie mit den Schultern und bat dann um eine Tasse Tee, die der Hutmacher ihr bereitwillig einschenkte.

»WECHSEL!«, schrie plötzlich wieder der Märzhase und sie spurteten um den Tisch. Die Maus, die noch immer in der Teekanne saß, brachte diese nur gefährlich zum Schwanken und gab dann auf.

»Diese Frau ist höchstverdächtig«, klärte der Hutmacher sie auf. Er saß nun auf einem türkisfarbenen Stuhl mit aufgemalten Gänseblümchen.

»Suspekt!«, quiekte die Teekanne.

»Ganz recht, Maus«, stimmte der verrückte Mann zu und begann, Zuckerwürfel in seiner Teekanne zu versenken. Nicht einen, nicht zwei; er hörte gar nicht mehr auf. Alice wurde ganz schwindlig, als sie an die Unmengen von Zucker dachte. Kaum war er damit fertig, stieß er den wohlbekannten Schrei nach Wechsel aus und sie rannten wieder. Dieses Mal ergriff der Märzhase sie bei der Hand und riss sie mit sich. Vor einem großen Teller Schweineohren kamen sie zum Stehen. Ihr Tee war unberührt geblieben.

»Aufrührer könnte man sie nennen, streitsüchtig«, palaverte der Hutmacher weiter, ohne Alice überhaupt noch zu beachten. »Sie bringt Unruhe ins Wunderland und denkt gar nicht an den Rest von uns, die wir unglücklich werden wegen ihr. So was kann ich nicht leiden.«

»Egoistisch!«, kam es aus der Teekanne.

Alice wusste nicht, was sie sagen sollte, Empörung machte sich in ihr breit. Was war denn das für ein Scheiß? Dieser Mann redete schließlich über ihre Schwester! Über ihre Schwester, die alles tat, um das Wunderland vor den Klauen der Herzkönigin und ihres Handlangers zu beschützen. Zum Schluss hatte man sie sogar unter Hausarrest gestellt. Und die beschwerten sich, dass sie ihre durchgeknallten Teekränzchen nicht mehr ungestört abhalten konnten? Sollten sie doch froh sein, dass überhaupt Tee und Kekse und wer weiß, was noch, auf diesem Tisch lagen! So etwas Undankbares hatte sie selten erlebt.

Bevor sie irgendetwas Dummes sagen konnte, verkündete sie laut: »Wechsel!«

Kaum hatten sie ihre Plätze eingenommen, meldete sich der Hutmacher wieder zu Wort: »Sag mir, A, was hast du dort gemacht?«

»Den Garten besichtigt«, antwortete sie wahrheitsgemäß und die Teegesellschaft nickte, als würde es Sinn ergeben, »und ich heiße A…«

»Noch etwas Tee?«, fragte der Märzhase geschwind und goss ein, ohne auf ihre Antwort zu warten.

»Ich hatte ja noch gar keinen«, brummelte Alice leise, so dass niemand es hörte, und sagte dann laut: »Aber klar, danke, Märzi.«

Der Märzhase wurde stocksteif, riss den Kopf herum und fixierte sie wie ein dramatisches Eichhörnchen.

»Märzi?!«, wiederholte er, als hätte Alice ihn fürchterlich beleidigt. »Ich heiße März*hase*! Ich bin ein HASE! Den Namen hab ich von meiner Mutter und ich lege großen Wert darauf. So eine Frechheit!»

»Da hat er ganz recht«, pflichtete der Hutmacher in seinem Tee rührend bei, »es ist sehr unhöflich, jemanden bei einer ungewünschten Abkürzung zu nennen.«

»Was du nicht sagst«, murmelte Alice ihren Füßen zu und hoffte, dass niemand ihr Augenrollen bemerkte.

»Entschuldige, hast du was gesagt?«, hakte der Hutmacher nach und schlug ungeduldig den kleinen Silberlöffel gegen seine Teetasse, um ihn abzutropfen. Voller Unbehagen bemerkte Alice, dass sie von allen Teilnehmern der Teegesellschaft gemustert wurde und sie offenbar auf eine Reaktion warteten.

»Dass es mir natürlich leidtut, lieber März*hase*«, sagte sie schnell und schenkte dem beleidigten Langohr ihr süßestes Lächeln.

»Dann verzeihe ich dir na… WECHSEL!«

Die Rennerei ging Alice langsam in die Beine und sie bemerkte ein erstes Seitenstechen. Sie war einfach keine Sportlerin, das hatte sie schon auf dem Tennisplatz bewiesen und es half wirklich nicht, dass ihr Herz jedes Mal eine Schrecksekunde aussetzte, sobald jemand laut »Wechsel« kreischte.

Wehmütig betrachtete sie die soeben zurückgelassene, nicht angerührte Teetasse, doch sie musste nicht lange traurig sein, denn der Märzhase goss ihr bereits eine dritte Tasse ein, von der sie vermutlich auch keinen Schluck abbekommen würde.

»Ich finde, du solltest dir besser überlegen, mit wem du dich abgibst«, drang die gedämpfte Stimme der Maus aus der Teekanne, aus der sie sich in diesem Augenblick, Hintern voran, herausarbeitete.

»Was soll das heißen?«, fragte Alice sogleich gereizt, ohne vorher nachzudenken. Sie konnte es aber auch auf den Tod nicht leiden, wenn ihr jemand sagte, wer ihre Freunde zu sein hatten.

»Dass dein Umgang besser sein könnte«, ergänzte der Hutmacher und stieß darauf ein irres Glucksen aus.

Etwas klingelte in Alices Hinterkopf. So ein ähnliches Gespräch hatte sie vor kurzem bereits geführt und zwar mit Fidelia; damals ging es um Carter und ob er der richtige Umgang für sie – beziehungsweise Scarlett – war. Wenn sie sich recht erinnerte, hatte Alice damals ebenso ungehalten reagiert, doch was bei Fidelia funktioniert hatte, musste hier nicht funktionieren. Dieses Trio war viel zu bekloppt, als dass die gleichen Regeln für sie galten.

»Wer ist denn der richtige Umgang?«, fragte sie deswegen vorsichtig und hoffte inständig, dass die Antwort nicht lautete, die Teegesellschaft selbst.

»Eine ausgezeichnete Frage!«, rief der Hutmacher entzückt. »Wieso hast du keine Freunde mitgebracht?«

»Wenn deine Freunde zu unserer Party kommen wollen, müssen sie ihre eigenen Stühle mitbringen«, verkündete der Märzhase und mümmelte eine Marzipankarotte.

Sprachlos sah Alice ihn an und schenkte ihre Aufmerksamkeit dann wieder dem Hutmacher. »Ich habe im Wunderland keine Freunde. Vielleicht könnt ihr mir jemanden empfehlen?«

»Sehr wohl!«, sagte er. »Denkt nach Freunde, denkt nach!«

Und das taten sie. Der Hutmacher rührte versonnen in einer leeren Teetasse und erzeugte dadurch das wunderbare Geräusch von Metall, das über Porzellan schrammte. Der Märzhase hatte seine kleine Pfote zur Faust geballt und tippte damit rhythmisch gegen seine Stirn, wobei er ein zutiefst angestrengtes Gesicht machte, und die Haselmaus lief Kreise um einen Pfannkuchen mit rosa Zuckerguss.

»Nicht die Herzogin!«, piepste sie plötzlich und reckte aufgeregt ihre Nase in die Luft. Die anderen stimmten eifrig zu und Alice atmete tief durch.

»In Ordnung«, sagte sie, »ich denke, es kann nicht schaden, so etwas Wichtiges zu wiederholen, damit man es sich auch einprägt. Aber die Frage war eigentlich, mit wem kann ich mich anfreunden?«

Wieder verfielen sie in Schweigen und die Konzentration schien ihnen enorm viel abzuverlangen. Verständlich, bei einer Gehirnzelle, die man durch drei geteilt hatte.

»Nicht die Köchin der Herzogin!«, rief der Hutmacher triumphierend, woraufhin er Applaus für seine grandiose Antwort erntete. Alice spürte, wie ihr Augenlid unkontrolliert zuckte. So musste es sich also anfühlen, wenn man mit einem Goldfisch redete, der eine Gedächtnisspanne von circa dreißig Sekunden hatte. Das einzig Positive war, dass niemand daran dachte, »Wechsel« zu schreien.

»Okay, sehr gut«, presste sie angestrengt hervor, »aber mal abgesehen von der Herzogin und ihren Freunden und Verwan… « Sie stockte. Natürlich konnte das nichts werden, sie ging es ja völlig falsch an! Diese Leute waren verrückt, absolut durchgeknallt und von der Rolle.

»Mit wem seid ihr denn befreundet?«, fragte sie schließlich.

»Mmmm«, summte der Hutmacher, als er überlegte, »na, mit dir zum Beispiel, A.«

Alice presste die Lippen aufeinander und nickte verständig. Freundschaften, die auf einer Kennenlernzeit von fünfundvierzig Minuten basierten, waren keine Seltenheit und hielten für gewöhnlich auch nicht sonderlich lange. Normalerweise entstanden sie zwischen

Kindern oder Betrunkenen und wenn sie genauer darüber nachdachte, beschrieb das ihre momentane Situation ziemlich gut.

Danach schossen eine Weile Namen zwischen ihnen hin und her, die Alice nicht kannte und die ihr auch herzlich egal waren, dann sagte der Märzhase etwas, das ihr das Blut gefrieren ließ: »Die Herzkönigin!«

Schweiß brach auf Alices Stirn aus und gleichzeitig fröstelte sie. Die anderen schienen das nicht zu bemerken, sie nickten energisch ob ihrer Freundschaft mit der Königin, über die Alice bisher nur Schlechtes gehört hatte.

»Ihr seid mit ihr befreundet?«, fragte sie mit schwerer Zunge. Das Gefühl, in der Falle zu sitzen, schlug über ihr zusammen wie eine dunkle Welle, vor der es kein Entrinnen gab.

»Oh ja, wir sind sehr enge Freunde«, plapperte der Hutmacher drauf los, »sie lädt uns immer zu ihren Partys ein und schickt uns Geschenke. Manchmal kommt auch der Herzbube und trinkt mit uns Tee. Sehr enge Freunde.«

»Genau, wir gehören zum Hofstaat«, quiekte die Maus freudig.

»Wir sind die Hof*stars*«, setzte der Hase hinzu, woraufhin sie alle wieherten vor Lachen. Alle außer Alice, die skeptisch nickte und gleichzeitig angestrengt nachdachte. Wie hatte ihre Mutter immer gesagt: Gibt das Leben dir Zitronen, mach Limonade draus. Oder so ähnlich. Auch wenn es während des letzten Jahres oft geheißen hatte: Gibt das Leben dir Zitronen, kauf dir Tequila.

Es wurde Zeit, Limonade zu machen. Das hier könnte sich als die Gelegenheit erweisen, auf die sie gewartet hatte. Hatte sie nicht erst vor kurzem gesagt, dass sie die Herzkönigin finden und zur Strecke bringen würde, weil sie in dieser Welt nicht sterben konnte? Nun hatte sie den Weg nicht mal suchen müssen, er war ihr vor die Füße gesprungen. Zugegeben, die Theorie war nicht ganz ausgefeilt – es fehlte vor allem der stichhaltige Beweis – das kümmerte Alice jedoch herzlich wenig.

»Ich habe eine Idee!«, rief sie deswegen betont heiter. »Ich sollte auch mit der Herzkönigin befreundet sein.«

»Jaaaa!«, jauchzte der Märzhase fröhlich. Die anderen fielen mit ein und für einen Moment verwandelten sie sich in eine Gruppe aufgekratzter, kreischender Mädchen.

»Sie wird dich mögen«, sagte der Hutmacher, nachdem sich alle beruhigt hatten, »ganz bestimmt sogar. Oh, und du wirst sie mögen.«

Das bezweifelte Alice stark, dennoch bejahte sie freundlich. Tatsächlich hatte sie sich bereits eine Meinung über die Herzkönigin gebildet, nur hielt sie es für das Beste, in Gesellschaft der Hofstars ihren Mund zu halten.

Als eine Weile niemand etwas sagte, beschloss Alice, wieder etwas Schwung in die Runde zu bringen, also rief sie laut »Wechsel!« und sie rannten los. Auf ihrem nächsten Platz musste sie jedoch verärgert feststellen, dass sie es wieder versäumt hatte, einen Schluck Tee zu trinken.

»Zurück zum Thema«, sagte sie.

Der Hutmacher machte große Augen. »Thema? Worüber hatten wir gesprochen?«

Für einen kurzen Augenblick war Alice versucht, den Teller mit den Scones – die sahen wirklich steinhart aus – quer über den Tisch zu pfeffern, konnte sich allerdings im letzten Moment noch beherrschen und begnügte sich damit, mit den Zähnen zu knirschen. Die Rechnung dafür bekäme sie dann beim Zahnarzt.

Vielleicht war es nur zu ihrem Besten, dass sie keinen Tee zu trinken bekam, das Zeug tötete offensichtlich Hirnzellen, wie es sonst nur das Nachmittagsfernsehprogramm konnte.

»Ja«, nahm sie den Faden wieder auf, »wir hatten überlegt, wie ich mich mit der Herzkönigin anfreunden könnte.«

»Oh, sie wird dich mögen«, rief die Haselmaus aus und alle stimmten zu.

»Mhm, ja, wunderbar«, zischte Alice in der Bemühung, ihre Fassung zu bewahren, »wie komme ich denn ins Schloss? Ihr wisst schon … damit wir uns anfreunden können?«

»Mit wem?«, fragte der Märzhase.

»DER HERZKÖnigin …«, schrie Alice auf und fing sich mitten im Wort wieder. Gab es denn an diesem Ort niemanden, der zu einer normalen Unterhaltung imstande war?! Entweder stellten sie Rätsel oder ließen sie kaum zu Wort kommen oder drifteten nach zehn Sekunden mit ihren Gedanken ab. Kein Wunder, dass hier alle verrückt wurden!

»Oh, das ist leicht«, sagte da der Hutmacher, »du gehst durch die Tür.«

»Ja, ich weiß, dass ich durch eine Tür muss, um ins Schloss zu kommen, ich meinte …«, setzte Alice genervt an, bevor sie schnell unterbrochen wurde.

»Nicht doch, Dummkopf. Konzentrier dich gefälligst«, tadelte der Verrückte sie. Theatralisch erhob er sich und strich sich den Frack zurecht. Dann schritt er majestätisch auf einen Rosenbusch zu, dessen üppige Blüten in der Sonne glänzten. Der Hutmacher packte die größte der Rosen und zog beherzt daran. Sofort schwang die vordere Hälfte des Busches zur Seite und gab einen Weg frei.

»Du gehst ganz einfach durch die Tür«, wiederholte er und betonte dabei jedes Wort, als sei Alice schwer von Begriff.

Fassungslos kam sie auf die Beine und stolperte auf den Durchgang zu. Hinter der Tür erstreckte sich ein weiterer Garten mit schattenspenden Bäumen und einer saftigen Wiese. Rasensprenger bewässerten das Gras und sorgten für einen Regenbogen, der genau auf die Tür zulief, aber über Alices Kopf verschwand, wo der Schlossgarten in den Garten des verrückten Hutmachers überging.

»Na komm schon, worauf wartest du noch?«, drängelte dieser ungeduldig. »Ich habe nicht den ganzen Tag Zeit.«

Alice machte einen unsicheren Schritt über die Schwelle und stand nun mit jeweils einem Bein in einem der Gärten.

»Wow!«, sagte sie unkreativ.

»Ja, ganz recht. Mächtiges Wow. Grüß die Königin von uns«, verabschiedete sich der Hutmacher und schob sie durch die Buschtür. Es blieb gerade noch Zeit, der Maus und dem Hasen zuzuwinken, und schon schloss sich der Rosenbusch hinter Alice.

DAS SPIELFELD DER KÖNIGIN

Verblüfft stellte Alice fest, dass diese Seite der Tür in einer großen Eiche endete, an deren Fuß sich Kleefelder erstreckten. Für einen kurzen Moment war sie versucht, sich im Schatten des Baumes auszuruhen, wischte den Gedanken jedoch zur Seite. Dafür war keine Zeit!

Sie trat hinter dem Baum hervor und sah sich dem Schloss gegenüber, das sich hoch und bedrohlich an den Park anschloss. Alice konnte die untersten Stockwerke nicht sehen, hohe Hecken versperrten ihr die Sicht und sie würde bestimmt fünfzehn Minuten brauchen, bis sie den Schlosspark hinter sich gelassen hatte. Das hieß, falls sie den Weg fand. Sträucher und Hecken waren zu einem Labyrinth arrangiert, über dessen grüne Mauern sie nicht zu schauen vermochte.

»Toll. Ein Labyrinth als Schlosspark. Was für ein Klischee«, schimpfte sie vor sich hin. Obschon ihre Motivation im Angesicht des enormen Fußmarsches geschrumpft war, lief sie los. Solange sie auf das Schloss zuging, war sie auf dem richtigen Weg. Bedrohlich erhob es sich über ihr, mit roten Zinnen auf schwarzem Stein. Kleine Türme ragten wahllos an den verschiedensten Stellen auf und wuchsen in den Himmel, keiner war jedoch so imposant, wie der größte in der Mitte, der zugleich auch der dickste Turm war. Selbst aus ihrer Entfernung konnte Alice den gigantischen Balkon sehen, der sich über die Dächer der anderen Türme erstreckte. Unschwer zu erraten, wer das dazugehörige Zimmer bewohnte.

Alice war noch keine hundert Meter gegangen, als sie Geräusche vernahm. Erst leise, dann immer lauter, erhoben sich hinter den Hecken Rufe und Musik. Klang ganz nach einem Fest und Alices neuem Anlaufpunkt.

»Tu das nicht.«

Alice fuhr so schnell herum, dass ihr kurz schwindlig wurde. Es war niemand zu sehen.

»Hier drüben.«

Sie suchte nach dem Sprecher, fand ihn jedoch nicht.

»Mach doch die Augen auf.«

Diesmal erkannte sie die Stimme und wusste, wonach sie zu suchen hatte. Inmitten der Hecke blitzten schelmisch zwei Augen.

»Was machst du da drinnen, Katze? Beim Teleportieren falsch gelandet?«

»Sei bitte nicht albern«, antwortete die Grinsekatze und die Augen hüpften aus der Hecke auf Alice zu und blieben dann mitten in der Luft hängen.

Unbehaglich wich sie zurück. »Ist ja gruselig, hör bloß auf damit.«

»Behagt dir das unheimlich Heimliche nicht?«, fragte die Grinsekatze und eins der Augen zwinkerte. »Ist es nicht offensichtlich richtig, in der falschen Umgebung unsichtbar zu sein?«

»Wie auch immer. Zumindest scheint die Rätselsektion deines Gehirns noch intakt.«

»Gott sei Dank, was wäre ich ohne?«

»Leichter zu ertragen.«

»Autsch, da fühle ich mich doch direkt ein wenig auf den Schwanz getreten.«

»Als ob dich das kümmern würde.«

»Nein, ich meine es ernst«, schnurrte die Katze und wurde langsam – erst das Gesicht, dann der Kopf und letztendlich der restliche Körper – wieder sichtbar und

Alice erkannte, dass sie in einem unbedachten Schritt auf den Schwanz der Katze getreten war.

»Oh, Verzeihung!«, rief sie peinlich berührt und sprang zur Seite.

»Sei unbesorgt. Diesen Fehler kann ich dir sehr viel leichter verzeihen, als den, den zu begehen du gedenkst.«

Ungeduldig stemmte Alice die Hände in die Hüften und setzte ihren Besserwisserblick auf. »Was redest du schon wieder für wirres Zeug?«

»Denk nach, Alice, denk nach! Habe ich gesagt, die Herzkönigin sei eine freundliche Frau mit einem Streichelzoo im Garten? Nein, du solltest dich von ihr fernhalten.«

»Okay, ja«, gab Alice zu und hob entschuldigend die Hände, »mir geht die Zeit aus, ich muss endlich handeln!.«

»Ich wusste nicht, dass ein Todeswunsch als Aktivität gilt.«

»Jetzt übertreib mal nicht.«

»Du hast recht. Schließlich kannst du in dieser Welt nicht sterben. Nicht wahr?« Die letzten Worte betonte die Grinsekatze zuckersüß, als wüsste nur sie ein köstliches Geheimnis. Wenn Alice genau darüber nachdachte, brachte sie stets diesen Blick und Tonfall zum Einsatz und langsam ging es ihr auf die Nerven. Die Grinsekatze war auf ihrer Seite – oder? Sicher war Alice nie, aber bisher hatte es den Anschein gemacht, dass die Katze ihr mit Rat und Tat beistand.

»Warst du bei der Versammlung im Brunnenschacht dabei?«, fragte Alice ungehalten.

»War ich das? Wie ich dir bereits sagte, sehe ich, was ich will und gehe, wohin ich will. Möglicherweise war ich also da. Natürlich könnte es auch einfach sein, dass sich so ein Gerücht schnell verbreitet, denn auch im Wunderland ist Unsterblichkeit nichts Alltägliches. Du solltest vorsichtiger sein, mit dem, was du sagst.«

»Tu dies, Alice, tu das, Alice. Vielleicht legst du mal eine andere Platte auf, es wird langsam langweilig. Wer hat dich eigentlich um Hilfe gebeten?! Bisher waren deine Gedankengänge bestenfalls verwirrend.«

»Ich spüre Unbehagen deinerseits. Worauf willst du hinaus?«

»Ratschläge sind auch nur Schläge. Besonders, wenn man sie nicht hören will.«

Die Grinsekatze versteifte sich und zog einen Schmollmund, soweit es einer Katze möglich war. Augenblicklich fühlte Alice sich schlecht und ein wenig gemein. Sie hätte behaupten können, dass es nicht so gemeint gewesen war, aber das wäre die eigentliche Lüge gewesen. Und weil Alice nun einmal war, wie sie war, setzte sie ein ebenso trotziges Gesicht auf und verschränkte die Arme vor der Brust.

»Vergiss nicht, Alice«, sagte die Katze erschreckend nüchtern, ohne das kleinste schelmische Blinzeln, »wir alle hier sind so, wie deine Schwester es fantasiert hat. Vielleicht fragst du sie danach, sobald du sie das nächste Mal siehst.« Sprach's und löste sich im nächsten Moment in einem grauen Wirbel auf.

»Fein!«, blaffte Alice die Luft an. Verdammte Katze! Ihr menschliches Gegenstück war Alice um einiges lieber. Missmutig setzte sie sich wieder in Bewegung, auf den Lärm zu, der in den letzten Minuten noch lauter geworden war. Es musste eine große Party sein und dem Gegröle nach zu urteilen, amüsierten sich alle prächtig.

Alice hatte den Überblick verloren, wie lange sie schon unterwegs war, als sich wie aus dem Nichts der

Irrgarten vor ihr lichtete. Nicht, dass es einen Sinn ergeben hätte, dass Alice sich in einem Labyrinth nicht ein einziges Mal verlaufen hatte und die Hecken fast wie von selbst verschwanden, aber sie wunderte sich kaum noch über irgendetwas, nach allem, was passiert war.

Sie sollte mit ihrer Vermutung recht behalten, im Garten fand eine große Party statt und die gesamte Aristokratie schien eingeladen. Was Alice als Nächstes sah, ließ sie wanken und kurz das Atmen vergessen. Das hier war nicht einfach nur eine Feier – kein nettes Zusammensein und die Zurschaustellung von Prunk und Macht.

Das hier war …

»Ab mit dem Kopf!«

… eine Massenexekution!

Alice presste sich dicht an den Stamm einer nahegelegenen Kastanie, um zu sich zu kommen.

Einatmen.

Ausatmen.

Es half nichts.

Sie hatte nicht mal mehr Zeit, sich ein Gebüsch zu suchen, und erbrach sich direkt vor ihre Füße. Anschließend ging es zumindest ihrem Magen besser, aber ihre Gedanken sprangen immer noch im Dreieck. Vorsichtig lugte sie um den Stamm der Kastanie und betrachtete das Schauerspiel.

Der Festplatz hatte ungefähr die Größe eines Tennisfeldes, in dessen hinterster Ecke ein finsteres Schafott aufgebaut war. Soeben zog der Scharfrichter das Fallbeil wieder in seine Ausgangsposition und sein Assistent platzierte einen Weidenkorb vor dem Fallbeil. Sie machten sich für den Einsatz bereit.

Die Herzkönigin saß inmitten des Feldes auf einem Thron von weinrotem Samt und überragte alle an Höhe.

Zu ihren Seiten waren kleinere Stühle aufgestellt, auf denen der Adel Platz nahm – ganz hinten saßen Hutmacher, Märzhase und Haselmaus und tranken aus einer Thermoskanne. Alice interessierte sich gar nicht erst dafür, wie sie es vor ihr hierher geschafft hatten.

Die Königin selbst konnte kaum größer sein als Alice und ging beinahe unter in ihrer schweren Robe aus rot-schwarzer Seide, unter der sich ein Korsett und Reifrock verbergen mussten. Ihr Kopf wirkte winzig vor dem hohen Stehkragen.

Das Gesicht jedoch … Alice konnte es nicht sehen, denn die Königin hatte es hinter einem Schleier verborgen, und sie trug eindeutig eine Perücke.

Die gesamte Gesellschaft veranstaltete eine üppige Party mit sahnigen Schichttorten, fettigem Fleisch und Fässern voll Alkohol. Nichts davon erreichte die Königin. Sie saß auf ihrem Thron und starrte auf das Spielfeld vor sich. Lebensgroße Spielkarten sprangen hin und her, legten sich hin und schlugen einander ins Gesicht. Ganz recht, sie hatten Köpfe, genauso wie Hände und Füße, doch wo eigentlich der Körper hätte sein müssen, prangte eine große Karte mit einer Farbe und Zahl.

Alice betrachtete das Schauspiel eine Weile und musste dann einsehen, dass sie nicht den leisesten Schimmer hatte, um welches Spiel es sich handelte, geschweige denn, wie man es spielte.

So viel konnte sie jedoch ausmachen, es waren drei Spieler, wovon zwei sich im Team gegen den dritten verbündeten. Letztendlich war das zwar egal, weil das ganze Spiel keinen Sinn ergab, aber es erweckte den Anschein, als hätte es Regeln.

»Ab mit dem Kopf!«, schrie die Königin wutentbrannt. Sie hatte verloren. Sollte das die freundliche Frau sein, von der die Teegesellschaft geschwärmt hatte? All die Tiere, sie hatten recht – die Königin war ein Monster.

Hinter dem Thron sprang ein halbes Dutzend Männer in Rüstungen hervor und stürzte auf das Spielfeld. Sie umzingelten die Spielkarten der Königin – mindestens zehn Stück – und führten sie zum Schafott. Eine nach der anderen wurden sie hingerichtet und die Menge jubelte, sobald die Köpfe im Korb landeten. Das Blut wurde in einem Glaseimer aufgefangen. Ein Assistent im grünen Overall war sofort zur Stelle und rannte damit auf die andere Seite des Gartens.

Alice machte ein paar Schritte um den Baumstamm herum, hinter dem sie sich noch immer versteckte, um den Mann nicht aus den Augen zu verlieren. Er musste der Gärtner sein, denn er schien sich um die Rosenbüsche zu kümmern.

Einem Schlafwandler gleich beobachtete Alice, wie er einen Pinsel hervorzog und ihn in den Eimer voller Blut tauchte, um so die weißen Rosen rot zu färben.

Er malte die Rosen rot.

Mit dem Blut der Getöteten.

Jemand musste ihn aufhalten!

Alice machte einen, zwei Schritte in seine Richtung.

Dann wurde sie an der Schulter gepackt und herumgeschleudert.

Sie krachte gegen den Baumstamm und konnte sich nur mühsam auf den Beinen halten. Ihre Schulter fühlte sich gebrochen an. Schreckerfüllt starrte sie nach oben in das Gesicht ihres Angreifers oder das, was sie davon sehen konnte – was nicht viel war. Ein Ritter, größer als die anderen, ragte über ihr auf und grub seine Finger in ihren Arm. Hinter seiner Rüstung konnte sie nur seine Augen ausmachen, die sie gefährlich anblitzten.

»Wer bist du?! Was suchst du hier?«, drang seine Stimme blechern aus seinem Helm.

»Äh … ich …«, stammelte Alice panisch. Ihr Hirn war wie leer gefegt, ihr wollte nichts einfallen, alles, was sie spürte, waren die Schmerzen in ihrer Schulter.

»Falsche Antwort«, entschied der Ritter und zog sein Schwert.

Alice schrie auf und versuchte sich zu befreien, doch der Griff des eisernen Armes war unüberwindbar und währenddessen hob der Ritter das Schwert über den Kopf. Ein Sonnenstrahl fing sich in dem glänzenden Stahl und wurde zu einem gleißenden Blitz verstärkt. Alice kniff die Augen zusammen und wartete auf das Unvermeidliche.

Ein einzelnes, leises Klatschen, als würde man eine Mücke erschlagen, ließ ihn innehalten.

»Was soll denn das werden?«

Alice blinzelte. Die Königin hatte sich erhoben und ihnen zugewandt, den Kopf leicht geneigt, als würde sie eine interessante Szene beobachten. Nun ja. Tat sie ja auch, in gewisser Weise.

»Was tust du da?«

Nach wie vor hatte Alice ihre Stimme nicht wiedergefunden. Was sollte sie ihr antworten? Die Wahrheit sagen konnte sie wohl kaum, allerdings wollte ihr auch keine Lüge einfallen.

»Ich wollte mich um den Eindringling kümmern, Majestät«, antwortete der Ritter über die Schulter, ohne den Griff um Alices Schulter zu lockern. Diese war erleichtert, dass die Königin nicht sie angesprochen hatte.

»Eindringling? Alles, was ich sehe, ist ein junges Mädchen. Wolltest du sie direkt erschlagen oder erst einmal ein wenig verstümmeln und quälen?« Alice konnte dem Tonfall nicht entnehmen, ob die Königin es ernst meinte oder nur einen grausamen Scherz machte. Beide Optionen erschienen ihr wenig wünschenswert. Nach dem Gespräch mit der Grinsekatze war sie sich ihres unsterblichen Status' noch unsicherer geworden. Besser nichts riskieren, was nicht unbedingt nötig war.

»Ich … Majestät?« Der Ritter schien verwirrt und ließ das Schwert sinken, der Griff um Alices Schulter hingegen blieb fest.

»Befiehlst *du* neuerdings, wer sterben muss und wer nicht?«, fragte die Königin weiter im selben neutralen Tonfall, der auf nichts schließen ließ. »Als ich es das letzte Mal geprüft habe, war das immer noch meine Aufgabe. Aber das könnte sich ja geändert haben.«

»Nein.«

»Nein, *was*?«

»Nein, Majestät.«

»Hmmm. Also, wenn ich diejenige bin, die die Hinrichtungen anordnet, dann verstehe ich nicht, wieso du soeben beschlossen hattest, dich um dieses Mädchen zu kümmern. Zweifelst du meine Entscheidungen an?«

Endlich ließ der Ritter sie los. Alice stöhnte auf vor Erleichterung und rieb sich die schmerzende Schulter.

»Das würde ich nie tun!«, rief er in strammer Haltung. »Ich dachte nur …«

»Du bist nicht hier, um zu denken!«, herrschte die Königin ihn an und erhob erstmals die Stimme. »Mach, dass du zurück in die Reihe trittst, Bube. Und wenn das noch einmal passiert, ordne ich demnächst *deine* Hinrichtung an.«

»Und du!«, richtete sie das Wort als Nächstes an Alice, die vor Schreck einen kleinen Satz machte. »Komm gefälligst hierher! Was fällt dir ein, dich ungebeten in meinem Garten aufzuhalten?! Hast du keine Manieren?« Energisch raffte sie ihren Rock und setzte sich wieder.

Alice stolperte zögerlich auf sie zu, nicht sicher, was sie von all dem zu halten hatte. Die Königin war ein Monstrum, aber sie hatte sie gerettet. Obgleich es den Eindruck machte, als hätte sie das nur getan, um später selbst über Alices Tod entscheiden zu können. Ein Diener brachte einen kleinen Schemel und stellte ihn vor den Thron. Die Überlebenden des Spielkartenmassakers wichen vorsichtig vor ihr zurück, als sie durch die Reihen ging. Das Spiel war vergessen und alles interessierte sich nur noch für Alice.

»Nimm einen Keks«, forderte die Königin sie auf, als Alice endlich auf dem kleinen Schemel Platz genommen hatte, so dass die Königin und der gesamte Adel auf sie hinabschauten. Derselbe Diener eilte mit einem Tablett voller Kekse heran. Alice erinnerte sich nur zu gut, was passierte, wenn man im Wunderland etwas aß und wollte nicht riskieren, vor der sadistischen Hexe zu schrumpfen. Am Ende wurde sie mit einem Vergrößerungsglas durch den Garten gejagt.

»Ich sollte besser nicht …«

»Nimm. Einen. KEKS!«

»Vielleicht nur einen kleinen«, gehorchte Alice und steckte sich brav einen Keks mit hellblauem Zuckerguss in den Mund. Er war buttrig und wunderbar süß und schmolz förmlich auf der Zunge. Noch nie hatte Alice einen so guten Keks gegessen und zu ihrer noch größeren Freude blieb sie in ihrer altbekannten Gestalt. Sie war gerade dabei, sich in das Gebäck zu verlieben, als sie bemerkte, wie der Hofstaat sie neugierig beäugte und sie fragte sich, ob sie eigentlich noch alle Tassen im Schrank hatte. Wer wusste schon, was genau sie hier eigentlich aß oder inwieweit die Effekte der hiesigen Küche bereits erforscht waren. Sie beschloss, es bei einem Bissen zu belassen, in der Hoffnung, dass es niemandem auffallen würde.

Breit lächelnd, reckte sie den Keks in die Höhe. »Echt klasse. Danke!«

Schwer zu sagen, ob die Königin zufrieden war oder enttäuscht, dass nichts passierte. Sie lehnte sich entspannt zurück und richtete den Blick auf Alice – vermutete diese zumindest, denn das Gesicht blieb verdeckt.

»Wie kommst du hierher?«

»Durch …«, beinahe hätte Alice gesagt: »Durch den Geist meiner Schwester«, dann fiel ihr auf, wie bescheuert das klang, »… die Tür.«

Ja.

Viel besser.

»Die Tür? Wovon redest du?«, herrschte der Ritter – der Bube – sie an und fing sich eine harsche Handbewegung von der Königin ein. Alice musterte den großen Mann, von dem sie nichts weiter sehen konnte als die Augen durch den Helmschlitz. Bei genauerem Hinsehen bemerkte sie kleine Herzsymbole auf seiner Brust und den Handschuhrücken. Der Herzbube.

Er war der Herzbube!

Alice biss sich von innen auf die Wange, um ihre Überraschung zu verbergen. Die Tiere hatten sie vor ihm gewarnt, aber sie schienen sich in dem Punkt zu irren, dass er die Königin beeinflusste. Sie schien ihn gut im Griff zu haben und wenn überhaupt, erweckte er den Anschein eines loyalen Untertanen. Auch die Haube der Königin war mit ein wenig Fantasie herzförmig und das Symbol verzierte den Saum ihres Kleides und ihrer Ärmel. Herzkönigin und Herzbube

– weit und breit keine Spur vom König oder von den Adelsangehörigen der anderen Spielkartenfarben.

»Hallo? Was ist mit dir? Hast du beim Einbruch in meinen Garten deine Stimme verloren?«, fragte die Königin und wedelte ungeduldig mit der Hand. »Mein Ritter hat dich etwas gefragt.«

»Die Tür im Garten. Die in der großen Eiche.«

Augenblicklich richtete sich die Königin kerzengerade auf und presste ihre Hände in den Schoß.

»Hutmacher!«

Erschrocken ließ der Angesprochene seine Tasse fallen und sprang auf. Der Hut rutschte ihm über die Augen, doch er unternahm nichts, um es zu korrigieren. Blind durch Mode und high vom Tee stolperte er von seinem Platz vor die Königin, wo er sich genau vor Alice stellte, die nun eine gute Aussicht auf des Hutmachers Hinterteil hatte. Peinlich berührt packte sie den kleinen Hocker, auf dem sie saß, mit beiden Händen und rutschte ein wenig zur Seite.

»Hutmacher. Wohin führt die Tür in der Eiche?«

Der Hutmacher kicherte, als hätte die Königin einen köstlichen Witz gerissen, ließ sich jedoch Zeit mit seiner Antwort.

»Wohin führt die Tür in der Eiche?!«, wiederholte die Königin, diesmal gereizter.

»Die Tür in der Eiche? Ich … ich weiß nicht. Zur Baumschule?«

Der Märzhase und die Haselmaus fielen in sein irres Gelächter ein, der Rest der Gäste schien Schwierigkeiten damit zu haben, den Witz zu verstehen.

»Irre ich mich oder führt die Tür in der Eiche zu einem Rosenbusch in deinem Garten?«, ließ sie nicht locker.

»Ja, aber …«

»Des Weiteren, wurde diese Tür nicht als Fluchtweg für den Hof angelegt?«

»Das stimmt, Majestät, nur …«

»Und hast du nicht außerdem einen Schwur abgelegt, als Wächter der Tür zu handeln und nie jemanden aus- oder einzulassen, es sei denn, er trägt eine Krone?«

»Ja, ich meine, mich zu erinnern, allerdings …«

»*Trägt* dieses Mädchen eine Krone?«, fragte die Königin kalt und zeigte auf Alice.

»Majestät, wenn Ihr mich …«

»Trägt dieses Mädchen eine Krone?», rief sie ein zweites Mal, diesmal lauter.

Der Hutmacher räusperte sich verlegen und richtete endlich seinen Hut. Das Lachen war aus seinem Gesicht verschwunden und auch sonst jegliche Spur von Wahnsinn. Es war nur zu deutlich, dass jedes falsche Wort diese gefährliche Situation kippen konnte und er sich genau überlegen musste, was er als Nächstes sagte.

»Nein«, antwortete er kleinlaut.

»Nein, *was*?!«, bellte der Ritter, der offenbar das Gefühl hatte, zu lange nichts mehr gesagt zu haben.

»Nein, Majestät.«

»Wieso also kam sie durch die Tür?«

»Das äh … also … eigentlich ist das ganz einfach, sie … na ja …«, stammelte der Hutmacher, ohne einen vernünftigen Satz zustande zu bringen.

Langsam zog sich die Königin ihren rechten Handschuh aus und ließ ihn zu Boden gleiten, wo er sogleich von einem Diener aufgehoben wurde. Ein weiterer eilte herbei und begann, die Hand der Königin zu massieren.

»Eigentlich gibt es hier nur zwei Möglichkeiten, oder?«, fragte sie gelangweilt. »Erstens: Dieses Mädchen ist nicht annähernd so zurückgeblieben, wie es aussieht.« Alice verzichtete auf eine Erwiderung, nachdem sie einen kurzen Blick auf den Henker geworfen hatte. »Sie hat dich und deine minderbemittelten Freunde überrumpelt und ist illegalerweise durch die Tür gegangen. In diesem Fall trägt sie die Schuld; eine Tatsache, mit der ich gut zurechtkomme.

Zweitens: Du hast dir deine wenigen verbliebenen Gehirnzellen durch dein giftiges Gesöff vollständig weggeätzt und ihr freiwillig Zugang gewährt. In diesem Fall wärst du schuld, nicht wahr? Auch damit kann ich leben.«

Fasziniert beobachtete Alice, wie der Mund des Hutmachers langsam immer größer wurde und sich Schweißperlen auf seiner Oberlippe bildeten. Seine Augen zuckten hektisch hin und her, alle wichen seinem Blick aus.

»Hier ist jedoch mein Problem«, fuhr die Königin ungerührt fort, »beide Szenarien bedeuten, dass du nicht mehr in der Lage bist, die Tür zu bewachen. Du bist unfähig. Man könnte sagen: nutzlos. Die Frage ist also, bestrafe ich eine Person oder nur zwei? Du siehst, worauf ich hinauswill?«

Alice wusste es. Der Hutmacher würde ohnehin bestraft werden, es ging jetzt nur noch um sie selbst. Je nachdem, wie seine Antwort ausfiel, würde auch Alices Schicksal am Hof besiegelt sein.

»Bitte, reite mich jetzt nicht mit rein«, flüsterte sie ihm zu, doch er schien sie gar nicht zu hören.

»Ich weiß nicht, Majestät«, sagte er schließlich und war plötzlich aufmerksam und konzentriert, »ich bin wohl kaum in der Lage, so eine schwierige Entscheidung zu treffen. Das könnt nur Ihr.«

»Feigling«, zischte die Königin gerade laut genug, dass Alice es hören konnte. Unwirsch verscheuchte sie den Handmasseur und ließ sich den Handschuh wieder überstülpen.

»Also gut«, sage sie schließlich, »ich gewähre dem Mädchen den Zweifel für den Angeklagten. Ich kann sie wohl kaum für etwas bestrafen, von dem sie nichts wusste. Ab mit *seinem* Kopf.«

Der Assistent des Henkers, der Hutmacher und Alice sprangen alle gleichzeitig auf. Der Verurteilte griff sich theatralisch an den Hals, als würde er ersticken, bevor der Henkershelfer ihn am Arm packte, um ihn zum Schafott zu zerren. Alice ergriff den anderen Arm und zog in die gegensätzliche Richtung.

»Das kann doch unmöglich Euer Ernst sein«, rief sie aufgebracht, »der Hutmacher wollte mir helfen, das ist alles. Er wollte mir helfen!«

»Hmm«, summte die Königin desinteressiert.

»Du könntest schon wenigstens mitmachen, weißt du?!«, blaffte Alice den Hutmacher an, der anscheinend bereits aufgegeben hatte und zum Gegenstand des Tauziehens geworden war.

»Wenn es ihr so wichtig ist, dann eben auch ab mit ihrem Kopf«, entschied die Königin.

»Was?!«, schrie Alice entsetzt und ließ den Arm los, so dass Hutmacher und Henkersgehilfe auf dem Hosenboden landeten.

»Das ist ungerecht!«

Ungeduldig tippte die Königin einen Rhythmus mit der Fußspitze und warf dann kapitulierend die Hände in die Höhe. »Also schön! Dann eben in den Kerker mit ihm und sie zurück auf den Schemel. Und sorgt dafür, dass sie da bleibt.«

Alice ließ sich missmutig auf ihren Hocker sinken und beobachtete, wie der Hutmacher mit hängendem Kopf abgeführt wurde. Leise trat der Herzbube neben sie und legte ihr schmerzhaft die Hand auf die andere Schulter. Zumindest wurden die blauen Flecken gleichmäßig verteilt, dadurch sah es fast gewollt aus.

»Du hast wirklich Glück, sie hat heute gute Laune«, wisperte er Alice zu, die die Antwort schuldig blieb. Sie war viel zu sehr damit beschäftigt, eine Erklärung zu finden, wer sie war und was sie hier tat.

Nicht, dass es wichtig gewesen wäre, die Königin interessierte sich nicht mehr dafür.

»Spielst du Skach?«, fragte sie Alice freundlich und deutete mit einer ausschweifenden Armbewegung auf das Spielfeld mit den Spielkarten, die sich sofort versteiften. Kein Wunder, ihre Sterberate war ungewöhnlich hoch.

»Äääh …« Was war die richtige Antwort? Gab es eine? »Nein. Ich habe noch nie davon gehört, Majestät.«

»Noch nie?«

»Niemals. Tut mir leid.«

Sogleich ratterte die Königin die Regeln herunter, so dass Alice der Kopf schwirrte. Im Endeffekt hatte sie nur begriffen, dass es sich anscheinend um eine Mischung aus Schach und Skat handelte, zwei Spiele, die sie weder beherrschte noch mochte.

»Lass uns spielen!«, rief die Königin aufgeregt und klatschte ein neues Kartenset für Alice herbei.

»Lieber nicht. Ich kann nicht behaupten, das verstanden zu haben.«

»Red keinen Unsinn, es ist einfach.«

»Es würde Euch keinen Spaß machen und ich möchte lieber nicht das Leben meiner Karten sinnlos wegwerfen. Ihr solltet mit jemandem spielen, der es kann.«

»Sie gibt mir Widerworte. Warum gibt sie mir Widerworte?«, fragte die Königin verdattert den Herzbuben.

»Wie Ihr selbst sagtet, Majestät, sie wirkt ein wenig zurückgeblieben.«

»Hey!«, rief Alice gereizt.

»Ich will spielen!«, trotzte die Königin.

»Aber …«

»Jetzt sofort!«

»Ich …«

»Ab mit dem Kopf!«

»Das ist ein Witz, oder?«, fragte Alice perplex.

»Irgendwie schon«, entgegnete die Herzkönigin schmollend, »ich sage es so gern.«

»Also schön«, gab Alice nach, »ich spiele, aber dann müsst Ihr mir noch einmal die Regeln erklären.«

»Sie langweilt mich«, schnappte die Königin in einem plötzlichen Sinneswandel, »schafft sie mir aus den Augen. In den Kerker mit ihr.«

Der Herzbube riss Alice schmerzhaft auf die Füße, noch bevor diese protestieren konnte. Ein weiterer Ritter eilte herbei und gemeinsam drückten sie Alice in eine krumme Haltung, so dass sie nur noch ihre Füße vor Augen hatte. Als sie sie abführten, kehrte die Gesellschaft zu ihrer Feier zurück und auch das Spiel wurde wieder aufgenommen. Von ihrem gesamten Weg durch das Schloss zum Kerker sah Alice nicht mehr als polierten Hartholzboden und schmutzigen Stein. Ihre beiden Wächter schwiegen und Alice versuchte nicht, mit ihnen zu sprechen. Sie musste sich etwas überlegen, wie sie die Königin dazu bringen konnte, ihren Schleier abzunehmen, und vor allem, wie sie sie aufhalten konnte. Sie kam erst zu sich, als sie unsanft in eine Zelle gestoßen wurde und sich die Knie auf dem rauen Steinboden aufriss.

»Vielleicht lernst du hier, dass man der Königin nicht widerspricht. Niemals«, belehrte sie der Herzbube, dann zog er lachend mit dem anderen Ritter ab.

»Drecksäcke!«, rief Alice ihnen hinterher, als würde es etwas nützen. Seufzend rieb sie sich die Augen mit den Handballen. Jetzt wäre ein guter Zeitpunkt, aufzuwachen. Sie würde an einem anderen Punkt wieder einsteigen; von dieser Zelle aus konnte sie nichts ausrichten.

Langsam drehte sie sich um und begutachtete ihr Gefängnis. Die Zelle war gerade hoch genug, dass sie aufrecht stehen konnte, aber sie war groß, so dass sie sich bewegen konnte, und es gab ein Fenster, durch das sie den grauen Himmel sah. Auch die Zellentür hatte eine vergitterte Luke, aber sie war kaum der Rede wert. Überrascht stellt Alice fest, dass sie nicht allein war. An der längsten Wand ihr gegenüber saßen zwei kleine Männer, die so breit wie hoch waren und selig grinsten. Alice fühlte sich an zwei Schneemänner erinnert, mit einer dicken Kugel für den Bauch und einer kleineren Kugel als Kopf – einen Hals gab es nicht und die Arme und Beine waren so kurz, dass sie wohl kaum von allein wieder hätten aufstehen können, sollten sie einmal hinfallen. Jeder von ihnen trug eine gestreifte Latzhose mit passender Schirmmütze und Alice konnte nicht anders als zu schmunzeln, weil sie so süß aussahen.

»Du auch hier, ja?«

Alice machte einen Satz. In einer anderen Ecke saß der Hutmacher, jetzt ohne Hut und viel weniger fröhlich. Er hatte sowohl ein blaues Auge als auch eine blutige Lippe und lächelte bitter.

»Oh mein Gott«, quiekte Alice besorgt und stürzte mit ausgestreckten Armen auf ihn zu. Behutsam nahm sie sein übergroßes Gesicht in die Hände und betrachtete die Misere.

»Es tut mir so, so leid«, hauchte sie.

Er stieß ein bellendes Lachen aus. »Wieso genau? Ich verdanke dir mein Leben. Lieber ein paar blaue Flecken, als einen Kopf kürzer, nicht wahr?«

»Trotzdem. Wenn ich nichts gesagt hätte, dann …«, sagte Alice tonlos. Sie war viel zu verblüfft über die Wandlung des ehemals Verrückten. Der Tee musste eine überaus kurze Wirkdauer haben.

»Schon gut, du wusstest es nicht besser. Ich komm schon irgendwie hier raus. Irgendwann wird die Königin einen neuen Hut brauchen und dann wird man mich holen. Um den da mach ich mir mehr Sorgen«, sagte er und nickte zur gegenüberliegenden Wand. Alice blickte über die Schulter und verschluckte sich.

Auf einer Holzpritsche saß klein, grau und erbärmlich ein weiterer Mann. Er musste schon sehr lange hier sein, denn sein Gesicht war so ausgemergelt, dass er einem Geier glich, und auch seine Hautfarbe war der des Steins hinter ihm sehr ähnlich. Früher musste er mal sehr groß gewesen sein, aber nun war er geschrumpft – zusammengesunken, weil er sich in der Zelle nicht aufrichten konnte. Sein Haar war ebenso braun und stumpf wie seine Augen, die seelenlos vor sich hinstarrten.

»Wer ist das?«, fragte Alice den Hutmacher.

»Was denn?«, schnaubte er. »Erkennst du ihn nicht?«

Alice machte ein paar Schritte auf den lebenden Toten zu. Mühsam riss sie ihren Blick von seinem Gesicht los und betrachtete seine Sachen. Was er trug, erinnerte an einen alten Morgenmantel, bei genauerem Hinsehen erkannte Alice jedoch die Herzornamente am Saum und auf den Ärmeln.

Mit schwerer Zunge sagte sie: »Der Herzkönig.«

»Jap«, bestätigte der Hutmacher, »unser weiser, großzügiger Herrscher. Lass dich nicht vom Hauch latenter Depression täuschen, er hatte es in letzter Zeit nicht leicht.« Er musterte den König von oben bis unten, ganz so, als bewertete er dessen Kleiderwahl.

»Was ist mit ihm geschehen?«, flüsterte Alice, dennoch hallten ihre Worte von den Steinwänden wider.

»Nun, er ging nicht über Los, zog keine zweihundert Mäuse ein und landete dafür direkt im Gefängnis«, erklärte der Hutmacher gelangweilt, während er seine Fingernägel reinigte. Kurz war Alice versucht, aus der Haut zu fahren, dann fiel ihr wieder ein, wo sie war und mit wem sie sprach.

»Du solltest darüber keine Scherze machen, Hutmacher«, belehrte sie ihn stattdessen kraftlos.

»Nein?«, entgegnete er und schaute milde interessiert auf. »Warum eigentlich nicht? Das ist doch der Punkt, Alice. Selbst die ernst zu nehmenden Sorgen sind nicht ernst genug, um sich zu sorgen. Verstehst du?«

»Da spricht nur der Entzug aus dir. Sobald du wieder etwas Tee hast, kannst du keinen klaren Gedanken mehr fassen.«

Der Hutmacher zog die Augenbrauen in die Höhe. »Das klingt, als hieltest du's für erstrebenswert.«

Alice zuckte vage mit den Schultern. »Zumindest warst du frei und nicht im Gefängnis.«

»Wenn du es Freiheit nennst, jeden der eigenen Gedanken knapp außerhalb des Scheinwerferlichts der eigenen Aufmerksamkeit vorbeitanzen zu sehen, dann ja. Dann wurde ich wohl nahezu erdrückt durch meine Freiheit«, sagte der Hutmacher und wandte sich wieder den eigenen Fingern zu.

Alice fühlte sich überrumpelt. Jetzt sprach nicht nur die Katze in Weisheiten, der Hutmacher hielt sich nun offenbar auch für einen Philosophen.

»Und was ist mit den beiden da?«, wechselte sie das Thema, indem sie auf die beiden Dickerchen zeigte, die sich immer noch an der Hand hielten und von alldem nichts mitzubekommen schienen. Anders als der ebenfalls abgedriftete König, wirkten sie sehr zufrieden mit der Welt.

»Darüber scheiden sich die Geister«, antwortete der Hutmacher, ohne aufzusehen. Alice machte ein paar zögerliche Schritte auf sie zu und betrachtete die breit grinsenden Gesichter.

»Wie lange sind sie schon hier?«

»Woher soll ich das wissen? Ich bin vielleicht eine Stunde länger hier als du. Die eigentliche Frage lautet: Wieso bekomme ich keine eigene Zelle? Müsste mir zustehen, verstehst du?«

Alice rollte mit den Augen. »Ich werde den Concierge anweisen, sich darum zu kümmern.«

»Sarkasmus ist die Ausflucht der Unkreativen.«

»Du solltest dich mit der Katze verbünden und gemeinsam verfasst ihr dann Grußkarten.«

»Klingt verlockend, nur leider bin ich allergisch.«

Alice beschloss, ihn seinem Selbstmitleid zu überlassen und erst wieder zu beachten, wenn sie ihn vorm Ertrinken retten musste. Die Dickerchen waren viel interessanter. Beide trugen eine Schirmmütze, auf der ein Name geschrieben stand, um sie auseinanderzuhalten.

»Dee und Dum?«, las Alice verdattert vor. War das ein Fall von grausamen Eltern?

Ein Ruck ging durch die beiden, wie durch einen Computer, der hochgefahren wurde. Langsam richteten sie ihre Köpfe auf Alice aus, die sich in der Zelle plötzlich noch unwohler fühlte. Bis vor einer Sekunde hatte sie nicht geglaubt, dass überhaupt die

Möglichkeit dazu bestand. Vorsichtig machte sie einen Schritt rückwärts.

»Ja?«, fragten die beiden im Duett und sprangen von ihrer Pritsche auf. Selbst aufgerichtet reichten sie Alice nur bis unter die Brust und sie musste dem Drang widerstehen, ihnen den Kopf zu tätscheln.

»Ich heiße Alice.«

»Tweedle komma Dee«, verkündete der kleine mit dem Wörtchen Dum auf der Mütze und zeigte auf seinen Bruder.

»Tweedle komma Dum«, rief der andere und wiederholte die Geste, doch alles, was bei Alice ankam, war *Tweedledee* und *Tweedledum*.

»Freut mich, euch kennenzulernen.«

»Das sagt sie, aber meint sie's auch?«

»Und wenn sie's meint, denkt sie's auch?«

»Äh …«, stockte Alice und sah zu, wie die beiden sich miteinander unterhielten.

»Du hast die Tweedles geweckt, was?«, kicherte der Hutmacher, erhielt jedoch keine Antwort.

Zwischen Tweedledee und Tweedledum war inzwischen eine richtige Diskussion entbrannt, ob Alice meinte, was sie sagte. Wie konnten sie derart ihre Zeit verschwenden? Andererseits saßen sie im Gefängnis und wenn sie etwas zur Genüge hatten, dann war es Zeit.

»Ihr habt euch wohl sehr lieb, oder?«, unterbrach sie das Gespräch und deutete auf ihre konsequent verschränkten Händchen. In perfekter Synchronität folgten die beiden ihrem Blick, hoben langsam den Kopf, um einander in die Augen zu sehen, und fielen sich dann weinend in die Arme. Trotz des herzzerreißenden Schluchzens konnte Alice sich ein Lachen nicht verkneifen, denn dank ihrer Kugelbäuche reichten ihre Arme nur bis zur Schulter des jeweils anderen.

Sobald sie sich beruhigt hatten, lieferten sie Alice die Erklärung für den Gefühlsausbruch: »Tweedledee und Tweedledum waren lange voneinander getrennt.«

»Getrennt?«

»Ja, Tweedledee war im Nordturm eingesperrt«, sagte Tweedledum.

»Und Tweedledum im Südturm«, sagte sein Bruder.

»Vor ein paar Tagen kamen wir zusammen in den Westturm und seitdem haben wir uns nicht mehr losgelassen, damit sie uns nicht wieder trennen.«

»Klar, nichts ist effektiver gegen einen Haufen blitzender Schwerter, als ein paar Wurstfinger«, stichelte der Hutmacher und erntete einen bitterbösen Blick von Alice.

»Wisst ihr, wieso man euch zusammengelegt hat?«

Gemeinsam zuckten sie mit den Schultern.

In derselben Sekunde schlich sich eine Idee in Alices Gedanken. »Das heißt, ihr seid schon wirklich lange hier?«

»Hört sie nicht zu?«, fragte der eine Bruder den anderen.

»Hört sie nicht zu oder versteht sie es nicht?«

Bevor das Ganze wieder ausarten konnte, redete Alice dazwischen: »Worauf ich hinauswill: Ihr habt die Königin gesehen?«

Beide nickten heftig und Alices Herz schlug höher. Endlich. Endlich wusste sie, wer es war, der in Scarletts Herz genug Platz einnahm, um sie der Kontrolle über sich selbst berauben zu können. Dann musste sie nur noch alles zu Ende bringen und Scarlett würde aufwachen. Vorausgesetzt sie, Alice, kam hier raus.

»Wie sieht sie aus?«, fragte sie gierig.

»Sie ist eine Frau!«

»Okay, ja. Deswegen auch die Bezeichnung Königin, das ergibt Sinn«, gestand Alice ihnen zu.

»Sie ist nicht sehr groß. Ungefähr so groß wie du.«

Alice schluckte die Anmerkung herunter, dass sie immer noch ein ganzes Stück größer war als die Brüder.

»Ja, aber wie sieht sie denn nun aus? Welche Farbe haben ihre Augen, ihre Haare?«

Hinter ihr hörte sie den Hutmacher gackern und Tweedledee und Tweedledum sahen verlegen auf den Boden.

»Das wissen wir nicht. Wir haben sie gesehen, aber wir wissen nicht, wie sie *aussieht*.«

Stöhnend ließ Alice sich auf den Zellenboden sinken und ignorierte, dass vermutlich jede Raststättentoilette sauberer gewesen wäre. Wieder einen Schritt zurück. Wann würde das aufhören?! Langsam zerrte es wirklich an ihren Nerven.

»Niemand weiß, wie die Königin aussieht«, erläuterte ihr der Hutmacher und wirkte dabei sehr zufrieden mit sich. Alice hätte ihm am liebsten eine verpasst. Und wenn er gefragt hätte, wieso, hätte er sich noch eine gefangen.

Sie riss sich zusammen. »Trägt sie etwa immer diesen verdammten Schleier?«

»Sie hat verschiedene Farben, je nach Anlass und Stimmung. Aber darauf wolltest du nicht hinaus, oder?«, fragte der Hutmacher.

Alice kniff ungläubig die Augen zusammen und zischte: »Nein.«

»Dann ja, sie trägt ihn immer. Nimmt ihn niemals ab. Niemand hat jemals ihr Gesicht gesehen.«

»Danke, ich hab's begriffen«, murmelte Alice und legte erschöpft ihren Kopf auf die angewinkelten Knie. Eigentlich wäre dies ein guter Zeitpunkt gewesen, aufzuwachen, sie konnte ohnehin nichts weiter ausrichten und sie war auf einmal furchtbar müde.

Kopfschmerzen hatte sie auch schon wieder. Sich zu fünfzig Prozent ihrer Zeit im Geiste einer anderen Person aufzuhalten, hinterließ langsam Spuren.

»Du wirkst deprimiert«, stellte der Hutmacher fest und vermutlich war das für seinen selbstzentrierten Verstand eine enorme Leistung.

»Ja, findest du?«, entgegnete Alice kraftlos.

»Würde es dir was bringen, wenn ich dich in den Arm nehme?«

»Danke. Ich glaube, das bringt mir nichts.«

»Weißt du«, fuhr er fort, »die Königin spielt gerne.«

»Hab ich gemerkt, vor allem mit menschlichen Leben.« Sie hatte es bitter gemeint, aber der Hutmacher kicherte albern.

»Jaaa«, summte er versonnen, riss sich dann jedoch schnell wieder zusammen, »worauf ich hinauswill. Der Spieler muss spielen, er kann nicht anders. Es liegt in seiner Natur.«

»Auch für den Fall, dass ich mich wiederhole: hä?«, sagte Alice patzig.

»Herr Gott, Mädchen, muss ich es mit Handpuppen darstellen? Wenn du ihr Gesicht sehen willst, musst du es dir *verdienen*.«

Alice richtete sich kerzengerade auf und ein Lächeln stahl sich auf ihre Lippen. »Du meinst, ich muss es gewinnen.«

»Bingo.«

»Ach was, das ist doch ein Glücksspiel«, wiegelte sie ab und sprang auf. Eilig schritt sie die Zelle ab, von Ecke zu Ecke, und ihr Verstand raste. Es musste ein Spiel sein, das man mit Taktik gewinnen konnte, aber trotzdem innerhalb der Möglichkeiten des Wunderlandes lag. Auf keinen Fall Skach, das war ein einziges Stück riesigen Schwachsinns und Alice war sicher, dass die Königin mogelte. Das Plumpsackspiel? Nein, da gab es keinen einzelnen Gewinner und selbst wenn, würde sie gegen den gesamten Hof antreten müssen und somit ihre Chancen noch verschlechtern. Tennis? Oh bitte, sie sollte ernst bleiben.

Karten.

Im Schlosshof wimmelte es von überlebensgroßen Spielkarten. Nur, was? Wo konnte sie gewinnen? Was war einfach und dennoch kompliziert genug, dass es die Königin reizte, ihr Geheimnis zu verraten? Spannend sollte es auch sein, sonst würde sie gar nicht erst spielen wollen.

Alice erstarrte in der Bewegung und ein zufriedenes Grinsen breitete sich auf ihrem Gesicht aus.

»Keine Sorge«, wandte sie sich an ihre Mitgefangenen, selbst an den, der sie höchstwahrscheinlich nicht einmal hörte, »ich hol euch hier raus.« Keiner reagierte.

Dann eben nicht.

Sie drückte ihr Gesicht gegen die Gitterstäbe des kleinen Sichtfensters und begann nach einer Wache zu schreien. Es dauerte eine Weile, doch sobald sie gegen die Tür trommelte und in ihrer grässlichsten Tonlage lautstark *We will rock you* grölte, hörte sie Schritte auf dem Gang.

Ein Wärter, der offenbar seit Wochen kein Badezimmer mehr gesehen hatte, erschien in ihrem Blickfeld und Alice schenkte ihm ein zuckersüßes Lächeln.

»Hi«, säuselte sie.

Nach Luft schnappend baute er sich vor ihr auf. Die schwarzen Schweinsäuglein blitzten böse ob der Störung und in seinem verfilzten, schwarzen Bart zitterten noch ein paar rote Tropfen – Alice vermutete Wein. Gewichtig zog er sich die Hose zurecht und beugte sich zu ihr vor.

»Gefangene sollten die Schnauze halten «, grunzte er.

»Mhm, ja, hör zu. Ich hab nachgedacht«, plapperte Alice los, ohne auf ihn einzugehen.

»Ist mir egal.«

»Wundert mich nicht. Ich hab also nachgedacht und ich möchte der Königin ein Angebot machen.«

»Das interessiert sie nicht.«

Herrje, im Vergleich zu ihm war ja ein Holzklotz eine weiche, formbare Masse.

»Meinst du? Es handelt sich um ein Spiel.«

Für einen kurzen Moment bröckelte die Fassade, die sein Gesicht war, genauso schnell war es vorüber.

»Interessiert sie nicht. Jetzt Schnauze.«

»Ja, bist du sicher?«, rief Alice ihm hinterher, als er den Gang zurück schlurfte. »Ich könnte mir vorstellen, sie wäre nicht sehr glücklich, wenn sie merkt, dass ihr eine Wette durch die Lappen geht.«

Weg war er.

Alice fluchte leise und trat gegen die Tür. Wieso waren Kerkerwächter immer die unsympathischsten aller Menschen? Lag es daran, dass sie nicht das Gefühl vermitteln sollten, ein Herz, Hirn oder Gewissen zu haben? Oder daran, dass sie tagein, tagaus in finsteren, feuchten Kammern zubrachten und niemanden zum Reden hatten?

»Der kommt wieder«, sagten die beiden Brüder.

Und tatsächlich. Eine halbe Stunde später hörte Alice die schlurfenden Schritte erneut. Wenn überhaupt möglich, war der Wärter noch schlechter gelaunt.

Wortlos sperrte er die Tür auf und bedeutete Alice, ihm zu folgen. Diese beschloss, lieber nichts zu riskieren und ihm artig zu gehorchen. Verstohlen zeigte sie den anderen das Victoryzeichen

»War nett, dich kennengelernt zu haben«, rief der Hutmacher ihr hinterher, doch bevor sie sich noch einmal umdrehen konnte, hatte der Wächter ihr die Arme auf den Rücken gedreht und führte sie vor sich den Gang entlang. Alice überlegte, ob sie versuchen sollte, ein paar Informationen aus ihm herauszuquetschen, letztendlich entschied sie sich dagegen. Vergebene Liebesmüh.

Die Party hatte sich kaum verändert, allerdings war alles ein wenig in sich zusammengefallen. Auf dem Spielfeld waren die Karten zu einem schnarchenden Häufchen gesunken, der Henker putzte lustlos die Guillotine und die Königin ließ sich von einem ihrer Ritter, der bei jeder Bewegung leicht schepperte wie ein Konservenhaufen, Luft zufächeln.

»Alice, komm zu mir«, befahl die Herzkönigin gelangweilt. Als hätte Alice eine Wahl gehabt! Unsanft packte der Wärter sie um die Taille und hob sie gerade hoch genug, dass ihre Fußspitzen über den Boden schleiften. Wie einen Wäschesack warf er sie vor den Thron und schlurfte davon. Alice hatte den Eindruck, dass er am liebsten allen ein paar Takte gesagt hätte, dass sie ihn für so einen Unsinn von seiner Arbeit weggeholt hatten.

»Unser schweigsamer Freund hat mich wissen lassen, dass du deine Meinung geändert hast?«, fragte die Königin.

Alice rieb sich die schmerzenden Seiten, wo der Wärter sie gepackt hatte. Noch mehr blaue Flecken.

»Ich denke schon«, entgegnete sie.

»Du denkst schon? Wie aufregend«, sagte die Königin sarkastisch.

Augenblicklich erinnerte sich Alice, wo sie war und vor allem, zu welchem Zweck. Wenn sie nicht sofort ein wenig Enthusiasmus zeigte, würde sie gar nichts erspielen können.

»Ja!«, rief sie wie ein Jahrmarktsschreier und sprang auf. Wo sie die Energie hernahm, war ihr selbst nicht ganz klar.

»Ich habe nachgedacht und ich glaube, ich hätte eure Spieleinladung nicht so vorschnell ablehnen sollen. Deswegen hier meine Idee: Schwarzer Peter!«

Beinahe wäre sie ihr entgangen, so winzig war die Bewegung. Kaum merklich hob die Königin den Kopf und Alice wusste, dass sie sie an der Angel hatte.

»Die Regeln sind denkbar einfach«, erklärte Alice, »wir spielen mit einem Deck und verteilen das auf die Mitspieler. Jede Karte hat einen Zwilling bis auf eine und diese Karte ist der Schwarze Peter. Wer ihn am Ende hat, der verliert. Alles klar so weit?«

Die Königin verschränkte die Finger, legte den Kopf darauf und stütze die Arme auf die Lehnen ihres Throns. Selbstzufrieden bemerkte Alice, wie die hoheitlichen Füße aufgeregt wippten.

»Nicht gerade eine große intellektuelle Herausforderung, oder?«, fragte die Herzkönigin betont gelangweilt.

»Muss es das sein? Ich dachte, hier geht es um Spaß und nicht um geistige Höhen.«

»Das stimmt wohl«, pflichtete sie Alice bei und legte dann den Kopf in den Nacken, als würde sie in den Himmel schauen.

Einige Minuten verstrichen, dann: »Ich spiele. Was ist dein Einsatz?«

Ihr Einsatz? Daran hatte Alice keinen Gedanken verschwendet, einzig und allein an das, was sie *gewinnen* wollte. Dass sie möglicherweise verlieren konnte, war ihr nicht in den Sinn gekommen. Zögerlich zuckte sie mit den Schultern.

»Ich dachte, du wolltest wetten?«, herrschte die Königin sie an.

»Eigentlich schon. Und zwar … also … na ja«, druckste Alice herum.

Schluss damit!

Sie räusperte sich vernehmlich und straffte die Schultern. »Hier ist mein Vorschlag: Wenn ich gewinne, dann zeigt Ihr mir Euer Gesicht.«

Schlagartig wurde es so still, dass selbst ein Vibrationsalarm eine empörende Ruhestörung dargestellt hätte. Alice hatte geglaubt, dass es sich um eine allgemein akzeptierte exzentrische Absonderlichkeit handelte und nicht um ein Tabuthema. Auf einmal hatte sie das Bedürfnis, einen entschuldigenden Knicks zu machen und schleunigst das Weite zu suchen.

Die Königin wirkte selbst, als hätte es ihr die Seidenstrümpfe ausgezogen, dann kicherte sie.

»Eine interessante Idee«, sagte sie anerkennend, »was bringt dich darauf?«

Alice schwieg hartnäckig, was die Königin nur mit einem Nicken quittierte. »Wenn du das willst, sollst du es bekommen. Falls du gewinnst. Und nun zu meinem Wunsch. Für den Fall, dass ich dein kleines Spiel gewinne, verrätst du mir, wo sich deine kleinen Freunde verstecken.«

»Meine was?«, fragte Alice und zog verblüfft die Augenbrauen in die Höhe.

»Freunde, Kumpanen, Mitverschwörer, nenn sie, wie du willst. Von jedem niedlichen, unschuldigen Plüschtier dieser Wälder will ich das Versteck und die Zufluchtsorte wissen. Es wird langsam Winter, ich brauche einen neuen Pelzmantel.«

Es hatte den Anschein, als wäre in Alices Mund eine Dürre ausgebrochen. Sie versuchte zu schlucken, doch nichts passierte. Ihr Verstand war bereits betroffen, denn offenbar war er verdurstet. Die einzige Lösung, die ihr in den Sinn kam, war ein hysterisches Kichern und alle ihre Ressourcen gingen dahin, genau dieses zu verhindern. Dumm, dumm, dumm. Dumme Alice.

»Ein außergewöhnlich hoher Einsatz.« Die Stimme kam so plötzlich, dass Alice beinah aufgeschrien hätte. Erschrocken riss sie den Kopf zur Seite und starrte in die vergnügt blitzenden Augen der Grinsekatze, die direkt neben ihren Schultern in der Luft tanzten.

»So unauffällig«, schnurrte die Katze und Alice kam nicht umhin, den abfälligen Unterton zu hören. Aufgebracht öffnete sie den Mund, um etwas zu erwidern, wurde jedoch brüsk unterbrochen. »Sei still, du törichtes Gör. Wir alle schätzen inspirierende Unterhaltungen mit uns selbst, dennoch solltest du es tunlichst vermeiden, als Verrückte angesehen zu werden. Nun ja. Zumindest nicht mehr als ohnehin schon.«

Alice klappte den Mund zu und funkelte die Luft böse an. Ihr war noch nie eine derart überhebliche Katze über den Weg gelaufen und das sollte etwas heißen.

Dummerweise hatte sie trotzdem recht.

Unauffällig schielte Alice zum versammelten Hofstaat hinüber. Die, die ihr nervöses Zucken bemerkt hatten, zogen skeptisch die Augenbrauen in die Höhe oder tuschelten hinter vorgehaltener Hand. Der Rest war viel zu beschäftigt mit sich selbst, um irgendetwas von dem mitzubekommen, was vor sich ging. Was die Königin betraf, so hatte sich ihre Haltung nicht verändert, und der blickdichte Schleier verhinderte jegliche Deutung ihres Gemütszustandes.

Alice lachte gekünstelt und wedelte mit der Hand neben ihrem Ohr. »Fliege«, sagte sie im erbärmlichen

Versuch einer Erklärung. Nicht, dass ihr jemand Beachtung schenkte. Die Königin interessierte sich nur noch für das bevorstehende Match und beschwor in diesem Moment ihre Karten zu spielen, wie sie noch nie gespielt hatten.

Alice befasste sich nicht weiter mit der Grinsekatze, deren Augen weiterhin über ihrer Schulter hüpften, und erklärte schnell ein zweites Mal die Spielregeln für die teilnehmenden Karten, was die Herzkönigin ungeduldig geschehen ließ. Naiv, wie sie war, glaubte Alice kurzzeitig, dass sie tatsächlich gewinnen konnte, bis ihre Gegnerin dem Herzbuben befahl, sich hinter ihr, Alice, aufzustellen. Um sicherzugehen, dass sie nicht mogelte oder versuchte wegzulaufen, erklärte die Königin, doch Alice wusste es besser. Nicht sie selbst war diejenige, die vorhatte zu mogeln.

Bis jetzt.

»Du musst mir helfen«, nuschelte sie aus dem Mundwinkel der unsichtbaren Grinsekatze zu. Der Herzbube war soeben damit beschäftigt, den Spielkarten ihre spezifischen Rollen zu erklären, und befasste sich nicht mit Alice.

»Hm? Entschuldige, hast du was gesagt?« Offenbar war die Grinsekatze nicht bereit, eine Demütigung all zu leicht zu vergeben.

»Ist das dein Ernst? Dies hier ist wohl weder die richtige Zeit noch der richtige Ort für so etwas.«

»Keine Einwände.«

Mühsam unterdrückte Alice ein Seufzen. »Du kannst doch nicht ernsthaft wollen, dass die anderen Tiere zu scheußlichen Mänteln verarbeitet werden. Wir müssen Cruella dort drüben aufhalten.«

»Nicht, dass ich deine Bezüge zur Popkultur nicht schätzen würde, trotzdem verstehe ich nicht, was das mit mir zu tun hat. Mich wird sie nie finden und selbst wenn, dann verhindern meine unfreiwilligen Körperverschönerungen, dass ich als Haute Couture herhalte.« Und um ihren Punkt zu unterstreichen, ließ sie ein Stück Bauch erscheinen, auf dem ein besonders großer grauhässlicher Streifen prangte.

»Katze!«, zischte Alice empört. »Warst du nicht vor kurzem noch Feuer und Flamme, das Wunderland vor der Schreckensherrschaft der Königin zu retten? War das alles nur Schall und Rauch, so wie dein Körperzustand?«

»Vergleiche, Metaphern«, schnurrte die Katze und Alice spürte den weichen Schwanz um ihre Knöchel streichen, »ich bestreite nicht, dass du weißt, wie man sie einsetzt, und dennoch ist all das Geplänkel überflüssig, denn vier einfache Worte würden genügen.«

Alice hielt die Luft an. Ein Blick auf die Königin verriet ihr, dass ihre Selbstgespräche noch immer nicht aufgefallen waren. Es blieb ihr wohl kaum etwas anderes übrig.

»Fein, vermaledeites Katzenvieh«, wisperte sie erbost, »es tut mir leid. Okay? Ich hätte auf dich hören sollen, du hattest recht.«

In der nächsten Sekunde waren die Augen verschwunden und Alice ganz allein zwischen all den Menschen. Sie fürchtete bereits, die Katze hätte sie sitzen gelassen, da tauchte sie hinter der Schulter der Königin wieder auf – zumindest das bisschen, was von ihr zu sehen war.

Die Königin verteilte in diesem Moment die Spielkarten zwischen ihnen beiden und wenig überrascht stellte Alice fest, dass sie den Schwarzen Peter zugesteckt bekam. Wie bereits bei Skach, spielten sie auch diesmal mit überlebensgroßen Karten, die mit Köpfen,

Händen und Füßen gesegnet waren, zumindest solange sie die Königin nicht wütend machten. Der Schwarze Peter war eine verstört aussehende Kreuzsieben, die den Eindruck erweckte, als würde sie sich lieber selbst vor den Henker werfen, statt noch einmal mitzuspielen.

»Los geht's!«, rief die Herzkönigin, klatschte in die Hände und der Herzbube stellte sich hinter Alice auf. Zufrieden registrierte diese die blitzenden Augen über der Herzkönigin und dass kein anderer es zu bemerken schien. *Vielleicht,* so dachte Alice, *kann die Grinsekatze bestimmen, wer sie sieht und wer nicht.*

Das Spiel selbst war der reinste Witz, denn jeder mogelte, log und heuchelte, so viel er nur konnte. Die Eitelkeit der Königin spielte Alice in die Tasche, denn sie konnte kaum riskieren, vor ihrem Hof als Betrügerin dazustehen, und so zog sie von Zeit zu Zeit absichtlich die falsche Karte, und der arme Schwarze Peter hüpfte zwischen den Seiten hin und her. Am Ende entschied nur das Glück, nämlich, dass der Schwarze Peter auf der Seite der Königin war und Alice nur noch eine Karte ziehen musste, um zu gewinnen. Dank eines Paars zwinkernder Augen wählte sie die richtige Karte und gewann die Wette. Ein wenig pikste ihr schlechtes Gewissen, dass sie es nicht aus eigener Kraft geschafft hatte. Andererseits … ihren Kopf konnte sie behalten und alle Wunderlandbewohner ihr Fell, also hatte es sich wohl doch gelohnt.

Selbstverständlich sah die Königin das anders. Sie tobte und wütete und nur durch blitzschnelle Reaktionsfähigkeit konnte Alice es verhindern, eine Sauciere an den Kopf zu bekommen. Klirrend zerbrach sie an der Rüstung des Herzbuben. Doch die Herzkönigin wäre wohl kaum sie selbst gewesen, wenn sie das auf sich sitzen ließe. Lautstark verlangte sie zu wissen, wer Alice geholfen hatte.

Mit so großen Augen wie möglich beteuerte die Angeklagte ihre Unschuld und hatte das ungeheure Glück, dass man ihr nichts nachweisen konnte, so musste auch die Königin früher oder später aufgeben und akzeptieren, dass sie verloren hatte.

»Ich nehme an, dass ich nun meinen Einsatz erbringen muss«, sagte sie zähneknirschend.

»Das ist der Sinn einer Wette«, trällerte Alice und hatte Schwierigkeiten, sich zusammenzureißen. Endlich war es so weit. Sie würde rausfinden, wer hinter der Maske steckte.

Die Königin erhob sich und im Garten wurde es grabesstill.

Wie in Zeitlupe hob sie die Hand an ihr Gesicht und ergriff eine Ecke ihres Schleiers.

Jetzt war es so weit.

Alice hielt den Atem an.

Die Königin zog.

Der Schleier schwang zur Seite.

Alice schrie.

Und schrie.

Und schrie.

Und dann wachte sie auf. Mit einer Urgewalt riss sie sich von ihrer Schwester los und stieß sich vom Bett ab, so dass sie auf dem Boden landete. Panisch schob sie sich rückwärts und hätte die Wand sie nicht aufgehalten, sie wäre aufgestanden und bis nach Hause gerannt. Stattdessen hockte sie auf dem Krankenhausboden, die Augen aufgerissen, Schweiß lief ihr die Schläfen hinab. Ihr Brustkorb hob und senkte sich und sie pumpte Luft wie nach einem Marathon.

Nein, das war nicht möglich. Das musste ein Missverständnis sein.

Die Herzkönigin war ein *Monster*. Ein losgelassenes, abschlachtendes Monster.

Unmöglich, absolut unmöglich.

Alice war doch ein guter Mensch. Sie hatte Fehler, das konnte sie zugeben, aber sie war ein guter Mensch. Kein Monster.

Und dennoch.

Hinter dem Schleier der Königin hatte sich ihr eigenes Bild verborgen. *Sie*, Alice, war die Herzkönigin. Scarlett hatte sie in ihrer Welt gezeichnet und zu einer Königin gemacht und Alice war Amok gelaufen und hatte alles an sich gerissen, sobald sich ihr die Möglichkeit geboten hatte.

Ein weiterer fürchterlicher Gedanke schob sich vor ihr inneres Auge. Half sie ihrer Schwester mit ihren Besuchen oder machte sie alles noch schlimmer? Vielleicht wurde die Herzkönigin nur durch sie gestärkt, sobald sie Scarletts Unterbewusstsein betrat.

War sie am Ende doch der böse Zwilling? Sie war der weniger talentierte, der weniger kultivierte, der weniger engagierte Zwilling, aber sie hatte nie geglaubt, dass es einen *bösen* Zwilling gab.

Und dass sie es war.

Als würde sie sich durch Gelee bewegen, kam sie auf die Füße und sammelte ihre Sachen zusammen.

Es war zu viel, sie musste hier raus. Möglicherweise hielt ihre bloße Anwesenheit im Krankenzimmer Scarlett gefangen.

Weg, nur weg. Nach Hause und sich unter der Decke verkriechen, bis die Welt kein abscheulicher Ort mehr war.

»Du kannst noch bleiben, Alice«, rief die Stationsschwester ihr mit einem verblüfften Blick auf die Uhr zu.

Bleiben? Hier? Wo sie vermutlich alles schlimmer machte? Eigentlich hätte Alice sich wundern müssen, dass die sonst so übelgelaunte Frau mit ihr sprach und sogar ihren Namen kannte, aber es war nicht mehr wichtig. Ohne zu antworten, stolperte Alice an ihr vorbei.

Wie sie nach Haus kam, wusste sie nicht. Sie hatte Nachrichten von Carter, Fidelia und den Mädchen aus dem Tennisclub, aber es war ihr egal. Alles war ihr egal. Abendessen lehnte sie ab, zumindest glaubte sie das, vielleicht hatte sie die Frage ihrer Mutter auch einfach ignoriert und sich schnurstracks im Zimmer verbarrikadiert. Alles, was sie wusste, war, dass sie unter Scarletts Schreibtisch hockte, die Knie an die Brust gezogen, die Stirn darauf gelegt, als würde sie ein Erdbeben durchstehen.

»Es tut mir leid, es tut mir leid«, flüsterte sie immer wieder, ganz gleich, wie unsinnig es war.

Es war ohnehin unverzeihlich.

»Kind, du siehst fürchterlich aus, hast du überhaupt geschlafen?«

Mom und Dad hatten sich am nächsten Morgen einer Front gleich am selben Ende des Tisches aufgebaut. Zunächst hatten sie gestrahlt, doch kaum sahen sie die Größe von Alices Augenringen, wich das Lachen einem besorgten Stirnrunzeln.

Alice verneinte.

»Sind das dieselben Sachen von gestern?«, fragte ihre Mutter und diesmal nickte Alice. Sie brachte nicht die Kraft auf, zu lügen.

»Das reicht«, verkündete Dad und schlug mit der Hand auf den Tisch, »du hörst sofort auf mit allem, ist das klar? Diese ganze Alice-Scarlett-Doppeltes Lottchen-Vertauschnummer ist hiermit beendet!«

Schweigend ließ sie sich auf den Stuhl ihren Eltern gegenüber sinken. Ihr Vater hatte dieses Glühen, was er immer bekam, wenn er im Begriff war, einen fantastischen Plan in die Tat umzusetzen. Erst mal abwarten, was er noch so auf Lager hatte.

»Eine meiner Töchter liegt im Krankenhaus, ich werde nicht zulassen, dass die zweite sich auch kaputtmacht, ganz besonders nicht, wenn …« Jetzt kam's. »… wir ihr wieder eine Familie bieten können.«

Freudestrahlend verkündete er die letzten Worte und war ein wenig überrascht, als Alice lediglich mit der Zunge schnalzte. Was erwarteten sie? Sie hatte in den letzten Tagen erfahren, dass ein Lehrer versucht hatte, Scarlett umzubringen und dass die eigene Zwillingsschwester dafür sorgte, dass sie im Koma blieb. Ihr war wirklich nicht danach, mit Mommy und Daddy Haus zu spielen.

»Du bist gar nicht überrascht«, stellte er fest.

»Mom hatte so was angedeutet.«

»Nein Schatz, ich glaube, du verstehst nicht«, sagte diese jetzt, »wir wollten einen Testlauf starten, aber wir haben uns noch mal unterhalten und wir werden das überspringen. Wir ziehen bei deinem Dad ein und wir werden wieder eine Familie sein. Das wird auch für Scarlett besser sein, sobald sie aufgewacht ist.»

Sobald sie aufgewacht ist. Das klang, als ginge sie fest davon aus.

»Wir möchten heute Abend darüber sprechen. Mom kocht wie immer fantastisch, kennst ja deine Mom, und dann reden wir über alles.«

Alice nickte zum Zeichen, dass sie es gehört hatte, dann rückte sie lautstark den Stuhl zurück und stand auf, ohne etwas vom Frühstück angerührt zu haben.

»Ich komm zu spät zur Schule«, sagte sie.

»Alice, hast du nicht gehört, was ich gesagt habe? Du gehst *nicht* mehr in diese …«

»Jetzt hörst du mir mal zu!«, brach es aus ihr heraus. »Es ist mir scheißegal, was du sagst, ich werde diese zwei Tage hinter mich bringen! An dieser Schule geht etwas Schreckliches vor sich und ich werde es beenden.«

Ja, das würde sie. Sie konnte sich vielleicht nicht mehr Scarlett nähern, aber sie konnte dafür sorgen, dass Mr. Ryan bekam, was er verdiente. Zumindest das konnte sie tun.

»Ihr wollt heile Welt spielen? Ihr wollt wieder zusammen sein? Fein! Von mir aus! Ich werde hinziehen, wo ich hinziehen soll, ich werde mitspielen und lachen und alles unterstützen, aber ich werde das hier zu Ende bringen. Und ihr könnt *nichts* sagen, was meine Meinung ändern wird. Wir sehen uns dann heute Abend beim Essen!«

Verkündete sie und rauschte aus der Küche und zur Tür hinaus, die Eltern blieben in schockiertem Schweigen zurück.

Wieder eine Familie sein. Das wird auch für Scarlett besser sein.

Alice hatte fest geklungen und von sich selbst überzeugt und als wüsste sie wirklich, was sie tat. Wie sehr war das alles gelogen. Insgeheim wollte sie aufhören, wollte nicht mehr in die Schule zurück. Sie konnte Scarlett nicht helfen und obwohl sie versprochen hatte, Mr. Ryan in die Knie zu zwingen, klang das alles sehr hoch gegriffen. Mit welcher Armee eigentlich? Obgleich sie es nicht einmal sich selbst eingestehen konnte, wäre sie am liebsten weggerannt und hätte sich versteckt.

Doch das wäre nicht Alice gewesen. Manchmal war es schwerer zuzugeben, dass man aufgeben musste, als es weiter verbissen durchzuziehen.

Wieder eine Familie sein.

Mr. Ryan. Ihr einziger Fokus.

»Dann mal los«, flüsterte Alice ihrem Spiegelbild im Flur zu, während sie sich einen Zopf band. Sie hatte nur ausreichend Zeit für Katzenwäsche und ein sauberes Shirt gehabt – Scarlett hätte das nie getan – doch es musste genügen. Die Scharade fand ohnehin ein baldiges Ende.

Ja. Dann mal los.

Es kam einem Wunder gleich, dass Alice es durch die ersten Stunden und in die Mittagspause schaffte. In sich gekehrt schlurfte sie durch die Schulflure. Fidelia erschien wie immer aus dem Nichts und hakte sich bei ihr unter. Alice überlegte gerade, wie sie ihren wiedervereinten Eltern erklären konnte, dass sie ihre schwerkranke Schwester nicht mehr besuchen würde, und wurde überrumpelt. Was machte es auch für einen Unterschied?

Fidelia plapperte und plapperte, Alice beschränkte sich auf einige leise Zustimmungen und Nicken. Zusammen kauften sie sich in der Schulcafeteria ein paar Sandwiches und setzten sich dann auf die Treppe zum zweiten Stock. Erstaunt stellte Alice fest, wie schnell ein kleines Persönchen wie Fidelia die Brote verputzte, während sie nur auf die ihren starrte und auszumachen versuchte, ob es sich um Schinken oder Gummikitt handelte.

Das wird auch für Scarlett besser sein, sobald sie aufgewacht ist.

Zumindest würde sie ordentlich zunehmen, dafür würde Mom schon sorgen.

»Wie hat der uns denn gefunden …?«, fragte Fidelia abfällig und Alice hob milde interessiert den Kopf. Carter stürmte die Treppen hoch und nahm dabei immer zwei Stufen auf einmal. Strahlend, als hätten sie sich seit Wochen nicht gesehen, kam er auf sie zu.

»Hey!«, rief er freudig, dann fiel sein Blick auf Fidelia und sein Lachen bröckelte. »… hey«, begrüßte er sie unfreundlich und sie gab es im selben Tonfall zurück.

Carter wirkte nervös – er hatte die Hände in den Taschen, was vermutlich lässig sein sollte, der Eindruck wurde jedoch zunichtegemacht, da er die Schultern hochzog und unablässig auf den Ballen wippte.

»Kann ich mit dir sprechen? Allein?«, fragte er Alice.

Fidelia ergriff ihren Arm, noch bevor sie Anstalten machen konnte, aufzustehen. »Du kannst alles vor mir sagen.«

»Verlockend, aber ich hätte mich da wohl kaum unter Kontrolle, Giftzwerg. Uh, siehst du? Geht schon los.«

Alice befreite sich aus Fidelias Griff. »Ich bin gleich wieder da.«

Carter und sie stiegen in den zweiten Stock hinauf und drückten sich in eine Ecke.

»Was gibt's?«, fragte sie Carter und selbst Alice bemerkte, wie wenig begeistert ihre Stimme klang.

Verwirrt zog er die Augenbrauen hoch. »Ähm, autsch? Na, egal. Rate, was ich hier habe?« Triumphierend zog er ein Stück Papier hervor und wartete auf Alices Reaktion.

Sobald sie aufgewacht ist.

Kopfschüttelnd zuckte sie mit den Schultern.

»Mann, was ist denn los mit dir?«

»Carter«, entgegnete sie müde, »was ist das?«

Er atmete tief durch und fuhr dann fort: »Ich habe mal wieder alle meine Kontakte spielen lassen und das hier aufgetrieben.«

Er reichte Alice das Papier. In kleiner, fein säuberlicher Handschrift stand darauf die Adresse von Mr. Ryan.

Das wird auch für Scarlett besser sein, sobald sie aufgewacht ist.

»Wo hast du die her?«

»Ich fürchte, das kann ich dir nicht sagen«, antwortete er breit grinsend und breitete dabei die Arme aus wie ein Künstler, der soeben sein Werk betrachtete.

Alice hingegen wurde ärgerlich. »Und was genau sollen wir damit machen? Hast du dir das mal überlegt?!«

Sobald sie aufgewacht ist.

Damit hatte Carter offenbar nicht gerechnet und es nahm ihm den Wind aus den Segeln. Der Sturz in die Realität folgte schnell und hart.

»Was ist eigentlich dein Problem? Ich dachte, du würdest dich freuen«, giftete er zurück und Alice stellte fest, dass sie schon lange nicht mehr flüsterten. Es war ihr egal.

Wieder eine Familie sein.

»Oh ja, das ist ganz toll, Carter. Ich wollte schon immer wegen Stalking im Knast landen.« Wütend knüllte sie das Papier zusammen.

»Und was wird aus dem Plan?! Wir müssen ihn doch nur konfrontieren.«

»Der Plan? Der *Plan*?! Welcher beschissene Plan eigentlich? Falls es dir nicht aufgefallen ist, hier hat noch nichts funktioniert! Wieso sollte sich das ändern?! Weil du mal wieder eine hirnrissige Idee ausgegraben hast?!«

Wieder eine Familie sein.

Sie schleuderte ihm das Papierkügelchen entgegen und er fing es in der Luft. Zornig funkelte er sie an und jetzt bemerkte Alice, dass sie in einem Abstand von einem Meter im Treppenhaus standen, beide in ablehnender Haltung.

»Du bist zu mir gekommen! Wo wärst du denn ohne mich?! Ich dachte, es wäre dir ernst. Ich dachte, es ginge um deine …«, schrie er Alice an und fing sich noch rechtzeitig, um nicht ihr Geheimnis vor aller Welt hinauszuposaunen.

Wieder eine Familie sein. Das wird auch für Scarlett besser sein, sobald sie aufgewacht ist.

»Da hast du zur Abwechslung mal recht, es geht um MEINE! Das hier hat nichts mit dir zu tun, gar nichts. Wieso hörst du nicht endlich auf, dich einzumischen, und suchst dir jemand anderen, dem du dich aufdrängen kannst?! Ich will dich nicht, hörst du?! *Ich will dich nicht*!«

Er sah aus, als hätte sie ihn mitten ins Gesicht geschlagen. Beinah wäre sie auf ihn zugerannt und hätte sich ihm in die Arme geworfen.

Aber eben nur beinah.

Alice war viel zu aufgebracht, viel zu stolz, um in diesem Moment zugeben zu können, dass sie zu weit gegangen war.

Carter fing sich und setzte ein bitteres Lächeln auf. Ungläubig legte er den Kopf in den Nacken, als würde er Gott fragen, wieso er ihn mit dieser Irren gestraft hatte. Dann schaute er Alice in die Augen und hob die Hände zum Zeichen, dass er aufgab. Er machte ein paar Schritte rückwärts, wandte sich ab und stieg dann die Stufen hinab. Die ganze Zeit hätte Alice ihn aufhalten können. Hätte irgendetwas sagen können, um ihm mitzuteilen, was in ihr vorging. Hätte sich entschuldigen können, damit er sich nicht von ihr abwendete.

Hätte.

Konjunktiv.

Sie tat es nicht. Sie stand da, mit geballten Fäusten, die Arme an die Seite gepresst, mit roten Flecken im Gesicht, nicht sicher, ob sie gleich anfangen würde zu weinen oder ihm hinterherlief, um ihn tatsächlich ins Gesicht zu schlagen.

Nach ein paar Minuten wandte sie sich ruckartig ab und ging den gleichen Weg Richtung Klassenzimmer. Dass Fidelia eigentlich auf sie wartete, hatte Alice längst vergessen.

DAS LEID DER BETROGENEN SCHILDKRÖTE

Die Chemielehrerin war zu spät. Und nicht nur fünf Minuten, seit einer halben Stunde wartete die Klasse darauf, zu Tode gelangweilt zu werden. Das hieß, alle außer Carter, er hatte sich nicht blicken lassen.

Alice konnte nicht anders, als die ganze Zeit auf seinen Platz zu starren. Das hatte sie wohl richtig versaut.

Ich will dich nicht. Dumme, dumme Alice. Es gab nicht mehr viele Leute, die sie von sich stoßen konnte.

Die Chemielehrerin betrat das Zimmer und ein Raunen ging durch die Klasse. Kreidebleich, mit glasigem Blick stand sie vor der Klasse.

»Ihr könnt nach Hause gehen«, stammelte sie, »der restliche Tag fällt aus. Geht einfach schnell nach Hause.«

Die Schüler sahen sich kurz verwundert an, ließen sich das jedoch nicht zweimal sagen. Am Ende überlegte sie es sich noch anders.

»Nehmt nicht Treppenhaus zwei!«, rief sie den Schülern hinterher, die sich durch die Tür drängelten. »Das ist gesperrt.«

»Was ist passiert?«, fragte Alice. Die Frau schaute sie an, als hätte sie sie kaum gehört.

»Ich glaube, ich darf nicht …«

Alice wusste, sie ging zu weit, aber sie packte die Frau bei den Schultern und schüttelte sie sanft. »Was. ist. passiert?«

»Ich denke, es war ein Unfall. Er ist auf der Treppe gestolpert und gestürzt. Sie sagen, er wird wieder gesund, aber das viele Blut. Ich habe das hier eingesteckt, ich weiß nicht, warum. Ich wollte es wohl seinen Eltern geben.«

Aus der Tasche ihres Laborkittels zog sie eine Brille, gesplittert und verbogen. Alice erkannte sie sofort.

Sie ließ die Frau stehen und stürzte aus dem Klassenzimmer, rannte an Schülern vorbei, die ihr erschrocken auswichen, Lehrer riefen ihr hinterher.

Es war ihr egal.

Schneller.

In Treppenhaus zwei war alles bereits passiert. Zwei Lehrer standen unsicher vor der Tür und verscheuchten neugierige Schüler. Alice erhaschte einen Blick auf die Lache und rannte weiter.

Es war so viel. Viel zu viel, als dass er so leicht wieder gesund werden würde.

Sie brach durch die Schultüren und stand auf dem Hof. Durch das große Eingangstor verließ soeben ein Krankenwagen mit Blaulicht den Schauplatz. Es war zwecklos, dennoch rannte sie dem Wagen hinterher. Natürlich erwischte sie ihn nicht mehr. Sie sah gerade noch, wie er die Nebenstraße verließ und Richtung Krankenhaus fuhr.

Warum er?

Warum Carter?

Das ergab alles keinen Sinn. Mr. Ryan hatte einen Opfertyp und es waren Mädchen – zierliche, hübsche Brünette.

Wieso also Carter?

Eine Hand legte sich auf ihre Schulter. Klein und zierlich, aber mit eisernem Griff. Fidelia. Die hatte ihr gerade noch gefehlt.

»Tut mir leid für dich. Ich weiß, du magst ihn. Warum auch immer.«

Alice schüttelte sie ab. »Lass mich in Ruhe.«

Ohne sie eines Blickes zu würdigen, machte Alice auf dem Absatz kehrt und sich auf den Weg, Mr. Ryan die Nase zu brechen, wenn nicht noch mehr.

»Ich hab gesehen, was passiert ist«, rief Fidelia ihr hinterher, »keine Sorge, der wird wieder. Vermutlich grinst er dann aber nicht mehr so frech.«

Alice blieb wie angewurzelt stehen. Konnte es Zufall sein, dass Fidelia genau dieses Wort gewählt hatte?

Gefährlich langsam drehte sie sich zu dem kleinen Mädchen um, das sie unschuldig anlächelte. Nein, das war kein Zufall. Aus den Augenwinkeln realisierte sie, dass der Hof wie leer gefegt war.

Wie praktisch.

»Was hast du gesagt?«, zischte sie bedrohlich.

»Du weißt schon. Er wird vermutlich kein so schönes Grinsen mehr haben. Das hat mich schon immer gestört«, erwiderte Fidelia lachend und bemerkte nicht die zerstörerische Energie, die in diesem Moment von Alice ausging.

»Worauf willst du hinaus?« Sie musste es sagen, so dass Alice sich sicher sein konnte, bevor sie zuschlug.

Fidelia schien den Unterton in Alices Stimme noch immer nicht zu bemerken. »Ich habe nie verstanden, warum du ihn malen musstest. Das Wunderland wäre ohne ihn …«

Alice stieß einen wilden Schrei aus und sprang auf das Mädchen zu. Viel zu schockiert, um zu reagieren, fiel Fidelia zu Boden, Alice hockte auf ihrer Brust. In Panik schnappte Fidelia nach Luft und schlug um sich.

Wäre in diesem Moment jemand aus der Schule gekommen, er hätte gesehen, wie hinter den Müllcontainern ein Mädchen verprügelt wurde. Alice hatte Glück, Fidelia nicht. Niemand kam.

»Was …? Was …? Was …?«, stotterte Fidelia und schnappte dabei immer wieder kurz nach Luft.

»Rede mit mir, Fidelia, was wäre das Wunderland ohne ihn?«, forderte Alice und ein irres Lächeln umspielte ihre Lippen. Hätte sie sich in diesem Moment sehen können, sie hätte sich selbst nicht wiedererkannt.

»Wer …?«

Langsam zog Alice sich die Perücke vom Kopf. »Zwillinge«, erklärte sie einsilbig und Fidelias Augen wurden, wenn überhaupt möglich, noch größer. Alice spürte ihr Zittern unter sich. Vorsichtig verlagerte sie ihr Gewicht und brachte Fidelias Oberarme unter ihre Knie. So zart, so zerbrechlich. Das Mädchen schrie kurz auf.

»Rede mit mir, Fidelia«, wiederholte Alice und erntete Schweigen. Sie drückte noch einmal zu.

»Ich habe noch nie in meinem Leben jemanden ernsthaft verletzt, aber für dich mache ich eine Ausnahme«, drohte Alice und um ihre Worte zu unterstreichen, verpasste sie dem Mädchen eine Ohrfeige.

Jetzt fing Fidelia an zu weinen und wurde nahezu hysterisch. Sie stammelte schwer verständliche Worte und warf den Kopf hin und her. Mit der einen Hand drückte Alice ihre Schulter herunter, mit der anderen packte sie Fidelias Kinn und zwang sie so, ihr in die Augen zu schauen.

»Wer ist es? Wer greift die anderen an? Bist du es?«

Fidelia schüttelte kaum merklich den Kopf.

»Wer *dann*?«

»Bitte …«, flehte sie.

»Wer dann?«, knurrte Alice und drückte noch einmal mit dem Knie in das weiche Fleisch, so dass Fidelia aufschrie.

»Ich wollte doch nur helfen«, wimmerte sie, »ich wollte doch einfach nur helfen. Wenn jemand so verliebt ist, dann muss man doch helfen, oder?«

»Verliebt?« Alice zuckte zurück. »Wer ist verliebt?«

»Sie wollte ihn doch einfach nur für sich und ich konnte sie so gut verstehen«, Fidelia redete jetzt wirr, ihre Augen waren glasig und sie lachte Alice an, als würde sie Verständnis suchen. »Ich empfand genau das Gleiche, weißt du? Aber sie wollte nur ihn. Und ich dachte, wenn ich ihr helfe, dann wird sie schon irgendwann sehen, wem sie *wirklich* etwas bedeutet, wem sie wirklich *wichtig* ist. Und er war doch sowieso nicht glücklich. Seine Frau war im Weg …«

»Halt die Klappe«, fuhr Alice sie an, »seine Frau? Redest du von Mr. Ryan?!«

Fidelia nickte eifrig. »Sie war doch so in ihn verliebt, ich musste ihr doch helfen. Und sie hatte so viele Ideen für die Schule, wie man sie verbessern könnte. So kluge Ideen. Sie hatte recht, weißt du, ich hab es sofort gesehen. Und es war doch das Beste für die Schule. Es hätten nur alle mitziehen müssen. Die sind selbst schuld!«

Alice richtete ihren Rücken auf, blieb jedoch sitzen. Während Fidelia weiter vor sich hin brabbelte, schossen Alices eigene Gedanken durch ihren Schädel wie Flipperkugeln.

Konnte das sein?

Nein, niemals. Das war absolut unmöglich.

»Du lügst«, beschuldigte sie Fidelia.

»Nein, tu ich nicht, tu ich nicht«, kreischte sie.

Es *musste* gelogen sein. Andererseits, wenn sie sich das kleine Häufchen Elend ansah, fiel es ihr schwer, zu glauben, Fidelia könnte die Kraft aufbringen, zu lügen.

Doch wenn sie die Wahrheit sagte, dann würde das bedeuten, dass …

Wie betäubt stand Alice auf. Nein, auf keinen Fall. Sie weigerte sich, es zu glauben. Langsam schlurfte sie zurück in die Schule und holte ihre Sachen.

Fidelia sollte sie nie wiedersehen.

Da sie ungewöhnlich früh zu Hause war, waren ihre Eltern noch nicht da. Gut. Wie hätte Alice ihnen ihren gehetzten Gesichtsausdruck erklären sollen? Noch war sie der festen Überzeugung, dass Fidelia komplett gestört war und glaubte, was sie sagte, es jedoch nicht der Wahrheit entsprach.

Sonst hätte Alice doch Beweise gefunden.

Wirklich Angst machte ihr die Vorstellung, Fidelia könnte nicht durchgedreht sein. Dodo, Miss Admiral, Carter. Sie war es ihnen schuldig, es zumindest zu überprüfen.

Völlig planlos machte sie sich daran, Scarletts Zimmer auseinanderzunehmen. Sie holte Kleider aus den Schränken, zerfetzte Kissen, zerbrach einen Bilderrahmen nach dem nächsten. Am Ende tat ihr alles weh, doch sie hatte nichts gefunden, das in irgendeiner Weise ihre Schwester belastete. Erleichtert ließ sie sich auf den Bürostuhl fallen. Letzte Nacht hatte sie vergessen, den Laptop auszumachen, und er blinkte sie munter an.

Sie hatte noch nicht alles überprüft. Es gab da noch diesen einen Ordner. Diesmal würde sie das Passwort knacken, nur so konnte sie sich sicher sein.

Sie versuchte es mit Ryan. Nichts. Fidelia. Wieder nichts. RyanundScarlettfürimmer. Natürlich nichts, zum Glück. Mr.Ryan, Mr_Ryan, Mr-Ryan, nichts, nichts, nichts. Nacheinander tippte sie alle möglichen Varianten des Namens ein, nichts geschah. Leider wusste sie nicht, wie er mit Vornamen hieß.

Selbstverständlich hatte Scarlett mit all dem nichts zu tun. Dieser Ordner drehte sich vermutlich um Jungs oder enthielt perverses Zeug, aber sie war bestimmt unschuldig.

Seine Frau war im Weg …

Es ging ihr nicht aus dem Kopf. Seine Frau war im Weg. Das hieß, sie musste aus dem Weg geräumt werden, um Platz zu schaffen? Platz für eine neue Frau an seiner Seite?

Langsam tippte Alice ScarlettRyan in das Passwortfeld und betete.

Der Ordner wurde freigegeben.

Alice musste würgen, wie jemand, der seine schlimmsten Befürchtungen bewahrheitet sieht.

Innerhalb des Ordners gab es drei weitere. Der erste hieß »Wunderland« und enthielt Digitalversionen von Scarletts Zeichnungen. Der zweite hieß »Ryan«. Alice zögerte kurz, bevor sie darauf klickte.

Sie hatte Angst.

Der Ordner war voller Bilder von Mr. Ryan, die ganz offensichtlich ohne sein Wissen entstanden waren. Sein Vorname war Kenneth. Kenneth Ryan.

Wie er die Post holte, wie er an einem Kiosk eine Zeitung kaufte, wie er sich auf der Straße unterhielt und dabei lachte. Es waren Hunderte und jedes war aus einigen Metern Entfernung und einem merkwürdigen Winkel aufgenommen. Manchmal hingen Blätter ins Bild oder ein Stück Wand verdeckte die Hälfte.

»Was hast du getan?«, hauchte Alice fassungslos.

Es gab noch Bilder von einer anderen Person. Alina Ryan. Sie war hübsch, jung geblieben, fröhlich und dennoch strahlte sie Einsamkeit aus. Unter einigen Bildern standen hässliche Beleidigungen, unter vielen stand »Schildkröte«. Im Wunderlandordner fand sie dazugehörig das Bild einer erbärmlich aussehenden Schildkröte und Alice begriff, was sie zu tun hatte.

Fidelia hatte es Liebe genannt, doch Alice wusste, was es wirklich war. Sie war sich nicht sicher, ob sie den Brechreiz noch lange bekämpfen konnte.

Der dritte Ordner beförderte sie über den Abgrund. Keuchend hockte Alice auf dem kalten Badezimmerboden, nachdem sie sich übergeben hatte, und presste die Handballen auf die Augen. Sie versuchte, die Bilder zu verscheuchen. Kalter Schweiß stand ihr auf der Stirn.

Bilder über Bilder von Mitschülern und Schulpersonal, außerdem noch mehr Bilder von Alina Ryan. In einige der Fotos hatte Scarlett andere Bilder hinein retuschiert – Köpfe von toten Tieren oder alten, brüchigen Porzellanpuppen oder widerliche Verletzungen und Wunden. Auf den Bildern, auf denen die Ryans gemeinsam zu sehen waren, hatte Scarlett Alina gelöscht und sich selbst eingesetzt. Am schlimmsten war ein Klassenfoto, das zu Beginn des Jahres entstanden sein musste. Es war schwarz-weiß und zeigte weitaus mehr Schüler, als jetzt in der Klasse waren. Die Gesichter, die Alice nicht kannte, waren mit roten Kreuzen durchgestrichen und die Datei war mit anderen verknüpft – Einzelbilder der markierten Schüler. Bilder, auf denen sie zusammengekrümmt auf dem Boden lagen, die Hände schützend über dem Kopf, oder Schmutzwasser vom Boden aufleckten.

Alice musste sich erneut übergeben, aber es kam nur noch Magensäure. Ihre Schwester war nicht nur ein Mobber und Stalker, sie war eine Soziopathin und sie hatte sich eine Sammlung zusammengestellt, die jeden Serienkiller stolz gemacht hätte.

Wer hatte sie dann aus dem Fenster gestoßen? Eines ihrer Opfer? Mühsam rappelte Alice sich hoch. Sie gurgelte mit dem puren Mundwasser und machte sich dann auf den Weg zum Krankenhaus. Zunächst gab es ein paar Fragen zu klären.

Carter sah gut aus. Ein wenig müde und mitgenommen vielleicht, aber das war in Anbetracht der Umstände nicht verwunderlich. Das Wichtigste war, dass er bei Bewusstsein war und wieder gesund werden würde. Sein Kopf und seine Schulter steckten in einem Verband und sein Bein hing in einem kompliziert aussehenden Metallgerüst, aber es ging ihm gut. Seine Eltern waren bei ihm und gingen ihm offenbar schon ein bisschen auf die Nerven.

Alice musste lächeln. Sie beobachtete die Familie vom Gang aus und wollte nicht stören. Sie war nicht wegen ihm hier. Unwillig riss sie sich los und begab sich zum Zimmer ihrer Schwester. Nachdem sie sichergestellt hatte, dass sich zurzeit niemand um sie kümmerte, schloss sie leise die Tür.

Nichts an Scarlett hatte sich geändert. Sie sah aus wie vorher.

Nur nicht für Alice. Für Alice hatte sich eine Menge geändert. Aus zusammengekniffenen Augen musterte sie ihre Schwester, die, klein und zerbrechlich, mehr denn je einer Puppe glich.

Sanft strich sie ihr über das dünne Haar.

»Es wird alles gut«, versprach sie ihr, »ich hol dich da raus und dann bekommst du Hilfe. Ein paar Dinge müssen sich ändern, ich glaube nicht, dass du fürs Erste zu Hause wohnen darfst, aber du gehst zum Arzt, bekommst vermutlich ein paar Medikamente und dann wird alles gut.«

Alice hatte nie verstanden, wieso die Eltern von Verbrechern ohne zu Zögern zu ihren Kindern stehen konnten. Jetzt verstand sie es. Scarlett war ihre Schwester und sie war nicht immer so gewesen. Sie brauchte Hilfe und Alice würde dafür sorgen, dass sie welche bekam. Doch zunächst musste sie ein paar Sachen abklären.

Sie ergriff fest die Hand ihrer Schwester und wühlte mit der anderen in den Zeichnungen. Schnell fand sie, wonach sie gesucht hatte.

Das Haus der Herzogin hatte sich nicht verändert, seit Alice das letzte Mal hier gewesen war. Alles wirkte kleiner, nur lag das vermutlich daran, dass sich ihre Perspektive geändert hatte. Das Puppenhaus stand noch immer inmitten des Wohnzimmers und Alice schaute kurz hinein, um Bill und Pat zu begrüßen. Die Eidechse reinigte soeben überflüssigerweise den Schornstein und hatte kein Auge für das, was um sie herum passierte. Pat saß in seinem Plüschsessel mit einer Tasse Tee in den Pfötchen und prostete Alice kurz zu, als ihr Gesicht vor der unsichtbaren vierten Wand auftauchte. Alice zwinkerte zurück und wandte sich dann wieder der Küche zu, deswegen war sie schließlich hier. Unter dem Türspalt quoll bereits der penetrante Geruch frischgemahlenen Pfeffers hervor.

Wäre dies ein schlechter Actionstreifen, hätte sie die Tür vermutlich mit einem Tritt gen Boden geschickt, so begnügte sie sich damit, sie laut aufzureißen, so dass sie gegen die Wand schlug. Es war Zeit für Veränderungen. Die Herzogin, die Köchin und das Kind befanden sich auf genau denselben Plätzen wie zuvor.

»Sorry, dass ich hier so reinplatze«, rief Alice bestimmt und marschierte durch die Küche. Sie verkeilte die Tür, so dass der Pfeffer abziehen konnte, scheuchte das Kind zum Spielen und entriss der Köchin die Pfeffermühle. Dabei erhaschte sie einen Blick in den Kochtopf, in dem die Herzogin rührte – er war leer, auf dem Boden hatte sich von der stetigen Reibung des Kochlöffels eine kreisförmige Furche gebildet.

»Im Ernst jetzt?«, fragte Alice sie trocken. Natürlich blieb die Herzogin die Antwort schuldig, starrte nur weiter vor sich hin.

»Herr Gott, es ist genug!« Alice packte sie und wirbelte sie herum. Schnell griff sie nach der Haube und riss sie der Herzogin vom Kopf.

Goldene Locken rannen herab auf die starren Schultern.

Alice schnaubte wie jemand, der eine lange gekannte Wahrheit bestätigt sieht.

»Da haben wir uns wohl gleich zwei Mal ziemlich verarschen lassen, was?«, sagte sie zu ihrem Spiegelbild.

Alice war also die Herzogin. Vermutlich eines der wenigen Male in der Geschichte, dass es besser war, nicht die Königin zu sein.

Was war sie für ein Idiot gewesen.

Eine Figur hält Scarlett in ihrem Unterbewusstsein gefangen.

So viel dazu. Eigentlich hätte sie es besser wissen müssen. Wenn Scarlett in ihrem Unterbewusstsein blieb, dann war das allein ihre Entscheidung.

»Ich vermute, eine verspätete Erkenntnis ist besser, als das Ausbleiben einer ebensolchen.«

Alice verzog das Gesicht zu einem humorlosen Grinsen. »Ich hatte mich schon gewundert, wo du bleibst, Katze.«

»Hattest du Sehnsucht?«

»Bilde dir mal keine Schwachheiten ein.«

»Autsch.«

»Hör auf, okay?«, fuhr Alice die Katze an. »Schlimm genug, dass du seine Augen hast, du kannst dich zumindest anders ausdrücken.«

»Da drängt sich mir doch die Frage auf, ob mit meinem Alter Ego alles in Ordnung ist«, entgegnete die Grinsekatze und zog eine buschige Augenbraue hoch.

»Faszinierend, und da dachte ich, du wärst das Alter Ego?«

»Alles eine Frage der Perspektive.«

Alice weigerte sich, dieses Gespräch weiterzuführen, es brachte ihr nichts außer Kopfschmerzen. Wortlos drehte sie sich um und ließ die Herzogin und die Köchin in ihrer Starre zurück. Zu viel von dieser Freakshow, und sie würde eine von ihnen werden. Oder durchdrehen. Je nachdem, was zuerst kam.

»Wo willst du hin?«, schnurrte die unsichtbare Grinsekatze neben ihr. Die Augen hüpften wie Pingpongbälle auf und ab und erweckten den Eindruck, als würde die Katze in der Luft Saltos schlagen.

»Wird Zeit, eine Königin zu stürzen.«

»Dann wirst du nie die ganze Wahrheit erfahren.«

Alice machte halt, als wäre sie gegen eine Barriere gelaufen.

»Ein starkes Wort, nicht wahr?«

Langsam erschien die Grinsekatze inmitten des Wohnzimmers und platzierte sich auf einer hohen Glasvitrine. Nun thronte sie über Alice wie ein hungriger Raubvogel.

»Ich war schon immer der Meinung, dass du mehr wie ein Geier aussiehst, als wie eine Schmusekatze. Von was für einer Wahrheit sprichst du?«

»Das ist die Frage, oder?«

»Unsere Gespräche ermüden mich. Antworte oder lass mich meines Weges gehen.« Alice stampfte mit dem Fuß auf und wurde sich im selben Moment bewusst, dass sie wie ein ungezogenes Kind wirkte. Konnte man es ihr verübeln?

»Die Ungeduld der Jugend. Du hast fast alles schon erraten, nur ein Baustein fehlt dir noch im Schloss deiner Gedanken. Die Geschichte der falschen Schildkröte.« Die Grinsekatze machte einen Satz und landete geschmeidig zu Alices Füßen, wo sie auf und ab stolzierte.

»Alina Ryan«, sagte Alice mit schwerer Zunge, »sie ist hier?«

Täuschte sie sich oder schimmerte für einen Augenblick Trauer in den Augen der Grinsekatze? »Ja und nein. In gewisser Weise trifft das auf uns alle zu. Es wundert mich, dass du sie noch nicht gesehen hast.«

Alice massierte sich die Schläfen und versuchte, sich zu erinnern. Während ihrer Reisen ins Wunderland waren ihr alle möglichen Tiere und Wesen begegnet, an eine Schildkröte konnte sie sich nicht erinnern.

Die Katze, die ihr das Unwissen offenbar ansah, fuhr fort: »Sie lebt im Tal der Tränen, mitten im Tränensee. Dort haben wir uns zum ersten Mal getroffen. Zumindest in dieser Welt.«

Diesmal war es an Alice zu grinsen. »Glaub mir, ich könnte es niemals vergessen, selbst wenn ich wollte«, sie ging in die Hocke, um Auge in Auge mit der Katze zu sein, »an eine Schildkröte kann ich mich allerdings nicht erinnern.«

»Dann wird es Zeit, sie kennenzulernen, oder?«, schlug die Grinsekatze vor und zwinkerte auffordernd.

Seufzend richtete Alice sich wieder auf. »In Ordnung, gib mir ein paar Minuten, ich muss irgendwie aufwachen, dann such ich das Bild von dem Tunnel, gehe durch die Uhr und dann …«

»Warum denn so umständlich?«, fragte die Katze erstaunt. »Nimm einfach den Greifen.«
»Welchen Greifen?!«

»Diesen Greifen!«
Die Grinsekatze hatte Alice durch den Vordereingang des Hauses geführt, wo sie auf einen entzückenden kleinen Garten voller Margeriten stießen, der durch einen weißen Lattenzaun von der gelben Backsteinstraße getrennt wurde. Von außen wirkte das Häuschen friedlich, beinahe idyllisch und stellte einen harten Kontrast zu seinem Innenleben dar.
Angrenzend befand sich im amerikanischen Stil eine altmodische Garage mit großen Flügeltüren. Alice erwartete alles, nur nicht das, was die Grinsekatze ihr im Endeffekt präsentierte.
Von der Größe eines Pferdes, mit dem Körper eines Löwen und dem Kopf eines Raubvogels saß, inmitten eines großen Berges Stroh, ein Greif und verspeiste genüsslich eine Ratte. Als das Tor sich öffnete, hob er nur kurz den Kopf und beschäftigte sich dann wieder mit seiner Beute.
»Wow, das *ist* ein Greif«, hauchte Alice überwältigt, fing sich jedoch schnell wieder. »Moment, ihr habt tatsächlich einen Greifen? Und man kann auf ihm fliegen? Wieso hab ich so viele Umwege gemacht?!«
»Du hast nicht gefragt«, erwiderte die Katze und trottete schulterzuckend in die Garage.
»Gott, ich kann dich nicht ausstehen.«
Vorsichtig machte sie ein paar Schritte in die Garage hinein. Wenn sie eins aus Harry Potter gelernt hatte, dann dass mit Greifen nicht zu spaßen war. Dieser hier hatte zwar auf den ersten Blick nichts Hinterhältiges an sich, Alice hatte jedoch nicht vor, sich von

Äußerlichkeiten verleiten zu lassen. Die letzten Stunden waren ihr eine Lehre gewesen.

Gelangweilt ließ der Greif von seinem Snack ab und betrachtete Alice. Seine tiefbraunen Augen schienen durch sie hindurchzusehen und wenn er sich bewegte, raschelten die schwarzen Federn und sein goldenes Fell zugleich. Alice ließ ihren Blick nach unten wandern und war sich sicher, dass die Klauen sie mit Leichtigkeit zerfetzen konnten. Die schwarzen Schwingen jedoch konnten ihr einen Traum erfüllen und sie hoch in die Lüfte heben. Ehrfürchtig machte sie den ersten Schritt.

Die Grinsekatze hatte es sich derweil auf dem Fensterrahmen bequem gemacht. »Neue Bekanntschaften haben immer etwas Furchteinflößendes an sich, nicht wahr?«, fragte sie, genüsslich schnurrend. »Gerade das macht sie ach so aufregend.«

»Zumindest einer hat seinen Spaß«, wisperte Alice – sie hatte jetzt keine Zeit, sich mit der sadistischen Katze zu befassen, vor ihr stand ein kolossaler, fleischgewordener Mythos. Eins nach dem anderen.

Der Greif hatte seine Position nicht verändert, er erweckte eher den Anschein eines milde belustigten Zuschauers in einer unfreiwillig komischen Vorstellung. Alice konnte es ihm nicht verdenken, sie bewegte sich wie durch Gelatine, setzte jeden Schritt bedacht vorsichtig und zog dabei den Kopf zurück, als würde sie sich ekeln. Auf diese Art und Weise hatte sie sich bis auf einen halben Meter an den Greifen herangearbeitet.

»Du verhältst dich lächerlich, das weißt du hoffentlich«, kommentierte die Grinsekatze und Alice machte einen kleinen Satz.

Böse funkelte sie zurück. »Ich möchte es nun mal vermeiden, einen Finger oder ein Auge zu verlieren. Ich hänge an meinen Körperteilen!«

»Nicht mehr als ich, dennoch ist der Greif zahm«, erklärte die Katze und drehte dabei eine Pfote in der Luft, als würde sie mit einem begriffsstutzigen Kind reden.

Alice gefror in ihrer albernen Haltung zur Eissäule und blinzelte zu ihrem Beobachter herüber. In einem Ruck hatte sie sich aufgerichtet und zog ihr Oberteil zurecht.

»Das hättest du mir früher sagen können«, schnappte sie.

»Sicher, nur wäre das nicht annähernd so amüsant gewesen.«

Kurzzeitig war Alice versucht, ihren Schuh nach der Katze zu werfen, konnte sich jedoch noch zurückhalten. Beherzt trat sie an den Greifen heran und streckte die Hand aus. Kurz vor seinem Kopf hielt sie inne. Was die Katze sagte und was sie meinte, waren zwei verschiedene Dinge. Ganz zu schweigen von ihrer Ehrlichkeit.

Der Greif kam ihr entgegen. Er neigte den Kopf und schob ihn unter Alices Hand, so dass sie ihn streichelte.

»Hi«, flüsterte sie überwältigt, als sie durch die seidigen Federn strich. Der Greif kniff mit dem Schnabel sanft in ihre Hand und Alice deutete es als Zeichen der Freundschaft.

»Du bringst mich zur falschen Schildkröte, ja?«, fragte sie lächelnd, woraufhin der Greif in den Vorderläufen einknickte. Alice betrachtete das als Zustimmung. Zögerlich tastete sie hinter dem Hals des Greifen herum, denn sie hatte Angst, ihm wehzutun oder – noch schlimmer – ihn wütend zu machen. Sie setzte immer wieder an, machte Anstalten, zuzugreifen und zog im letzten Augenblick die Hand zurück. Nervös kichernd wiederholte sie das Spiel, bis der Greif ein Einsehen hatte und sie mit einem Schwung seiner Pranke wie ein Paket quer auf seinen Rücken beförderte. Ächzend rappelte sie sich in eine aufrechtsitzende Position, die Knie hinter den Schultern des Fabeltieres eingeklemmt, die Hände an seinem Hals. Sie würde wahrhaftig fliegen.

Gemächlich erhob sich der Greif und trottete Richtung Ausgang.

»Warte«, rief Alice erschrocken und das Tier kam zum Stehen. Mit großen Augen sah sie zur Grinsekatze, die noch immer genüsslich auf der Fensterbank lümmelte.

»Worauf wartest du?«, forderte Alice sie auf. »Komm schon!«

Desinteressiert leckte die Grinsekatze sich über die Vorderpfoten und Alice stellte fest, dass ihr dieser sonst so natürliche Vorgang bei dieser speziellen Katze mehr als ekelhaft vorkam.

»Nein, danke«, entgegnete die Grinsekatze und wandte sich der anderen Pfote zu, »ich reise niemals Holzklasse.«

»Treffen wir uns dann da?«, fragte Alice mit Hinblick auf die Fähigkeiten der Katze, überall und nirgends zugleich zu sein.

Die Grinsekatze unterbrach ihr Wäscheritual und musterte Alice. Zum ersten Mal hatte sie das Gefühl, echtes Mitgefühl in den Augen des Quälgeistes zu sehen, in der nächsten Sekunde war es jedoch verschwunden.

»Ich fürchte, das hier ist Lebewohl für uns«, schnurrte die Katze, »ich denke, du bist beinah am Ende deiner Reise angekommen.“

»Aber …«, setzte Alice an und wurde unterbrochen.

»Bring mich nicht zum Weinen, Liebes, das wäre wider meine Natur.«

Mit einem Satz sprang die Tigerkatze aus dem Fenster und streckte dann noch einmal ihren Kopf zur Garagentür herein.

»Tu mir einen Gefallen und pass auf, dass mein menschliches Ich keinen Unsinn mehr anstellt. In letzter Zeit hatte ich solche Kopfschmerzen, ich frage mich, woher das kommt«, sagte sie und löste sich in Wohlgefallen auf.

Alice wollte etwas hinterherrufen, überlegte es sich dann anders. Sie wusste ja nicht mal, ob die Katze sie gehört hätte. Nach allem wollte sie sich dennoch bedanken, denn ihrem Schicksal überlassen hatte die Katze sie nie. Das hieß, bisher nicht. Auf einmal war sie ganz auf sich allein gestellt. Die Erkenntnis brach über sie herein wie kaltes Wasser und sie schlang die Arme um den Hals des Greifen, um nicht herunterzufallen.

»Dann mal los«, flüsterte sie mit in das Gefieder gepresstem Gesicht. Dies war nicht die Zeit für Tränen.

Der Greif verfiel in einen leichten Trab und trottete auf die Straße hinaus. Schwungvoll breitete er die Flügel aus, so dass Alice aufkreischte. Obgleich sie sich darauf vorbereitet hatte, war sie von der enormen Spannbreite überrascht.

Sie kreischte erneut, als das Tier sich in die Lüfte erhob, doch ihr Schrei verwandelte sich schnell in helle Freude und sie lachte den gesamten Flug über. An den Greifen gedrückt, den Wind im Gesicht, beinah schwerelos, vergaß sie für einen Augenblick ihre Sorgen. Unter ihr flog das Wunderland hinweg und sie erhaschte noch einmal einen Blick auf all die Orte, die sie besucht hatte – da waren die Lichtung mit dem Brunnen, das Haus des Hutmachers und das Schloss. Sie würde es nicht zum letzten Mal gesehen haben.

Als das Tal der Tränen unter ihr auftauchte und das Glitzern des Sees immer näher kam, wurde sie wehmütig. Der Flug war bereits vorbei. Die großen Fische sprangen ihre Runden, der Felsen weinte und der Greif zog an allem vorbei, flog bis in den hintersten Winkel des Sees, wo das Wasser in düstere Sümpfe überging, die sich schnell zwischen den Wäldern verloren. Dort war eine kleine Insel, die mehr einem Felsen glich, gerade groß genug für sie beide. Vorsichtig setzte der Greif auf und ließ Alice hinunter. Sofort rutschte sie aus und schlug sich das Knie auf.

»Sei vorsichtig«, warnte sie eine leise Stimme. Alice sah überrascht auf. Was sie für einen weiteren Felsen gehalten hatte, bewegte sich nun und drehte sich langsam in ihre Richtung. Sie erkannte eine dunkle Öffnung, aus der sie zwei Augen ansahen.

Alice erstarrte. »Bist du die falsche Schildkröte?«

»Hmm«, summte der lebende Stein und aus der Öffnung schlich ein glänzender, graugrüner Kopf hervor. Sie hatten keine Ähnlichkeit miteinander und dennoch erkannte Alice Alina Ryan. Die Schildkröte wirkte zu schmal, zu klein, zu lethargisch – einfach zu wenig von allem. Selbst ihre Stimme schien zu dünn, mit zu viel Luft und beinah einschläfernd.

»Du bist sie«, flötete sie nun.

»Na ja, so ähnlich«, murmelte Alice im Aufstehen. Verärgert klopfte sie sich die Sachen ab und trat nun an die Schildkröte heran, die sie aus wässrigen Augen betrachtete.

»Kann man nur ein bisschen jemand sein?«, fragte das Tier.

»Warum nicht, schließlich kann man auch niemand sein.«

»Das stimmt«, stimmte die Schildkröte zu und nickte in Zeitlupe, »ich war auch mal jemand. Jetzt bin ich nicht mal eine richtige Schildkröte.«

»Kannst du dich erinnern, wer du warst?«, hakte Alice nach. Die Grinsekatze wusste, dass sie Carter war, vielleicht war das keine Einmaligkeit.

»Ich war einmal …«, begann die falsche Schildkröte und hielt dann inne. Gespannt hockte Alice sich vor sie, um jedes kleine Wort zu verstehen.

Nichts passierte.

Nach einer Minute verfiel die Schildkröte in ein leichtes Schnarchen.

»Wirklich?!«, fuhr Alice auf und weckte sie wieder.

»Entschuldige, ich bin immer so müde«, erklärte das Reptil.

»Alina«, sagte Alice, in der Hoffnung, damit ins Schwarze zu treffen, »kennst du den Namen?«

»Alina. Alina. Ja, ich glaube … ich glaube … so hat mich schon lange keiner mehr genannt.«

Mühsam verkniff Alice sich einen jubelnden Schlag in die Luft. Also doch! Die Grinsekatze hatte sie zu Recht hergeschickt, um die Wahrheit zu erfahren, die falsche Schildkröte erinnerte sich.

»Ich war einmal«, begann die Geschichte, »am Hof. Der König nannte mich Alina und ich war sein liebstes Haustier. Jetzt fragt man sich vielleicht: wieso eine Schildkröte, noch dazu eine falsche? Aber den König interessierte das nicht. Er liebte mich mehr als jeden anderen Bewohner des Wunderlandes.«

Alice runzelte die Stirn. Sie hatte gehofft, etwas über Mr. Ryan und seine Frau zu erfahren und somit das Rätsel um Scarlett zu lösen, und jetzt saß sie hier und hörte noch mehr Geschichten über das Wunderland.

Dann dämmerte es ihr. »Mr. Ryan ist der *König*?! Aber er verrottet im Turm.«

»Wir waren glücklich. Und dann kam sie«, fuhr die Schildkröte Alina fort, als hätte sie Alice nicht gehört,

»oh, sie war hübsch, das kann man nicht leugnen. Der halbe Hof war ihr sofort verfallen, allen voran die Ritter. Noch war sie ein Niemand, doch sie taten alles für sie. Sie musste nur mit dem Finger schnippen und sie bekam, was sie wollte. Und sie wollte ihn.«

Sie musste nur mit dem Finger schnippen und sie bekam, was sie wollte. Alice grübelte. Seit sie den Ordner auf Scarletts Rechner gefunden hatte, drehte ein Gedanke außerhalb ihres Verstehens Pirouetten. Sie konnte ihn nicht greifen. Mit den Fotos hatte etwas nicht gestimmt.

Endlich begriff sie. Die Höhe stimmte nicht. Sie selbst war genauso groß wie Scarlett, deswegen erschienen sie ihr unnatürlich niedrig.

Besonders die Ritter waren ihr verfallen.

Fidelia. Das hatte sie damit gemeint, sie wolle Scarlett doch nur helfen. Sie hatte Mr. Ryan verfolgt und das Bildmaterial für Scarletts Wahn geliefert.

Sie musste nur mit dem Finger schnippen und sie bekam, was sie wollte. Und seien es willige Mittäter.

»Es fiel ihm schwer, ihr zu widerstehen. Sie war hübsch, sie war klug, sie knisterte nur so vor Feuer, das einen verbrennt, wenn man ihm zu nahe kommt. Oh, er war fasziniert von ihr.

Und es kam, wie es kommen musste. Er heiratete sie und gab dem Wunderland eine Königin, schön und schrecklich zugleich. Denn sie hatte eine dunkle Seite. Ihre Raserei, der Zorn, wenn sie nicht bekam, was sie wollte, die stille Euphorie, wenn jemand bestraft wurde. Es dauerte nicht lange und was ihn einst angezogen hatte, schreckte ihn ab. Er wollte es rückgängig machen. Doch man verweigert einer Königin nicht ihren Willen. Sie isolierte ihn von seinem Hof, ließ ihn von ihren Rittern überwachen. Sie verbannte die Herzogin in ihr Haus und mich hierher. Als auch das nicht reichte, um ihn zurück in ihr Bett zu holen, sperrte sie ihn ein. Niemand sollte ihn haben und das Wunderland wurde ein Ort der Furcht.«

Damit endete die Geschichte und die Schildkröte zog sich in ihren Panzer zurück. Alice verdrängte den verstörenden Gedanken an ihre Schwester im Bett mit Mr. Ryan und versuchte, sich auf das Wichtigste zu konzentrieren.

»Sie hat dich verbannt«, sagte sie gedankenverloren und ließ ihren Blick schweifen, »du warst im Weg. Sie hat dich verbannt, weil du im Weg warst.«

Noch weigerte sie sich, das Offensichtliche zu akzeptieren, trotz allem, was sie in den letzten Stunden erfahren hatte. Scarlett wollte ihn und sie hatte dafür gesorgt, dass sie ihn bekam.

»Sie wurde gestoßen«, flüsterte Alice zu sich selbst. Es war beinahe schmerzhaft eindeutig. Alina Ryan war nicht gesprungen, sie hatte nicht versucht, sich umzubringen, man hatte sie gestoßen. Scarlett hatte sie gestoßen oder es veranlasst. Mit Fidelias Hilfe? Niemals, die konnte kaum ihren eigenen Kopf hochhalten.

»Du sagst, der Hof liebte die Königin sofort? Irgendjemand besonders?«

»Der Herzbube lag ihr zu Füßen, sobald sie das Schloss betrat, und las ihr jeden Wunsch von den Lippen ab.«

Fidelia. Eindeutig Fidelia. Zum Dank hatte Scarlett sie in ihrer Fantasie groß und stark gemacht.

»Also hat er ihre Drecksarbeit erledigt?«, bohrte Alice weiter.

»Hmmmm, er hat dafür gesorgt, dass es richtig gemacht wurde. Manche Leute brauchten dafür besondere Überredung, aber dann taten sie alles.«

Alice war verwirrt. »Besondere Überredung, was meinst du denn damit?« Im nächsten Augenblick hatte sie verstanden. »Zum Beispiel, wenn man nicht ganz Herr seiner Sinne ist, weil man bis unter die Schädeldecke mit Drogen vollgepumpt ist.«

Jedes Detail war grausiger als das davor und langsam fügte sich alles zu einem großen Ganzen zusammen. Scarlett hatte sich auf ungesunde Art in Mr. Ryan verliebt. Sie selbst wurde wiederrum von Fidelia vergöttert und diese sorgte dafür, dass Scarlett glücklich war. Um ihre eigenen Unzulänglichkeiten auszugleichen, hatte sie Johnny, Marge und Mickey gefügig gemacht und sie waren die Leute fürs Grobe. Deswegen hatte sie immer darauf bestanden, aufs Dach zu ihnen zu gehen. Andererseits waren Johnny und die anderen nicht übermäßig erfreut über Fidelias Besuche zusammen mit Scarlett gewesen. Zugegeben, es fiel ihnen schwer, sich für länger als drei Minuten zu konzentrieren. Möglicherweise hatten auch entweder Fidelia oder Scarlett dafür gesorgt, dass sie sich nicht mehr an alles erinnern konnten. Wer wusste schon, was die beiden ihnen in den Tee oder das Essen gemischt hatten?

Und damit nicht genug.

Alles ergab auf einmal Sinn und Alices Nacken wurde kalt. Fidelia war dabei gewesen, als Dodo Alice wegen des Tennistrainings ermahnt hatte. Man erhob nicht die Stimme gegen die Königin – ab mit ihrem Kopf.

Alice hatte vor Fidelia Vermutungen über die Beziehung zwischen Mr. Ryan und Miss Admiral angestellt, was Fidelia allem Anschein nach als Eifersucht in Anbetracht einer Konkurrentin interpretiert hatte. Zack. Ab mit dem Kopf.

Und Carter? Die beiden hatten sich lautstark im Treppenhaus gestritten, während Fidelia einige Stufen weiter unten saß und lauschte. Diesmal war sie es möglicherweise selbst gewesen, man brauchte nicht viel

Kraft, um jemanden aus dem Hinterhalt eine Treppe hinunterzustoßen.

Alice spuckte bittere Galle in den See. Scarlett und Fidelia waren das perfekte Serienkillerduo – ein Hirn, das die Fäden zog, und ein Unterwürfiger, der zu viel Angst hatte, verlassen zu werden, um sich zu widersetzen. Damit fiel Scarlett wohl in die Kategorie wahnsinnig, aber nicht blöd, denn im Endeffekt hatte sie angestiftet, niemals ausgeführt.

»Ich danke dir«, sagte Alice und verdrehte ihren Kopf, um in den Panzer der falschen Schildkröte spähen zu können. Diese schien kein weiteres Interesse an ihrer Besucherin zu haben, sie ließ sich nicht mehr blicken.

In der Ferne ging die Sonne über dem Wunderland unter und tauchte die Welt in tiefes Blau. Es war die perfekte Atmosphäre für Alices nächsten Schritt: alles in Dunkelheit stürzen.

FRIEDE, FREUDE, PUSTEKUCHEN!

Mit knackenden Knochen kam Alice auf die Füße und warf einen letzten Blick auf das Tal der Tränen. Was würde mit dem Wunderland passieren, sollte sie Scarlett aufwecken? Würde alles in sich zusammenfallen wie ein Kartenhaus oder bliebe es bestehen, aber ohne den Irrsinn? Ungeduldig schüttelte sie den Kopf, um die Gedanken zu vertreiben. Dafür war kein Platz!

Der Greif hatte es sich am Rande der kleinen Felseninsel bequem gemacht und hielt einem Angler gleich seinen Schweif ins Wasser.

»Na, Glück gehabt?«, fragte Alice im Versuch eines Witzes, doch der Greif warf ihr nur einen düsteren Blick zu.

»Kannst du mich zum Schloss bringen? Ich muss mit der Königin sprechen.«

Der Greif schien eine Weile zu überlegen, ob es sich dabei um eine kluge Idee handelte, dann ließ er die Fische Fische sein und ging in Startposition.

»Was denkst du«, murmelte Alice, während sie auf den Rücken des Tieres kletterte, »passiert mit dem Wunderland, wenn die Königin fort ist?«

Der Greif, der soeben angesetzt hatte, abzuheben, hielt inne. Er drehte seinen Kopf Richtung Horizont, wo in diesem Moment die letzten Sonnenstrahlen erloschen. Seine Antwort war ein kurzes Schütteln, das durch den gesamten Körper ging und Alice gut durchrüttelte. Sie interpretierte es als gezuckte Schultern.

»Ja, ich weiß es auch nicht«, sagte sie traurig.

Diesmal erschien Alice der Flug weniger schön. Die Luft war kälter, eine Aussicht nicht vorhanden, selbst die Sterne und der Mond hatten diesen Ort verlassen. Unter ihr breitete sich nichts als Schwärze aus. Wenn man es aus luftiger Höhe betrachtete, war das Wunderland bereits verschwunden.

In der Ferne erhob sich das Schloss der Herzkönigin in den Himmel, seine zahlreichen Fenster leuchteten wie Glühwürmchen.

»Setz mich da ab«, rief Alice über das Rauschen des Windes hinweg und zeigte auf den großen Balkon am höchsten Turm. Wenn das nicht das Gemach einer Königin war, dann wusste sie es auch nicht. Artig flog der Greif eine Runde um den Turm und setzte dann sanft auf. Vorsichtig glitt Alice herunter. Der Balkon ragte halbkreisförmig weit über den Hof, der sich viele Meter unter ihr erstreckte. Ein dunkelroter Seidenvorhang bildete den Eingang ins Innere des Zimmers, aus dem leise Musik ertönte.

Alice legte eine Hand unter das Kinn des Greifen und zog seine Stirn an die ihre. Zärtlich strich sie ihm über den Schnabel.

»Danke fürs Mitnehmen«, sagte sie lächelnd, »von hier an komm ich allein zurecht.« Zunächst wollte der Greif bleiben, doch Alice blieb hartnäckig. Widerwillig stieg er einen Meter in die Luft und hielt sich kurz in der Schwebe. Nachdem Alice ihm zum Abschied gewunken hatte, drehte er sich herum und flog in die Nacht davon.

Langsam aber zielstrebig ging sie auf das Schlafzimmer der Königin zu. Die Musik wurde mit jedem Schritt lauter und Alice erkannte eine Mischung aus verschiedenen Streichinstrumenten, die in hohen Frequenzen gespielt wurden, so dass ihr leicht die Zähne wehtaten. Kein Wunder, dass Scarlett den Verstand verloren hatte.

Schwungvoll wischte sie den Vorhang zur Seite und betrat das Schlafzimmer. Der Raum war rund mit einem großen, quadratischen Himmelbett, dessen schwere Brokatvorhänge zurückgezogen waren, mitten im Zimmer. An der Wand dahinter hing ein Gemälde von Königin und König, dem der Kopf fehlte. Auf der gegenüberliegenden Seite stand ein Schminktisch mit herzförmigem Spiegel und zwischen allem schwebten verschiedene Geigen, Cellos und mehr, die von selbst spielten. Alice war sich sicher, dass diese Musik viele Menschen in den Selbstmord treiben könnte, wenn man sie als Fahrstuhlmusik einsetzte, und hier untermalte sie noch den Eindruck von Besessenheit. Und wenn die Musik nicht ausreichte, würden die blutroten Wände in Kombination mit schwarzem Boden den Rest erledigen. Ganz entzückend.

Die Königin saß vor ihrem Spiegel und kämmte sich das braune Haar. Noch hatte sie ihre Schwester nicht bemerkt, die mitten im Zimmer stand und sich überlegte, womit sie zuerst zuschlagen sollte.

Alice entschied sich anders, sie war kein hinterhältiger Mensch. »Hey, Schwesterherz«, rief sie laut.

Erschrocken fuhr die Königin herum und ließ die Bürste fallen. Voller Genugtuung bemerkte Alice das kurze Entsetzen in den Augen ihrer Schwester, bevor es wieder verschwand und einem überheblichen Lächeln Platz machte.

»Ich hatte mich schon gefragt, ob du jemals wieder hier auftauchst. Freut mich zu sehen, dass du den Schock unseres kleinen Kartenspiels überwunden hast. Ich hatte mir Sorgen gemacht.«

Die vielen Lagen ihres Kleides raschelten, als Scarlett sich erhob. Der Rock war bestimmt groß genug, dass eine Kleinfamilie darin unterkommen konnte.

Alice lachte verbittert auf – Scarlett, die Prinzessin. Nein, falsch. Scarlett, die *Königin*.

»Aber sicher hattest du das«, entgegnete Alice trocken und riss ihren Blick von dem Ungetüm eines Kleides los. »Wie ich feststelle, hast du dir endlich den Traum vom eigenen Königreich erfüllt.«

Scarlett zuckte mit den Schultern. »Was soll ich sagen, ich mag keine halben Sachen.«

»Und die Hinrichtungen gehören dazu?«

»Ich bitte dich, Schwesterchen«, lachte Scarlett auf und legte sich die Hand an ihren eingesunkenen Busen, »es sind doch nur Vorstellungen. Nichts davon ist echt. Es ist, als würdest du eine fixe Idee zerstören.«

»Das Blut, ihr Entsetzen, deine Ekstase – das wirkt alles mehr als echt.«

»Jaja, sicher«, wiegelte Scarlett handwedelnd ab, »alles wirkt viel schlimmer, wenn man keine Ahnung hat, wovon man spricht.«

»Ich denke, ich weiß genau, wovon ich spreche, Mrs. Scarlett Ryan«, zog Alice ihren Trumpf und beobachtete die Veränderung in Scarlett. Auf einmal war sie nicht mehr selbstsicher und arrogant, sondern auf der Hut.

»Wovon redest du?«, fragte sie betont unschuldig.

»Du brauchst gar nicht erst versuchen, es zu leugnen, ich hab die Bilder gesehen. Und ich hab mit Fidelia gesprochen. Mann, hatte die viel zu erzählen.«

»Fidelia!«, spuckte Scarlett abschätzig aus und raffte ihren Rock. Sie begann, aufgeregt hin und her zu laufen, wobei ihre sorgfältig gekämmten Haare wieder in Unordnung gerieten.

»Hast du Fidelia eigentlich tatsächlich *kennen*gelernt?«, stieß sie aus. »Ich habe noch nie jemand dermaßen Wahnsinnigen erlebt.«

Alice war sich da nicht so sicher. »Es gibt keinen Grund für dich, laut zu werden«, sagte sie ruhig und zog sich an die Wand des Schlafzimmers zurück.

»Wenn es so ist, ist es deine Schuld!«

»Was hast du, Scarlett? Warst du nicht immer die besonnene Schwester?«

Abrupt blieb Scarlett stehen und richtete ihren dürren Zeigefinger auf Alice. »Oh ja, aber war das nicht immer leicht neben jemandem wie dir?«

»Zumindest bin ich nicht zur Verbrecherin geworden, weil ein Mann mich nicht wollte!«

»Er wollte mich! *Will* mich!«, schrie Scarlett sie an und jeder Versuch, eine ruhige Fassade zu bewahren, war dahin. Alice fürchtete, dass man sie im Schloss hörte und die Garde ihrer Königin zur Hilfe eilen würde, also trat sie auf den Balkon hinaus, in der Hoffnung, dass Scarlett ihr folgte.

»Wieso sitzt er dann am Bett seiner noch immer lebenden Frau und du bist hier ganz allein?!«, provozierte Alice weiter.

»Halt den Mund«, zischte Scarlett und trat zu ihr in die kühle Nachtluft. Kurz sah Alice Schmerz in den Augen ihrer Schwester aufblitzen.

»Hör zu«, versuchte sie einen versöhnlichen Kurs, »sich in den Lehrer zu verlieben, so was passiert doch ständig. Mr. Ryan, er hätte das nicht ausnutzen dürfen.«

»Du verstehst gar nichts«, rief Scarlett und lachte hysterisch, »du verstehst es nicht, oder? Ich hab ihm geholfen. Er war gefangen mit dieser … *Frau*«, dabei spuckte sie das Wort Frau aus wie eine Beleidigung, »ich wollte ihm helfen. Er hätte glücklich sein können.«

»Er ist dein Lehrer! Und nicht nur das, du hast Menschen verletzt!«

Scarlett kicherte, als hätte Alice einen Witz gemacht. »Was hab ich? *Ich* habe gar nichts getan. Es waren Fidelia und die verrückte Teegesellschaft. Was kann ich dafür, dass es mir gelegen kam?«

»Hör doch auf!«, sagte Alice und packte ihre Schwester am Handgelenk, damit sie ihr endlich in die Augen sah. »Die haben das doch nur für dich getan.«

»In Schwierigkeiten haben sie mich gebracht!«

»Niemand muss etwas davon erfahren«, lenkte Alice ein und lächelte aufmunternd, »wenn du mit nach Hause kommst, werden wir niemandem etwas sagen. Alles wird wieder gut! Mom und Dad wollen sogar wieder zusammen sein und dann bekommst du Hilfe, damit …«

Wütend riss Scarlett sich los. Sie betrachtete Alice wie ein widerliches Insekt, das man am liebsten unter seinem Stiefel zertreten würde.

»Wovon redest du bitte?«

»Scarlett, du hast Menschen verletzt«, wiederholte Alice.

»*Ich* habe niemanden verletzt. Ich wollte glücklich sein. Aber ich durfte es nicht, ich durfte nicht glücklich sein.«

»Scarlett du bist hier *nicht das Opfer*«, rief Alice verzweifelt.

»Wer denn sonst? Ständig wollten sie mir alles wegnehmen und kaum war einer von ihnen weg, kam der Nächste. Und jetzt habe ich endlich alles, was ich immer wollte und meine eigene Schwester will es zerstören.«

Während sie sprach, arbeitete sich Scarlett immer weiter an die Balkonbrüstung vor und Alice lief unsicher hinterher.

»Das ist doch Wahnsinn! Du verdrehst alles so, dass es dir in den Kram passt.«

»Ach ja?!«, kreischte Scarlett und fuhr herum, ihre Augen waren fiebrig und in Alice keimte die Befürchtung, dass es zu spät war. Scarlett wollte oder konnte nicht erkennen, was sie getan hatte, sie sah sich als Opfer.

»Es ist genau wie früher, immer nimmst du mir alles weg!«, schrie sie weiter und Alice fühlte sich wie geohrfeigt.

»Was soll der Unsinn?«, stammelte sie. Scarlett war die gute Schwester gewesen, die kluge, die man gelobt hatte, die liebe, die perfekte Schwester.

»Siehst du das hier?«, fragte Scarlett und breitete die Arme aus. »Das habe ich geschaffen. Ich wusste schon lange, dass ich es kann, doch nie hätte ich gedacht, dass ich zu so etwas Großem fähig bin – eine Verbindung zwischen meinen Gedanken und den Menschen da draußen. Wusstest du, dass wenn ein Charakter hier verändert wird, die Veränderung auch draußen Auswirkungen hat? Und wenn er draußen verletzt wird, merken sie es auch hier. Faszinierend, oder?«

Alice blieb die Antwort schuldig. Das erklärte so einiges, allem voran den geistigen Zustand der Teegesellschaft in der Schule. Die falsche Schildkröte hier lag als Alina im Koma auf der anderen Seite und würde so lange im Koma liegen, bis die Schildkröte zum König zurückkehrte. Die Grinsekatze würde so lange Kopfschmerzen haben, bis es Carter wieder besser ging und die Herzogin würde aus ihrer Starre befreit, sobald Alice sich vom drohenden Schatten ihrer Schwester befreien konnte, der über ihr schwebte.

»Seit ich denken kann, war ich in der Lage, solche Verbindungen zu erschaffen«, fuhr Scarlett fort und gestikulierte dabei wie ein Schauspieler auf der großen Bühne, »ein wirklich einzigartiges Talent, wage ich zu behaupten. Es war nie etwas Weltbewegendes, ich konnte höchstens Mom dazu bewegen, keinen Sellerie ins Essen zu schneiden oder dazu, dass wir eine halbe Stunde länger aufbleiben durften. Solche Dinge. Was meinst du, wie überrascht ich war, als du für eine Woche mit einer Lungenentzündung im Krankenhaus lagst und ich plötzlich Mom und Dad für mich allein hatte? Auf einmal bekam ich alles, was ich wollte.«

Ein genüssliches Lächeln umspielte Scarletts Lippen, als sie sich daran erinnerte, und Alice wurde schlecht. Ihr Krankenhausaufenthalt war bereits sechs Jahre her und wenn sie sich genau erinnerte, hatte es kurz danach angefangen, dass man Scarlett ihr vorgezogen hatte.

»Ich verstehe nicht, was du meinst«, brachte sie hervor.

»Meine liebe, liebe kleine Schwester konnte es nicht ertragen, dass ich etwas hatte, das sie nicht haben konnte. Deswegen hat sie mich sabotiert.«

»Du bist völlig wahnsinnig«, stammelte Alice kopfschüttelnd und in diesem Moment war sie vollkommen davon überzeugt. »Ich wusste niemals, dass du so was kannst!«

»Oh, du musstest es nicht wissen. Deine bloße Anwesenheit hat schon gereicht«, erklärte Scarlett mit einer wütenden Handbewegung. »Offenbar ist die Verbindung zwischen Zwillingen noch größer, als ich dachte. Du hast mich sogar hier gefunden.«

Alices Gedanken rasten. Es klang völlig verrückt – nicht, dass sie sich darüber noch wundern würde – und trotzdem glaubte sie Scarlett. Das hieß, dass Alice Scarletts Kräfte minderte, man könnte sogar sagen, ausglich. Alice war der *gute* Zwilling und hatte Scarlett in Schach gehalten, bis die Scheidung ihrer Eltern sie getrennt hatte.

Eine Scheidung, die nach einem Jahr fürchterlicher Streits kam, wo vorher fast ausschließlich Liebe geherrscht hatte. Alice hatte die Veränderung in ihren Eltern niemals vollständig nachvollziehen können.

Alices Blick verdüsterte sich.

»Ich sehe, du hast es verstanden«, sagte Scarlett.

»Du hast sie getrennt«, murmelte Alice fassungslos und erkannte ihre eigene Stimme nicht wieder, »du hast dafür gesorgt, dass Mom und Dad sich trennen, damit du allein sein und dich austoben kannst.«

»Es war mein gutes Recht, ich wurde jahrelang unterdrückt«, empörte sich Scarlett, »ich hoffe, du verzeihst mir, dass ich mich für Dad entschieden habe, ich konnte Mom noch nie ausstehen.«

»Das liegt daran, dass sie dir ähnlich ist«, brüllte Alice und versetzte Scarlett einen Stoß. Erschrocken taumelte diese nach hinten und stieß hart gegen die Balkonbrüstung.

Scarletts Augen wurden dunkler, als sie sagte: »Ach ja? Du hattest sie verdient. Ich wollte, dass du weißt, wie es ist, zu leiden.« Und diesmal war sie es, die Alice schubste.

»Leiden?! Du weißt nicht, was Leid ist. *Ich* habe gelitten, *unsere Eltern* haben gelitten, nur damit du deinen Spaß, deinen Willen haben konntest!«

Scarlett wischte diese Einwände beiseite, als seien es lästige Fliegen, und Alice fuhr fort: »Alina Ryan, Fidelia, die Schüler. Sie alle mussten leiden, damit du bekommen konntest, was du wolltest und wenn es bedeutete, sie anzugreifen, sie zu verletzen und sie zu zertreten wie Getier.

Warst du schon immer so? Ich weiß es beim besten Willen nicht. Wann bist du so geworden, wann?! Ich erkenne dich nicht, Scarlett.«

Alice raufte sich die Haare, weil es nicht in ihren Kopf wollte. »Du hast beinah deine eigene Mutter in den Wahnsinn getrieben und mich gleich mit! Manchmal hab ich mich gefragt, ob ich eines Tages nach Hause komme und sie liegt tot in der Badewanne!«

Scarlett wurde still und betrachtete Alice milde interessiert.

»Hm, stimmt«, sagte sie leichthin, als wäre ihr das soeben zum ersten Mal aufgefallen, »ich hätte mir mehr Mühe geben sollen.«

Und dann lachte sie.

Sie lachte.

Das Miststück *lachte*.

Das war der Moment, in dem bei Alice eine Sicherung durchbrannte. Mit einem Urgebrüll aus ihrem tiefsten Inneren warf sie sich auf Scarlett und krallte sich fest. Ihre Schwester versuchte sich zu wehren, doch die Masse ihres Kleides hinderte sie daran und am Ende war es das Kleid, das ihr das Genick brach. Alice, die schwerer war, brachte sie kurzzeitig aus dem Gleichgewicht und Scarlett blieb mit dem Fuß in einer der Stoffschichten hängen.

Sie fielen gemeinsam.

Alice erinnerte sich an ihre Idee, sie könne nicht sterben.

Was war mit Scarlett?

Für eine Sekunde dachte sie darüber nach.

Dann nichts mehr.

Blackout.

EPILOG

Lieber Carter,

ich hoffe, du hast mich noch nicht vergessen. Ich kann es immer noch nicht glauben, dass dein Vater dir einen weiteren Schulwechsel angetan hat.

Seit du umgezogen bist, hat sich hier viel verändert, vieles kann ich selbst noch nicht glauben. Dad ist zu Mom und mir gezogen und obwohl sie glücklich wirken, kommt es mir manchmal noch merkwürdig vor, zu dritt zu essen, vor dem Fernseher zu sitzen oder die Verwandten wieder als Familie zu besuchen. Wir hatten überlegt, in Dads Wohnung zu ziehen, weil sie größer ist, aber ich konnte es nicht über mich bringen, in Scarletts Zimmer zu leben. Ihre Sachen befinden sich nun in einem Lagerraum, den wir angemietet haben, und ich hoffe, ich muss nichts davon je wieder sehen.

Mom und Dad haben beide noch Schwierigkeiten, mit der Situation umzugehen, aber sie geben ihr Bestes. Dass die Ärzte ihnen keine vernünftige Erklärung liefern können für das, was mit Scarlett passiert ist, frustriert und deprimiert sie zugleich. Ich weiß nicht, ob sie spüren, dass nun alles harmonischer ist, seit Scarlett nicht mehr da ist.

Bis zu diesem Moment, wo ich diese Zeilen schreibe, kann ich nicht verstehen, was aus ihr geworden ist. Sich in einen Lehrer zu verlieben, ist eine Sache, das passiert vielen. Dass der Lehrer sich darauf einlässt, ist etwas Anderes, aber auch das gab es schon oft genug. Doch woher die Besessenheit? Warum konnte sie ihn nicht gehen lassen, als er sie ablehnte? Wieso musste sie ihm nachstellen, sein Leben zerstören und letztendlich seine Frau angreifen? Ich kann es nicht verstehen.

Manchmal wache ich nachts auf und habe Angst, dass derselbe Wahnsinn auch in mir steckt. Scarlett deutete an, wir wären wie zwei Teile eines Ganzen; kann ich also jemals sicher sein?

Die Teegesellschaft – jetzt sollte ich sie vermutlich gar nicht mehr so nennen – hat sich aufgelöst. Kaum waren die drei aus ihrer Trance erwacht, normalisierte sich auch ihr Verhalten wieder. Möglicherweise lag es auch daran, dass weder Fidelia noch Scarlett sie weiterhin vergiften konnten. Es hat sich herausgestellt, dass die drei sich nicht mal sonderlich leiden können. Ich habe darüber nachgedacht, sie den Behörden zu melden, schließlich waren sie es, die Dodo und Miss Admiral angegriffen haben, im Endeffekt habe ich mich jedoch dagegen entschieden. Es war Scarlett, die hinter all dem gesteckt hat, nicht John und seine Freunde. Ich bin mir nicht mal sicher, ob sie sich daran erinnern können, was sie getan haben.

Miss Admiral ist vor einer Weile wieder aufgewacht und ich habe sie besucht. Es wird dich freuen zu hören, dass sie sich kein Stück verändert hat – sie spricht immer noch in Rätseln und liebt es, Spielchen zu spielen.

Dodo liegt noch immer im künstlichen Koma, aber die Ärzte sind zuversichtlich, dass sie sie bald wecken können. Die Schwellungen im Kopf sind zurückgegangen und auch ihre anderen Verletzungen scheinen zu verheilen. Ich bin weder Arzt noch Familienmitglied, deswegen hab ich keine Details in Erfahrung bringen können.

Fidelia hat die Schule gewechselt. Es scheint, als hätte ich ihr eine Mordsangst eingejagt. Eine kluge

Entscheidung. Ich könnte für nichts garantieren, wenn ich ihr noch mal über den Weg laufen würde. Noch immer bin ich überzeugt, dass etwas mit ihr nicht stimmt und sie Hilfe braucht, nur kann ich nichts tun. Ihre Eltern würden mir kaum glauben und ich könnte es ihnen nicht verübeln.

Was Scarlett angeht, so gibt es keine Veränderung. Die Ärzte sind ratlos, denn sie können sich nicht an einen ähnlichen Fall erinnern. Sie ist zwar aufgewacht, aber seitdem befindet sie sich in einer Art Wachkoma und hat kaum die Fähigkeiten eines Kleinkindes. Meistens setzen sie sie vor den Fernseher oder geben ihr Wachsstifte, das scheint sie zu mögen. Natürlich sind ihre Bilder nichts im Vergleich zu ihren Meisterwerken von früher, aber wenigstens kann sie damit auch niemandem schaden.

Ich besuche sie oft, dann schauen wir uns zusammen Trickfilme an.

Bestimmt fragst du dich: Wieso, nach allem, was sie mir angetan hat? Ich kann dir nur eins sagen: Sie ist meine Schwester und ich liebe sie. Wenn du sie jetzt sehen würdest, könntest du mich verstehen – an ihr ist nichts Bedrohliches mehr. Ich bin außerdem fest überzeugt, dass sie nicht bösartig geboren wurde, sondern sich an einem Punkt ihres Lebens verändert hat. Wann immer mir ihre Taten in den Sinn kommen, kneife ich die Augen zusammen und denke an den Tag, an dem wir als Hänsel und Gretel zum Fasching gingen. Wenn ich die Augen wieder aufmache und sie verabscheue, muss ich den Prozess ein paarmal wiederholen. Wenn ich jedoch meine liebe Schwester sehe, dann ist alles gut und ich kann nach Hause gehen.

Ich weiß nicht, ob sie jemals wieder normal sein wird, niemand weiß das. Falls es so kommt, werde ich mir einen Plan überlegen müssen, wie man ihr die Bosheit entziehen kann. Eine Therapie wird kaum ausreichen.

Bis es so weit ist, lebe ich mein Leben. Nächsten Sommer beginnt das letzte Schuljahr und ich habe mir fest vorgenommen, einen guten Abschluss zu machen. Ja, ganz recht, ich möchte mehr lernen und fleißiger sein. Hast du übrigens bemerkt, dass ich im gesamten Brief kein einziges Schimpfwort benutzt habe? Es fällt mir ziemlich schwer, aber ich gebe mein Bestes. Du wärst überrascht.

Bitte, schreib bald zurück!

Alles Liebe,
deine Alice

P.S.: Ich freu mich schon auf deinen Besuch in zwei Wochen. <3

Printed in Poland
by Amazon Fulfillment
Poland Sp. z o.o., Wrocław

15125490R00195